名/家/忆/往
系/列/丛/书

汪兆骞　主编

蒋子龙　著

岁月侵人不留痕

中国文史出版社

图书在版编目（CIP）数据

岁月侵人不留痕/蒋子龙著. —北京：中国文史出版社，
2018.12
（名家忆往系列丛书/汪兆骞主编）
ISBN 978-7-5205-0869-8

Ⅰ.①岁… Ⅱ.①蒋… Ⅲ.①回忆录—作品集—中国—
当代 Ⅳ.①I251

中国版本图书馆CIP数据核字（2018）第267728号

责任编辑：李晓薇

出版发行：中国文史出版社

社　　址：北京市海淀区西八里庄69号院　　邮编：100142
电　　话：010-81136606　81136602　81136603（发行部）
传　　真：010-81136655
印　　装：北京新华印刷有限公司
经　　销：全国新华书店
开　　本：880mm×1232mm　1/32
印　　张：9.25
字　　数：200千字
版　　次：2019年6月北京第1版
印　　次：2019年6月第1次印刷
定　　价：48.00元

个人印记的精神图景

——关于散文的絮聒之三

汪兆骞

　　记得壬辰年之春，曾应中国文史出版社之邀，为该社主编过一套"当代著名作家美文书系"散文丛书。所选皆与我熟稔的著名作家之散文名篇，每人一卷。经年老友多过花甲之年，正是"老去诗篇浑漫与"，其为文已到随心所欲之化境，锦心绣口，文采昭昭，自出杼机，成一家风骨。文合为时而著，本人性，状风物，衔华而佩实。我在总序中说："这些大家的散文，是血肉之躯与多彩现实撞击出的火光；是人性与天理对晤出的大欢喜、哀凉与哲思；是直面人生，于世俗烟火中，发现芸芸众生灵魂绽放出人性光辉的花朵；是针砭世事，体察生活沉重，发出的诘问。高山安可仰，徒此揖清芬，篇篇似兰斯馨，如松之盛，赠君以言，重于金玉，乐于琴瑟，暖于棉帛。"

　　该丛书面世之后，反响不俗，其中莫言、陈忠实两卷尚获重要文学奖项，可惜仅出版六卷，便草草收场。问题不少，但其主要原因，是我已准备十多年的七卷本"关于民国大师们的集体传记"《民国清流》系列的撰写，到了不能再拖的地步，实在无力分心旁骛，只能抽身。

忽忽六年过去，早已在眉梢眼角爬上恁多暮气的我，已成白头老翁，所幸七卷本《民国清流》，在晨钟暮鼓、花开花落中，陆续顺利出版，且另一长卷《文学即人学：诺贝尔文学奖群星闪耀时》，也即付梓。此时中国文史出版社再次请我主编"名家忆往系列丛书"，鉴于壬辰年所主编丛书，虎头蛇尾，一直心怀愧歉，便欣然从命。于是再邀文坛名家老友，奉献散文佳作。幸哉，老友鼎力相助，纷纷响应。惜哉，一贯为散文发展热情捧薪添火，"纵横正有凌云笔"的贤亮、忠实二君，已不幸驾鹤西行。"西忆故人不可见"，只能"江风吹梦到长安"了。

本人一生以职业编辑之身羁旅文学，在敬畏、精诚、庄严、隐忍中，为人作嫁衣裳，便有了与诸多作家和他们的文字相知对晤的机缘。哲人云"缀文者情动而辞发，观文者披文以入情"。徜徉于作家们"笼天地于形内，挫万物于笔端"的文字里，读出他们灵魂中的人文关怀、文化担当和审美个性。如芙蓉出水，似错彩镂金，辨而不华，质而不俚，风调高雅，格力遒劲，文里寄托着他们太多的人生思考，太浓的文化乡愁。

在中国现当代文学创作体裁格局中，散文承载着民族文化和民族心理的丰厚蕴涵，但综观当下散文创作，呈现一种浮躁焦虑状态，缺乏耐心解构，"过于正确与急切的叙事"

抒情，其面目无论多么喧嚣与璀璨，都不过是"现实的赝品"，致使一端根植在现实大地、一端舒展于精神天空的散文艺术，弥漫着文化废墟和精神荒原的气息。

编这套名家"忆往"散文丛书，所选皆是作家记住或想起保留在脑子里过往事物印象的文学书写。人生天地间，若白驹过隙，忽然而已。往事俯仰百变，人生如梦，"人生到处知何似，应似飞鸿踏雪泥"。那雪泥上留下的爪痕，便是人生行旅的印迹。作家在回忆人生往事时，举凡小事大道，说的都是自己对过往的所思所悟，其间自有人生的哲学睿智、思想境界和灵魂风骨。他们在山河人群和过往的历史中寻找自己，确证自己的命运过程，从中可看出行于江湖的慷慨悲凉、缠绵悱恻的种种气象。他们是带着哲学思辨意味的作家学者的气质，赋予个人印记以精神脉络的，忆往便构成共和国历史生活图画的一部分。

文者，言乎志者也，散文之道，理性与感性、世俗与审美、形而上与形而下之间的穿梭徘徊，胡适先生云："有什么话，说什么话。"说真话，说新话，说惊世骇俗之话，说"人人心中有，个个笔下无"的禅机妙语。另又想起壬戌年岁尾，去津门拜望孙犁先生，寒暄之后，知先生刚为我就职的人民文学出版社要出版的《孙犁散文集》写完序，即向先生请教散文之道。先生笑而不语，遂将其序示我。其序简约，语言平实，只谈了三点"作文和做人的道理"。年代虽久远，先生关于好散文的标准，仍铭记于心，便是：要质胜于文，质就是内容和思想；要有真情，要写真相；文字要自然，若反之，则为虚伪矫饰。先生之于文，可谓阃其中而肆其外。灵丹一粒，合要隽永。如何写好散文，胡适、孙犁两位大师以三言两语警策之言，已说得明明白白。但让人不解的是，总是有些论者，把散文创作说得神乎其神，看似格韵高绝，然如雾里看花，终隔一层。诸如异想天开，鼓吹什么体裁层面上移形换位的跨界写作便可商榷。

编此丛书，无意匡正散文创作的现状，只想向读者推荐货真价实的好散文。于是从他们的作品中，揽片羽于吉光，拾童蒙之香草，挑出"天籁自鸣天趣足，好文不过近人情"的既有人间烟火气，又"有真情""写真相"的"尽美矣，又尽善也"（《论语·八佾》）的美文，编辑整合，以飨读者。

诗书不多，才疏学浅，序中难免有谬误之论，方家哂之可也。对中国文史出版社和诸作家为构建书香社会捧薪添柴的精神，深表敬意。

戊戌年初秋于北京抱独斋

目录

第一辑

世路悠悠

故乡是每一个人的伊甸园，给了你生命的源头，知道自己是从哪儿来的。

小龙也是龙

我名子龙，怎么可能属蛇呢？一定是某个环节出了什么差错，总觉得自己应该属龙。因为我自小就敬畏龙，此瑞兽是民族的图腾，上天行宫，足踏祥云，呼风唤雨，神秘莫测，被人们夸讲不尽，却不让任何人见到真面容。蛇则太具体了，而且凉森森，软乎乎，滑溜溜，站没站相，坐没坐相，"坐也卧，行也卧，立也卧，卧也卧"。隐伏潜行，不声不响，惯于偷袭，我无法容忍将自己跟这样一个爬虫联系起来。小时候只有在犯了错的时候才会用属相来安慰自己：我是属蛇的！

14岁之前我生活在农村，有年暑期下洼打草，有条大青蛇钻进了我的筐头子，不知不觉地把它背回了家，在向外掏草的时候它吱溜一下子钻了出来，着实吓了我一大跳。一气之下决定见蛇就打，当下便找出一根一米多长的8号盘条，将顶端砸扁，磨出尖刺，第二天就带着这武器下洼了。塌下腰还没有打上几把草，就碰见了一条花蛇，抡起盘条三下五除二将其打死。这下可不要紧，以后三步一条蛇，五步一条蛇，有大有小，花花绿绿，我还从来没有见过那么多的蛇，几乎无法打草了。只觉得头皮发紧，毛发直立。它们不知为什么不像往常那样见人就逃，而是呆呆地看着我不动弹，好像专门等着受死。我打到后来感到低头就是蛇，有时还两条三条地挤在一起，打不胜打，越打越怕，最后丢掉盘条背着空筐跑回家去了。我至今不解那是怎么一回事，平时下洼只是偶尔才能碰上一两条蛇，怎么一决定打蛇就仿佛全洼里的蛇都凑到我跟前来找死！自那以后我不敢再打蛇。说也怪，心里不想打蛇了，下洼就再也见不到那么多的蛇了。

1941年的蛇，披着熊熊火光，顶着隆隆轰炸，搅得天翻地覆。日本人像蛇一样偷袭了珍珠港，美国人宣布参战，全世界变成了大战场。我一生下来就被家人抱着逃难，今天听到信日本人到了东乡，村民们就往西跑。明天又听说日本人过了铁道，大家又掉头向东逃。由于我老是哭个不停，不仅搅得人心烦，还危及乡亲们的安全，家人估计也养不活我，便狠狠心把我丢在了高粱地里。是大姐跑出了半里多地似乎还能听到我的哭声，就又跑回来把我抱上。于是今天就多了一个姓蒋的在谈本命年。

这一年里香港还出了一条蛇，也同样取名叫龙：李小龙。大概跟我怀着差不多的心态，羡慕龙，却不得不属蛇。其实龙蛇原本一体，龙的形象很有可能就是先民以蛇为基干，复合其他动物的某些特征幻化出来的。神话中的人类始祖伏羲、女娲夫妇，不就是人面蛇身之神吗？所以中国人把蛇年又称为小龙年。凡有人问我的属相，我连小字都去掉，就取一个龙字。

随着年龄的增大，属相不是越来越淡化，而是越来越强烈了，它就趴在你户口簿里和身份证上，时刻在提醒着你和组织部门。光你自己说属龙不行，龙年我想退休人家就不给办手续，今年想不退也不行。拉来 12 种动物和地支相配本来是古人的一个玩笑，人和这些动物没有任何遗传或血缘上的关系。今天，属相却不是无关紧要的了——我一直口称属龙，却一辈子被蛇管着。

关于我这张脸

中央电视台《正大综艺》的主持人曾问过我："作家的脸都像你这样没有笑容，严肃得令人可畏吗？"

提出这问题的已经不止一个人了。当我不足 20 岁，还是海军制图学校学员的时候，有些上尉、中尉军官，尤其是女教员，对我都有点发怵。我的功课好，又是班主席，没有多少可指责的地方，但他们又不肯放过我这张不喜欢笑的脸，期末作鉴定的时候便给我写上："自信趋于骄傲。"

这算很客气了。

我每到一地，给人的第一印象总是"不好接近""骄傲自满""很可能是个杠头"。

这就是我的悲哀。都是由于这张脸造成的。

这张脸吓退了一些人，无声地拒绝了一些，丢失了一些，也招来了一些不必要的非议甚至麻烦。但也得到一些，比如：清静。

其实，我自认为很谦虚，很厚道，很善良，也不是全无温柔。

因此，长时间以来，我对别人的"以脸取我"甚不以为然。相反我对自己的脸倒相当满意。这是父母给的，如果另外再换一张脸，我肯定不要！它虽然不能说很漂亮，但也不丑，无非线条硬了一点，脂肪少了一点，却是一张名副其实的男人脸。

尽管在有些人看来这张脸有点冷涩，难读，不潇洒，不畅销，似乎能拒人于千里之外。或者还让人觉得活得累，活得苦，活得沉郁。甚至是"玩深沉"，"玩痛苦"。可我的心里并不缺少阳光。感受过痛苦，也感受过温暖。其喜欢快乐和得到的快乐，也不比一般人差。

因此，我觉得自己这张脸证明了我活得真实，活得自然，脸是自己的，并不是专为别人生的。

笑，更多的是一种技巧，笑是给别人看的，或是被别人逗笑。如果一个人经常独自发笑，那叫傻笑，或者精神有毛病。笑可以装出来，所以才有冷笑、奸笑、阴笑、假笑、苦笑、皮笑肉不笑。

真实的人生，真实的世界，并不以笑为主。相反人一生下来就哭，死的时候还要哭。中间这段哭哭笑笑，不哭不笑，以不哭不笑为主。笑可以装出来，哭是做不出来的，不动真情难以落泪。所以中国词典里不设"冷哭""奸哭""假哭""皮哭肉不哭"这样的条目。也许有人说，生活里有假哭，比如农村的吊孝，光"哈哈"没有眼泪。那不叫哭，那叫"干号"，或者叫"哭唱"。

一个人的脸和心有不一致的时候，比如脸丑心不一定恶毒，脸美人不一定善良。也有一致的时候，当他不需要做表情给别人看，最真实自然的时候，脸就是"心灵的肖像"。

如此说来，我这张脸倒成了"初级阶段"的标准表情，也符合"后天下之乐而乐"的古训。

其实不是脸的问题，是我这个人在生活中缺乏舞台感。半个世纪坎坷阅历居然没有把这张脸雕刻成见人三分笑的模样，我没有什么好抱怨的了。为自己的脸感到欣慰。

　　要脸还是要这样的脸。

童年就是天堂

天堂往往被神话故事描绘得云遮雾绕、虚无缥缈，没有绿色和人间烟火。我所经历过的天堂恰恰相反，那里是一片绿色，而且是一种生机勃发的翠绿，富有神奇的诱惑力和征服性……差不多人人都有过这样的天堂——那就是童年。

童年的色彩就是天堂的颜色，它为人的一生打上底色，培育了命运的根基。因此随着年纪的增大，会更加向往能再次躲进童年的天堂。

我儿时的冬季是真正的冰天雪地，没有被冰雪覆盖的土地被冻得裂开一道道很深的大口子。即使如此，农村的小子除去睡觉也很少待在屋里，整天在雪地里摸爬滚打。因此，棉靴头和袜子永远是湿漉漉的，手脚年年都冻得像胡萝卜，却仍然喜欢一边啃着冻得梆硬的胡萝卜一边在外面玩耍：撞拐、弹球、对汰……

母亲为防备我直接用棉袄袖子抹鼻涕，却又不肯浪费布做两只套袖，就把旧线袜子筒缝在我的袄袖上，像两只毛烘烘的螃蟹爪，太难看了。这样一来，我抹鼻涕就成"官"的了，不必嘀嘀咕咕、偷偷摸摸，可以大大方方地随有随抹、左右开弓。半个冬天下来，我的两只袄袖便铮明瓦亮，像包着铁板一样光滑刚硬。

一直要到过年的时候老娘才会给我摘掉两块铁板，终于能看见并享受到真实而柔软的两只棉袄袖子。

春节过后，待到地上的大雪渐渐消融，最先感知到春天讯息的反倒是地下的虫子。在场院的边边角角比较松软的土面上，出现了一些绿豆般大小的孔眼，我到阳坡挖一根细嫩的草根伸到孔眼里，就能钓出一条条白色的麦芽虫，然后再用麦芽虫去捉鸟或破冰钓鱼。鸟和鱼并不是那么容易捉到，作为一种游戏却很刺激、极富诱惑力，年年玩儿，年年玩儿不够。

二月二"龙抬头"之后，大地开始泛绿，农村就活起来了。我最盼望的是榆树开花，枝头挂满一串串青白色的榆钱儿，清香、微甜，可生吃，可熬粥，可掺到粮食面子里贴饽饽，无论怎么吃都是美味。农村的饭食天天老一套，能换个花样就是过节。这个时候又正是农村最难过的时候，俗称"青黄不接"——黄的（粮食）已经吃光，新粮食尚未下来。而农民却不能不下地干活了，正需要肚子里有食，好转换成力气……

一提到童年的天堂，就先说了这么多关于玩儿和吃，难道天堂就是吃和玩儿？这标准未免太低，也忒没出息了，让现在的孩子无法理解。现代商品社会物质过剩，食品极大的丰富，孩子们吃饭成了家长们的一大难题，家家的"小皇帝"们常常需哄着吓着才肯吃一点。在我小的时候，感觉肚子老是空的，早晨喝上三大碗红薯粥，小肚子鼓鼓的，走上五里路一进学校，就又感到肚子瘪了。可能是那个时候农村的孩子活动量大，平时的饭食又少荤腥多粗粮，消化得快，肚子就容易饿。容易饿的人，吃什么都是享受，便觉得天堂不在天上，生活就是天堂。而脑满肠肥经常没有饥饿感的人，饥饿也可能成为他们的天堂，或是通向天堂的阶梯。我记得童年时候每次从外面一回到家里，无论是放学回来，还是干活或玩耍回来，第一个动作就是趸摸吃的，好像进家就是为了吃。俗云："半大小子，吃死老子!"会过日子的人家都是将放干粮的篮子高高悬于房顶，一是防儿，二是防狗。这也没关系，在家里找不到吃的，就到外面去打野食，农村小子总会想出办法犒赏自己的肚子——这就是按着季节吃，与时俱进。

春小麦一灌浆就可以在地里烧着吃，那种香、那种美、那种富有野趣的欢乐，是现在的孩子吃任何东西都无法比拟的。进入夏、秋两季，地里的庄稼开始陆续成熟，场院里的瓜果梨桃逐渐饱满，农村小子天天都可以大饱口福。青豆、玉米在地里现掰现烧，就比拿回家再放到灶坑里烧出来的香。这时候我放学回到家不再直奔放饽饽的篮子，而是将书包一丢就往园子里跑，我们家的麦场和菜园子连在一起，被一条小河围绕，四周长满果树，或者上树摘一口袋红枣，或者找一棵已经熟了的转莲（向日葵），掰一口袋转莲籽，然后才去找同伴去玩儿，或按大人的指派去干活，无论是玩儿或干活，嘴是不会闲着的。

甚至在闹灾的时候，农村小子也不会忘记大吃。比如闹蝗灾，蝗虫像飓风搅动着飞沙走石，铺天盖地，自天而降。没有人能明白它们是从哪里来，怎么会有那么多，为什么没有从小到大的成长过程，一露面个个都是凶猛的大蚂蚱，就仿佛是乌云所变，随风而来，无数张黄豆般大的圆嘴织成一张摧枯拉朽的绝户网，大网过后庄稼只剩下了光杆儿，一望无际的绿色变成一片白秃秃。大人们像疯了一样，明知无济于事，仍然不吃不喝没日没

第一辑 世路悠悠

011

夜地扑打和烟熏火燎……而孩子们对蝗虫的愤怒，则表现在大吃烧蚂蚱上，用铁锹把蚂蚱铲到火堆上，专吃被烧熟的大蚂蚱那一肚子黄籽，好香！一个个都吃得小嘴漆黑。

当然，农村的孩子不能光是会吃，还要帮着家里干活。农村的孩子恐怕没有不干活的，可能从会走路开始就得帮着家里干活，比如晒粮食的时候负责轰鸡赶鸟，大人干活时在地头守着水罐，等等。农村的活儿太多太杂了，给什么人都能派上用场，孩子们不知不觉就能顶事了，能顶事就是长大了。但，男孩子第一次下地，还是有一种荣誉感，类似西方有些民族的"成人节"。我第一次被正式通知要像个大人一样下地干活，大概是五六岁的时候，我记得还没有上学嘛，提一个小板凳跟母亲到胡萝卜地间苗。母亲则挎一个竹篮，篮里放一罐清水，另一只手里提着马扎。我们家的胡萝卜种在一片玉米地的中间，方方正正有五亩地，绿茵茵、齐刷刷，长得像蓑草一样密实。我们间苗从地边上开始，母亲坐在马扎上一边给我做样子，一边讲解，先问我胡萝卜最大的有多粗，我举起自己的胳膊，说最粗的像我的拳头。母亲就说两棵苗之间至少要留出一个拳头的空当，空当要留得均匀，但不能太死板，间苗要拔小的留大的……

许多年以后我参军当了海军制图员，用针头在图板上点沙滩的时候，经常会想起母亲给我讲的间苗课，点沙滩就跟给胡萝卜间苗差不多，要像筛子眼儿一样点出规则的菱形。当时我最大的问题是坐不住屁股，新鲜劲一过就没有耐性了，一会儿蹲着，一会儿站起来，一会儿喝水，喝得肚子圆鼓鼓的又不停地撒尿……母亲后来降低条件，我可以不干活但不能乱跑，以免踏坏胡萝卜苗。于是就不停地给我讲故事，以吸引我坐在她身边，从天上的星星直讲到地上的狗熊……那真是个幸福的下午。自从我能下地野跑了，就很少跟母亲这样亲近了。

小时候我干得最多的活是打草，我们家有一挂大车，驾辕的是牛或者骡子，还有一头黑驴，每到夏、秋两季这些大家伙们要吃的青草大部分得由我供应。那时候的学校也很有意思，每到天热，地里家里活儿最忙的时候，也是我最愿意上学的时候，学校偏偏放假，想不干活都不行。夏天青草茂盛，打草并不难，难的是到秋天……

秋后遍地金黄，金黄的后面是干枯的白色，这时候的绿色就变得格外珍贵了。我背着筐，提着镰刀，满洼里寻找绿色——在长得非常好的豆子地里兴许还保留着一些绿色。因为豆子长高以后就不能再锄草了，好的黑豆能长到一人高，枝叶繁茂，如棚如盖。豆子变黄了，在它遮盖下的草却还是绿的，鲜嫩而干净。秋后的嫩草，又正是牲口最爱吃的。在豆子地里打草最苦最累，要在豆秧下面半蹲半爬地寻找，找到后跪着割掉或拔下。嫩草塞满了把，再爬到地外边放进筐里，然后又一头钻进汪洋大海般的豆子地。

我只要找到好草，就会不顾命地割满自己的筐。当我弯着腰，背着像草垛般的一筐嫩草，迎着辉煌的落日进村时，心里满足而又骄傲。乡亲们惊奇、羡慕，纷纷问我嫩草是从哪儿打来的，还有的会夸我"干活欺"！（沧州话就是不要命的意思）我不怎么搭腔，像个凯旋的英雄一样走进家门，通常都能得到母亲的奖励。这奖励一般分两种：一种是允许我拿个玉米饼子用菜刀切开，抹上香油，再撒上细盐末。如果她老人家更高兴，还会给我3分钱，带上一个焦黄的大饼子到街里去喝豆腐脑。你看，又是吃……但现在想起那玉米饼子泡热豆腐脑，还香得不行。

我最怵头的活儿是拔麦子、打高粱叶子和掰棒子。每当我钻进庄稼地，都会感到自己是那样的弱小和孤单。地垄很长，好像比赤道还长，老也看不到头。我不断地鼓励自己，再直一次腰就到头了。但，腰直过十次了，还没有到头。庄稼叶子在身上脸上划出许多印子，汗水黏住了飞虫，又搅和着蛛蛛网，弄得浑身黏糊糊、紧绷绷。就盼着快点干完活，跳进大水坑里洗个痛快……

令我真正感到自己长大了，家里人也开始把我当大人用，是在一次闹大水的时候。眼看庄稼就要熟了，突然大雨不停，大道成了河，地里的水也有半人深，倘若河堤再出毛病，一年的收获将顷刻间就化为乌有。家里决定冒雨下地，往家里抢粮食，男女一齐出动，头上顶着大雨，脚下踩着齐腰深的水，把半熟的或已经成熟的玉米棒、高粱头和谷子穗等所有能抢到手的粮食，掰下来放进直径近两米的大笸箩。我在每个笸箩上都拴根绳子，将绳子的另一端系在自己腰上，浮着水一趟趟把粮食运回家。后来全身被水泡得像白萝卜，夜里我睡得像死人一样，母亲用细盐在我身上轻轻地搓……

至今我还喜欢游泳，大概就是在那个时候练的。在我14岁的时候，母亲去世，随后我便考到城里上中学，于是童年结束，从天堂走进人间……但童年的经历却营养了我的整个生命，深刻地影响了我一生的生活。我不知别人是不是也这样，我从离开老家的那一天就经常会想家，怀念童年的生活……

打和被打

幸福的童年稍纵即逝，就像一只小鸟飞向远方时，留下的只是一些梦幻的影子。

现在想起来，我的童年似乎是和打架分不开的。小伙伴们在一起玩着玩着，不知为了一点什么屁大的事就动起手来了，较量一番之后仍然是好伙伴，仍然在一起玩耍。极少成为仇人，即使成了仇人也坚持不了一两天，又会滚到了一块。

有一个年纪比我大一点却跟我在同一个年级上学的本家哥哥，长得比我粗壮，他本人和我都觉得他的力气要比我大，因此处处想占我的上风，我害怕跟他动手，能让的就让他一点。人似乎就是这样，你越软，他就越硬。有一天他玩耍一根铁棍，把我的右眼眶打破了，倘若棍头再往下偏一点，我就成独眼龙了。我恼了，扑上去和他交起手来，结果我和他都发现，我的力气和身手倒略胜他一筹。自那以后，他变得怕我了，处处让着我。我也长了见识，不经过比试不要轻易地惧怕什么，你怕的东西也许还没有你强大。

那时候的农村，没有电影，没有电视，没有能吸引孩子们的娱乐活动，大人们也顾不得管孩子，功课又轻松，作业都是在课堂上就做完了。在我的印象里除去睡觉、吃饭，就不在屋里待着——有很多时候连吃饭也不在屋里。在外边就是小伙伴们凑在一起乱跑乱闹，自己哄着自己玩。农村少年的游戏大多是对抗性的，在游戏中必然有输赢，有冲突，免不了就会争吵、打架。打架也是游戏的一部分。

同村有个小名叫老小的，虽然跟我同岁，但个子长得矮小，相貌不够周正，同学们给他起了个外号叫蹩犊。蹩犊自小没有爹，他的寡母是个泼妇，能吵能闹，敢拉破头，护犊子更是在全村出了名。也许一个女人带领几个孩子过日子，不泼一点不行。家里经常叮嘱我，不得招惹蹩犊。可蹩犊是个讨人嫌的家伙，仗着有他娘护着，你不惹他，他会惹你。有一天傍黑的时候，他要玩我的"大头狼"——一种较为凶猛的鸟。我不给他，他上前来抢，我用手一推，没有觉得使多大劲他却跌倒了，起来后不是跟我算账，而是哭着回家向他娘告状。他娘领着他就站到我们家的门口前骂街，这时候村里下地干活的人都回来了，在我们家门前围了一大帮人看热闹——孩子的游戏升级为大人们的游戏，这是农村常有的娱乐项目。

我父亲在村里是受人尊敬的先生，写约、立契、撰对，能说会道，却无法跟一对孤儿寡母理论，被蹩犊的娘数落得脸色煞白。我惹的祸我就得冲进去给我父亲解围，我对蹩犊的娘讲述事情的经过，是她的儿子抢我的鸟，我不过推了他一下，又没磕着，又没碰着，跑到我们家里撒的哪门子泼……我理直气壮地正讲着大道理，父亲解下黑布腰带，搂头盖脸地就抽过来了，我一拖脑袋，被抽得在地上打了两个滚儿，爬起来就跑。跑到一个高土堆上，捡起一块砖头，大叫一声：

"好人躲开！"砖头紧跟着就出手了——夏天我能在坑边用砖头打死鸟，可以说是训练有素的。再加上被父亲打急了，气坏了，那砖头就真的不偏不倚地正落到鳖犊的头上，他哇的一声捂着脑袋就躺到了地上。我一看不好，撒腿就跑，跑到十三里地以外的老舅家躲了三天，到母亲让人带信说父亲已经消气了才敢回家。

我想起童年就直觉得对不起父亲，惹祸太多了。还惹过一次大祸，是过年放鞭炮把一个外姓人家的柴火垛给点着了……母亲曾嘲笑我是"记吃不记打"——吃了一种好东西能记得住，一有机会还想要；挨了打却记不住，老伤疤未好又犯新错。在我的记忆里，父亲难得对我有过笑脸，甚至我在全区会考时得了第一名，也听不到父亲一句夸奖的话，尤其是我写的大仿上的毛笔字，更是经常挨说。父亲对我唯一的一次表扬，是看到语文课本外面包的封皮上写的"语文"两个字，问我是谁写的？我说是我写的。父亲说这两个字写得还不错。父亲就那么不经意地夸了我一句，我终生难忘，足够我受用一生。

我的保护神是母亲，平时对我呵护备至，疼爱有加，我若表现得好，总能从母亲那里得到点奖赏。比如割草割得多，母亲会塞给我3分钱和一张棒子面饼子，到街上去美美地吃上一大碗豆腐脑。尽管每一次我挨父亲打的时候母亲从不出面阻拦，那时候想拦也是拦不住的，只会火上浇油。但我时刻都感觉得到母亲是我最强大的靠山，哪怕是在我挨打的时候。在我14岁的那年母亲病逝，我的欢乐的童年就结束了。自那以后，我再没有打过架，也再没有挨过父亲的打——我曾渴望过他还能像以前那样打我，那说明我是个幸福快乐的孩子。他不再打我是因为我变成一个可怜的没有娘呵护的孩子了。当一个父亲不得不同时还要承担母亲责任的时候，他就会以当母亲为主了。

童年像一朵田野上的蒲公英，被一阵轻风就吹得无影无踪了，当我学会思考，开始沉默和忧伤的时候，那还不太沉稳的脚步已踏进青春的门槛了。

童年和羊

我厌恶狗是因为喜欢羊。无论厌恶还是喜欢，都是非常强烈的——这是儿时的态度，至今未能改变。

人的童年离不开动物，两种伙伴都需要，有年岁相当的小伙伴并不能取代动物伙伴。我的动物伙伴是一只小羊羔，它是家里的大母羊生下的一窝小羊羔中长得最壮实的一只。雪白的身子，嫩红的小嘴，抱在怀里毛茸茸，肉乎乎，它用嘴拱我的脸、拱我的胸口的时候，暖暖的，柔柔的，痒痒的，舒服极了，像在寻求友谊，寻求呵护。从第一次抱它的那一刹那，我就知道我们两个是天生的朋友，我能猜得到它的心思，它也能听得懂我的话。为了喊它方便，我给它起名叫"牛犊"，希望它能长得像牛犊子一样粗大强健。从那天起"牛犊"就成了我的尾巴，我下洼它跟着，我下坑游泳也会把它拖下水，把它的身子洗得起亮光。只要我高兴，不嫌太累赘，连跟小伙伴们玩耍的时候都带上它。我在家里的时候更不用说了，它出来进去的就像拴在我的裤腰带上一样，形影不离，那感觉真是美极了——人只有跟人的亲密，生命不算完整，还能享受跟动物的亲密，活着才完美、快乐。

有我吃的就有"牛犊"吃的，连母亲给我的好东西我都会省下一点给它，一口梨，一块甜瓜，半块糖……我不能吃的也偷给它吃，一把黑豆，一块豆饼。这些东西是给下地干活的大牲口吃的，没有人家会给羊喂粮食的。冬天没有鲜草了，我会喂它白菜心、青萝卜，隔三岔五地让它尝尝鲜。就这样，我长它也长，我却没有它长得快，不知不觉地"牛犊"果真长成一个大牛犊子了，腰粗腿壮，皮毛光洁，头上的两根硬角在左右各盘了一个圈儿，然后像扎枪头一样挺向前方，甚是雄壮威武。

"牛犊"的长大是我突然发现的，有一天我打了一大筐草，背着回家实在有点吃力，灵机一动就分成两捆放到它的背上，它毫不在乎地稳稳当当地驮回了家。这下我可乐坏了，回到家放下草，为了向小伙伴们炫耀，我骑到了"牛犊"的背上，昂头挺胸，双手抓着它的两只大角，美滋滋地在当街转了一大圈。在农村骑牛骑驴不算新鲜，能骑羊的好像我是独一份。小伙伴们眼馋得不得了，都想试一试，我坚决不答应，我是心疼"牛犊"，羊生来毕竟不是为了驮人驮东西的。

我和"牛犊"也有麻烦，就是刘瘪犊家养了一条恶狗，个头也很大，看见人就乱汪汪，见了"牛犊"就追就咬。有一次那恶狗居然动员了四五条狗把我和"牛犊"围在了北场上，我手里又没带打狗的家伙，可真被吓坏了。多亏一位叔伯哥哥正赶上，才把狗群打散。

既恨那条狗，也恨刘瘪犊家，不知他们家为什么要养这样一条恶狗？为了看家护院？他们家很穷，似乎没有什么好看护的，连自己的狗都舍不得好好地喂它，让它跑出来到处找野食，可不见了人和牲口就想咬呗。我并非不知道狗对人的好处，讲狗的机灵和忠诚的故事太多了。但狗对人不是平等的友谊和忠诚，是奴才对主子的忠诚，玩物对玩主的忠诚——所以世界上的狗除去它的主子喜欢它以外，别的人都憎恶它。被人骂得最多最狠的动物就是狗，还不如狼，人们骂狼只有一句"狼心狗肺"——就是这一句有一半还是骂狗的。至于单独骂狗的话就太多了：狗腿子、狗奴才、狗少、狗仗人势、狗娘养的、狗眼看人低……地球上再没有第二种动物能让人类这样痛恨！

但从那次遭到恶狗的围攻以后，我发现"牛犊"也意识到自己长大了。以后又遭遇了刘家恶狗，它不再惧怕，不再退让，而是低下头，弓起腰，用利角猛刺那恶狗，虽然没有刺中，那恶狗也被吓得逃开了。自那以后，我们不再躲避任何狗，每天大摇大摆地在刘瘪犊家的门前经过，那恶狗却只站得远远地对着我和"牛犊"汪汪几声，不敢再往上扑了。我感到扬眉吐气，活着就不能躲避较量，不经过较量不要轻易惧怕什么。

"牛犊"成了我的保护神，我为它感到骄傲。可它还是那样温顺、平和。

渐渐地我长大了，身体强壮了，真的能够保护它了，它却老了，不能再跟着我到处跑了，我也不能成天守着它了。家里要杀它，我坚决不答应。家里要卖它，我也不同意。难道要它在家里老死？别说是一只羊，就是那些牛、马、驴等大牲口，是大人们过日子离不开的伙伴，哪一个都为人类立下过汗马功劳，到老了不中用了，还不是都得被卖掉或被杀了吃掉！我说，别的牲口爱怎么处置我不管，我的羊就是养它到老死，给它立一座坟，世界上有鹰坟、狗坟，为什么不能有羊坟？家里人不再跟我理论，认为我上学把脑子上出毛病来了。

我要到外地去读书了，临行前跟"牛犊"告别，它的眼里竟然流下了泪水——羊还会流眼泪！这倒让我没有想到，比看到人哭别有一种让人心酸、让人受不了的力量。我也流着泪安慰它，叫它多吃草，多活动腿脚，等着我回来……

我放寒假回来的时候，"牛犊"已经不在了。尽管谁都拒绝讲它，我却能猜得到它的结局，它那么老，是卖不出去的。原来我走的时候它就知道不会再见到我了，是跟我流泪诀别。人的一生没有知己的朋友是很大的缺憾，没有连心扯肺的动物朋友也是一种缺憾。我闷闷不乐地未等假期结束就提前返校了，从那时起不再吃羊肉。但是到了三年自然灾害时期，节粮度荒，成年累月饿得前心贴后背，我也变得什么都吃了。于是想起了刘瘸犊家的那条见人就咬的恶狗，兴许它也是因为饿，所以才恶，才讨人嫌。饥饿才是最可怕的，能让兽吃人，也能让人变成兽。但心里却始终觉得有负于我那只羊……

也许还是现在的孩子们好，他们只在屏幕上和纸面上被动地识别虚假的动物，喜欢变形的唐老鸭，看见真鸭子反倒无动于衷。欣赏活泼的米老鼠，看到真老鼠却吓得尖声怪叫。或者到动物园里隔着铁笼子远远地望几眼已经被驯化了的动物，或者逗逗改变了天性、真正成了人的玩具的宠物，如不会逮耗子的猫，只会摇尾乞怜的哈巴狗，被牛犊子能够踢伤的狮子、老虎……现在的孩子接触不到真实的动物，无法跟真正的动物结下真实亲密的感情，享受不到我曾经拥有过的真实巨大的快乐，但也不会有我这般对动物真实长久的歉疚。

1954 年的除夕夜

炕烧得很热，娘平躺在炕头上，身下铺着两层褥子，上面压着厚棉被，她却始终一动不动，似乎对分量已经失去感觉。

那张我极为熟悉又无比慈爱的脸，变得瘦削而陌生，双眼紧闭，呼吸时轻时重，只要娘的喘气一轻了，我就凑到她的耳根底下"娘呀娘的"喊一通，直喊得娘有了反应，或哼出一声，或重重地吐出一口气，或从眼角流出泪水。

娘一流泪我也就陪着一块儿哭……屋子里忽然像打闪一样，有光影晃了几下，我吓得一激灵，赶忙直起身子，发现是煤油灯的火苗在跳。

年三十的晚上禁忌很多，不能在床上咳嗽，不能隔着门缝说话，说话时不能带出不吉利的字句……我不知道灯芯跳跃是吉是凶，又不能乱问，便自作主张地跳下炕，从抽屉里翻出用过的旧课本，撕下封皮用剪子在中间掏个洞，然后套进煤油灯的葫芦状灯罩上，整间屋子随即就暗下来，灯芯跳不跳都不再晃眼了。

我重新爬上炕坐在娘身边，此时觉得外面很静，偶尔从远处传来零星的鞭炮声，父亲和两个哥哥不知在忙些什么，或许正是为娘准备后事。今年过年对我们家不容易，既得准备好好地过，借着过大年冲喜，希望能把娘的病冲好，还得随时准备不过这个年，娘如果挺不过去，就得立即将过年改为治丧。每隔一阵子就有人轻手轻脚地进屋来，低声问问我娘怎么样了。两个嫂子在西屋里包饺子，大家都尽量不弄出一点声响。

当时我不足 14 岁，家里的大事没有我掺和的份，正好可以静静地守护着娘。十几年来我无时无刻不受着娘的照料，无法想象也不敢想象，娘若真的走了我将怎么办？我是娘的老儿子，可想而知娘对我有多么的疼爱，在这个三十晚上我把娘的恩情，以及我以前闯祸惹娘生气的事都记起来了……思前想后的结果是无论如何我都得把娘留住。

家里人从近到远，为娘请过好几位大夫，各种药汤子不知让娘喝了多少，却都不见起色。年前我从大人们的话语里和脸上已经觉察出来，娘的病恐怕难以治好了，用娘的话说他们都已成家立业，只丢下我是未成年人。在这个为娘守岁的除夕夜，我暗下决心要治好娘的病，独自创造奇迹。

我不知是从书里读到的，还是听见大人们讲的，每到大年三十的晚上，各方的神佛大仙都会下界，在人间行走，为人类解大难救大急。谁如果在除夕夜半，能爬过一百个菜畦，无论提什么要求，神们都会给予满足。那么爬一百个菜畦有什么难的吗？在白天干这件事很容易，到除夕夜可就大不一样，这时候天地间所有的孤魂野鬼，屈死的、冤死的、饿死的、吊死的都会出来找替身，菜畦就成了他们的聚会之地，一百个菜畦就如同十八层地狱，里面趴满断胳膊少腿的，缺脑袋短腔子的，开膛破肚的……还有各样的妖魔鬼怪掺杂其中，鬼哭狼嚎，狰狞可怖，爬畦的人能不被吓死就算命大，再能爬完一百个那真是福大命大，自会有求必应。我决心要为娘爬这一百个菜畦，白天在北洼已经看好了一片菜畦，数了数，一百个只多不少。

等到半夜，家家开始放鞭炮，煮饺子，我趁乱出了门，向着北洼一溜小跑，一出村子立刻像踏进了阴曹地府。想不到三十晚上的村里村外竟像阴阳两极，鞭炮声中的村子还有人气，一出村子就充满鬼气，阴森森的北洼野地如鬼府一般令人毛骨悚然，直觉得自己的头发梢突然都乍撒起来了，头皮一阵紧一阵麻，浑身像筛糠一样找到了白天选好的菜畦，闭上眼就拼命往前爬。

由于不敢睁眼，有什么样的妖魔鬼怪倒没看见，但听到了凄厉刺耳的怪叫声，还感觉有东西在抓挠我的胳膊，拉扯我的腿脚……我蒙头胀脑、惊惊吓吓地一通叽里咕噜、屁滚尿流，爬到畦头大喊两声："我要俺娘！我要俺娘！"然后撒脚就往家跑。

跑回家一头就扎到炕上了，贴着身子的衣服全湿透了，不知是汗，还是尿。连除夕夜的饺子也没吃，整躺了两天才缓过神来，却并没有治好娘的病，来年一开春娘就去了。

当年夏天我也离开村子，考到天津上中学。

河的经典

历史是在河边长大的，是水养育了人类文明。现在人们喜欢谈梦，而梦的源头是童年的快乐，童年的快乐又多半与水有关。倘若生命中有一条河能陪伴终生，那便是人生一大幸运。我至今如果做了一个让自己能笑醒的梦，一定与家乡有关。但凡梦到家乡就少不了运河。

运河——是水的经典。

南运河的主要河段在沧州境内，有关它的各种神奇的传说与现实，强烈占据着我童年的记忆。比如凡是沧州人都知道，离运河近的村庄就富，离运河远的地方就相对要贫穷一些。运河边的地肥沃，庄稼长得水灵、饱满，萝卜又脆又甜，掉在地上摔八瓣儿。西瓜就更别提了，个头大，脆沙瓤像灌了蜜，有一回趁着下小雨，我跟着大一点的孩子过河偷瓜，那时乡间有句话："青瓜绿枣，吃了就跑。"好像摘枣吃瓜不算偷。本事大的孩子，一次可以摘两三个，每个都带一截瓜秧，到河里一只手抓着瓜秧，一只手划水，西瓜浮在水面上像救生圈。

我的水性没有他们好，只能拉着一个瓜过河，还不敢摘太大的。那次恰巧被看瓜人发现了，奇怪的是他只大声吆喝，并不追赶，他要真下河抢回那些西瓜是很容易的，却只站在河岸上看着我们，一直看我们抱着瓜爬上对岸，他才回瓜窝棚。比我大几岁的堂哥说，人家是怕一追咱们，咱们一害怕呛水、出事，河边的人厚道。自那天起，我们就再没有过河偷过瓜。

百姓都把运河叫作"御河"。相传明朝第十代皇帝朱祐樘，派人到沧州选美，闹得鸡飞狗跳。一个长着满头癞疮的傻丫头骑着墙头看热闹，顺手还把惊飞了的花公鸡揽在怀里，这时恰恰被选美的钦差一眼搭上，认为她就是"踏破铁鞋无觅处"的"骑龙抱凤"的贵人。傻丫头进宫前总要洗洗头，打扮一番，便提来"御河"水，从头到脚洗了个痛快，不想几天后满头癞疮竟不治而愈，长出浓密的黑发。"御河"里流淌的自然不是凡水，否则运河两岸就不会有那么多闻名天下的好东西：青县大白菜、沙窝萝卜、小站稻米（引运河水浇灌）、泊镇鸭梨、金丝小枣……一方繁荣，跟水土好坏有很大的关系。

还有一句老话："一方水土养一方人。"运河边上的人厚道仗义、见多识广，素有"燕赵之地多慷慨悲歌之士"的称誉，这里有荆轲的遗风，有林冲的庙宇，绿林好汉、侠客武师常云集此地，留下一代代尚武的风俗。击败沙俄大力士、受康熙嘉奖的丁发祥，宣统的武术教官、八极拳师霍殿阁，大枪一抖能点落窗纸上的苍蝇而窗纸无损的神枪李书文，张学良的武术教练、燕青拳拳师李雨三，双刀李凤岗，大刀王五，神弹子李五，饮誉中外的"神力千斤王"、多次打败美英俄法的所谓"万国竞武场"上的王牌武士王子平……他们都是运河边上的沧州人。过去有"镖不喊沧州"一说，不论何方来的镖车镖船，不论货主是富户豪门，还是势力浩大的官家，路过沧州必须卷起镖旗，不得显武逞强。我曾见过一个统计数字，当今的沧州一带还有百分之七十四的农民习武，城里人口二十万，习武的倒有四万多，有十七个武术社、六十多个拳房。人称"沧州十虎"的通臂拳拳师韩俊元父子，全家二十四口，个个习武。老三、老八是连续三届的全国武术比赛的金牌得主，真可谓"武健泱泱乎有表海雄风"！

这就像运河的另一副面孔一样，赶上涝年发大水，运河似突然增宽好几倍，水流混浊，高出地面一丈多，恶浪排空，吼声震天，像一头脱缰的红眼莽牛。人们在堤岸上搭起帐篷，日夜守护着变得像皇帝老子一样暴躁、瞬间就会决口翻脸不认人的"御河"。如果有谁看见一条水蛇或一只乌龟，立刻大呼小叫，敲锣报警，大家一齐冲着水蛇、乌龟烧香磕头。水蛇自然就是"小白龙"，可以率领着惊涛恶浪淹没任何一个对它孝敬不周的地方。至于乌龟嘛，据说它的头指向哪里，哪里就会决口。而河堤决口以后非得请来王八精才能堵上。当时我还小，不懂得替大人分忧，只觉得热闹、好看，看护河堤比过年、比春天赶庙会还有劲儿。特别是到了晚上，河两岸马灯点点，如银河落地，很像刘备的七百里连营大寨，田野一片安静，间或有蛐蛐、虫子之类的小东西们唧唧啾啾一阵。唯有那瘆人的涛声，一传十几里，令人毛骨悚然。每"哗啦"一声，人们就把心提到了嗓子眼儿，我依偎在那些心宽胆壮的汉子们身边，听他们讲那神魔鬼怪的故事，更增添了防汛夜晚的恐怖气氛。

我当然还是最喜欢春秋季节的运河，恬静、温柔，特别是傍晚，在西天一片火烧云的映照中，或坐在岸边的石礅子上，或爬到河边的大树杈子上，看着运河里的船队来来往往。顺风顺水时一排排白帆，仿佛是运河的翅膀，带着整条清水飞了起来。也有逆水行舟的，一排排纤夫弯腰弓步，肩上扛着同一根大绳，嘴里哼着号子，竟也将船拉得飞快……在津浦铁路修筑以前，大运河是沟通我国南北的大动脉，而南运河是贯穿河北省的主要航道，流域近五千平方公里，不仅养育着沧州市周围的众多百姓，每年还向天津市提供优质水十亿立方米以上，运货百万吨之多。那时我还没有见过黄河、长江，"御河"就是心目中最壮观的河。

运河陪伴着我长大，我陪着运河变老——我曾经以为千年运河是永远不会老的。1955年我考到天津上中学，但一放寒暑假就回到家乡，有时贪玩，到了开学的日子却没有赶上最方便的火车"沧州短"，只好沿着运河岸边遮天蔽日的大树林向北走一站路，到兴剂镇乘快车。1958年"大跃进"之后，运河两岸的森林被砍光了，大运河赤裸裸摊晒在华北平原上，我站在天津西站的站台上仿佛能看到沧州。1963年北半个中国开始了一场"根治海河"的运动，人们一心想驯服洪水，根治涝灾，唯独没有想到千百年来有涝有旱、涝略多于旱的情况，竟从此变得只旱不涝。"根治"后的第三年，即1965年夏天，南运河干涸。真是"立竿见影"，修挖了许多朝代、流淌了一千多年的滔滔大运河，这么快就滴水皆无。有些河段很快就长草、种庄稼，甚至跑拖拉机。

连"曾经看百战，唯有一狻猊"的沧州铁狮子，都感到奇怪，沧州城外那一大片摇曳的芦苇地也可以见证，这里曾为黄河的故道，洪荒遍野，古漠苍凉，每逢洪水涌来，一片汪洋，沧州历来多涝，何曾缺过水？一千多年以前之所以要建造这尊铁狮，就是为了镇住对沧州百姓危害极深的洪水海潮，所以又名"震海吼"！它"吼"了千余年，大海是不是被"震"住了不得而知，怎么把运河的水倒给"吼"没了呐？人们倒真希望铁狮冲着龙王振鬣长吼，请它来为南运河注满清水，或者也应该对着现代文明大吼……

运河是生命之水，是兴旺之河，人们要想活得好，生活发达，就不能让运河这么死去。近几年来开始一段段地修复、蓄水，但目前还只是一种景观，用来改善周围环境，提供观赏，提供回忆或者怀念，或许还有思考和警醒——这就是运河为什么称"大运河"！它绝不同于一般河流，它是独一无二的，是历史的一部分，是文化的象征，运河不能干涸。虽然它辉煌不再，大难不死之后也确实显出老态，但老成了经典，就像有些老书、老物、老人一样。半个多世纪以来，兴师动众在全国搞了多少浩大的水利工程，将来有几个能像运河这样成为水的经典呢？

无论南运河现在的状态以及未来的命运如何，它都以最美好的姿态永远流淌在我的记忆里，也永远滋养着我对家乡的情感。我现在居住的地方离运河的距离，跟老家距运河远近差不多，可以说我大半生都没有离开运河。离运河近，就是离家乡近，无论什么时候只要一提起运河，就千般感念，万般祝福！

悠悠世路不见痕

在我青年时喜欢的歌曲里有一句歌词："一条小路弯弯曲曲细又长。"命运和文学结合在一起，路就会变得愈加崎岖和坎坷。这第一步是怎么开始的呢？是因为幸运，还是由于灾难？是出于必然，还是纯属偶然？是先天的，还是后天的？我有许多说不清的问题，其中一个就是为什么和文学结下了不解之缘。

也许这路从少年时代就开始了？当时我可实在没有意识到。

豆店村距离沧州城只不过十多里路，在我幼年的心里却好像很遥远。我的"星期天"和"节假日"就是跟着大人到十里八里外去赶一次集，那就如同进城一般。据说城里是天天赶集的。我看的最早和最多的"文艺节目"，就是听村里那些"能能人"讲神鬼妖怪的故事，讲得活灵活现，阴森可怖，仿佛鬼怪无时不在，无处不有。晚上听完鬼故事，连撒尿都不敢出门。那些有一肚子故事的人，格外受到人们的尊敬，到哪家去串门都不会没有人敬烟敬茶。

记得有一次为了看看火车是什么样子，我跑了七八里路来到铁道边，看着这比故事中能盘山绕岭的蛇精更为神奇的铁蟒，在眼前隆隆驰过，真是大开眼界，在铁道边上流连忘返。以后又听说夜里看火车更为壮观，火车头前面的探照灯比妖精的眼睛还要亮。于是在一天晚上我又跑到了铁道边，当好奇心得到了满足，美美地饱了眼福之后想起要回家了，心里才觉得一阵阵发毛，身上的每一个汗毛孔都炸开来，身后似有魔鬼在追赶，且又不敢回头瞧一瞧。

道路两旁的庄稼地里发出"沙沙"的响声，更不知是鬼是仙。当走到村西那一大片松树林子跟前，就更觉毛骨悚然。我的村上种种关于神狐鬼怪的传说都是在那个松树林子里进行的，树林中间有一片可怕的、大小不等的坟地。我的头皮发炸，脑盖似乎都要掀开了，低下头，抱住脑袋，一路跌跌撞撞冲出松树林，回到家里浑身透湿。待恢复了胆气之后，却又觉得惊险而新奇。第二天和小伙伴打赌，为了赢得一只"虎皮鸟"，半夜我把他们家的一根筷子插到松树林中最大的一个坟头上。

长到十来岁，又迷上了戏——大戏（京剧）和家乡戏（河北梆子）。每到过年和三月庙会就跟着剧团后边转，很多戏词儿都能背下来。今天《三气周瑜》里的周瑜吐血时，把早就含在嘴里的红纸团吐了五尺远，明天吐了一丈远，我都能看得出来，演员的一招一式都记得烂熟，百看不厌。

这也许就是我从小受到的文学熏陶。

上到小学四年级，我居然顶替讲故事的，成了"念故事的人"。每到晚上，二婶家三间大北房里，炕上炕下全挤满了热心的听众，一盏油灯放在窗台上，我不习惯坐着，就趴在炕上大声念起来。因为我能"识文断字"，是主角儿，姿势不管多么不雅，乡亲们也都可以原谅。《三国》《水浒》《七侠五义》《三侠剑》

《大八义》《济公传》等，无论谁找到一本什么书，都贡献到这个书场上来。有时读完了《三侠剑》第十七，找不到十八，却找来了一本二十三，那就读二十三，从十八到二十二就跳过去了。读着读着出现了不认识的生字，我刚一打怔神儿，听众们就着急了："意思懂了，隔过去，快往下念。"直到我的眼皮实在睁不开了，舌头打不过弯来了，二婶赏给的那一碗红枣茶也喝光了，才能散场。

由于我这种特殊的身份，各家的"闲书"都往我手里送，我也可以先睹为快。书的确看了不少，而且看书成瘾，放羊让羊吃了庄稼，下洼割草一直挨到快吃饭的时候，万不得已胡乱割上几把，蓬蓬松松支在筐底上回家交差。

这算不算接触了文学呢？那些"闲书"中的故事和人物的确使我入迷，但是对我学习语文似乎并无帮助，我更喜欢做"鸡兔同笼"的算术题，考算术想拿一百分很容易，而语文，尤其是作文的成绩总是平平。

上中学的时候我来到了天津市，这是一个陌生的、并不为我所喜欢的世界，尽管我的学习成绩在班里决不会低于前两名，而且考第一的时候多，却仍然为天津市的一些学生瞧不起。他们嘲笑我的衣服，嘲笑我说话时的土腔土调，好像由我当班主席是他们的耻辱。我在前面喊口令，他们在下面起哄。我受过各样的侮辱，后来实在忍无可忍，拼死命打过架，胸中的恶气总算吐出来了。我似乎朦朦胧胧认识到人生的复杂，要想站得直，喘气顺畅，就得争，就得斗，除暴才能安良。

1957 年底，班干部要列席"右派"的批判会。有一天我带着班里的四个干部参加教导处孟主任的批判会，她一直是给我们讲大课的，诸如《红楼梦》《聊斋》等，前天还在讲课今天就成了右派，散会后我对班里的学习委员嘟囔："孟主任够倒霉的。"平时学习委员一直对我当班主席不服气，其实我是因入学考试成绩最高才被任命为班主席，他竟然到学校运动办公室告了我一状。孟主任有一条"罪行"就是向学生宣扬"一本书主义"，学习委员的小报告让"运动办"的人找到了"被毒害最深的典型"。于是全校学生骨干开大会批判我，美其名叫给我"会诊"。批着批着就把我去市图书馆借阅《子夜》《家》《春》《秋》《红与黑》《复活》等图书都说成是罪过。令我大吃一惊的是被我当成好朋友的同学竟然借口看我的借书证，而且还问我有什么读后感，我毫不警觉，心里有什么就说什么，他却全记在小本子上，去向老师汇报。断断续续批了我几个月，全校就只揪出我这么一个"小右派"，一下子臭名昭著，连别的中学也知道了我的名字。

幸好中央有规定，中学生不打右派，他们将我的错误归纳为："受名利思想影响很深，想当作家。"根据"想当作家"这一条再加以演绎，在会上就出现了这样的批判词："……也不拿镜子照照自己，还想当作家！我们班四十个同学如果将来都成为作家，他当然也就是作家了；如果只能出三十九个作家，也不会有他的份！"

最后学校撤掉我的班主席职务，并给我一个严重警告处分。

处分和批判可以忍受，侮辱和嘲笑使我受不了，我真实的志愿是想报考拖拉机制造学校，十四门功课我有十三门是五分，唯有写作是四分。我仍然没有改掉老毛病：喜欢看小说。他们把"想当作家"这顶不属于我的帽子扣到我头上，然后对我加以讽刺和挖苦。一口恶气出不来，我开始吐血，没有任何症候的吐血，大口吐过之后，就改为经常的痰里带血。害怕影响毕业分配，不敢去医院检查，不敢告诉家里，更不敢让同学们知道而弹冠相庆。一个人躲到铁道外边的林场深处，偷偷地写稿子，一天一篇，两天一篇，不断地投给报社和杂志，希望能登出一篇，为自己争口气，也好气一气他们：你们不是说我想当作家吗？我就是要当出个样子来叫你们看！但是所有的投稿都失败了。事实证明自己的确不是当作家的材料，而且还深深地悟出了一个"道理"：不管什么书都不要轻易批判，你说他写得不好，你恐怕连比他更差的书也写不出来。

对文学的第一次冲击惨败之后，加上背着处分，出身又不好，我没有继续升学，而是考进了铸锻中心技术学校，后来分配进了天津重型机器厂，是国家的重点企业。厂长冯文彬是大名鼎鼎的人物，在《新名人词典》伟人栏里有他的照片和一整页的说明。工厂的规模宏伟巨大，条件是现代化的，比我参观过的拖拉机制造学校强一百倍。真是歪打正着，我如鱼得水，一头扎进了技术里。想不到我这个从农村出来的孩子对机器设备和操作技术有着特殊的兴趣和敏感，两年以后就当上了生产组长。

师傅断言我手巧心灵将来一定能成为一个大工匠（就是八级工），但是必须克服爱看闲书、爱看戏的毛病。一个学徒工竟花两元钱买票去看梅兰芳，太不应该。我热爱自己的专业，并很高兴为它干一辈子，从不再想写作的事，心里的伤口也在渐渐愈合，吐血的现象早就止住了，到工厂医院照相只得了四个字的结论：左肺钙化。但也留下一个毛病：生活中不能没有小说，每天回到宿舍不管多晚多累，也要看上一会儿书。

正当我意气风发，在工厂干得十分带劲的时候，海军来天津招兵，凡适龄者必须报名并参加文化考试。我出身不好，还受过处分，左肺有钙点，肯定是陪着走过场，考试的时候也很轻松。不想我竟考了个全市第一，招兵的海军上校季参谋对工厂武装部长说："这个蒋子龙无论什么出身，富农也好，地主也好，反动资本家也好，我都要定了。"以后很长时间我才想明白，要说我在全校考第一不算新鲜，在全市考第一连我自己都觉有点奇怪，我并没有想考多好，很大的可能是有些城市孩子不想当兵，故意考不。我已经拿工资了，对家境十分困难的我来说这四十来元钱非常重要，可以养活三四口人，而当兵后只有六块钱津贴。还要丢掉自己喜欢的刚学成的专业，真是太可惜了。

没想到进了部队又继续上学，是海军制图学校。这时候才知道，1958年炮轰金门，世界震惊，我们宣称其他国家不得干涉我国的内政，可我们的12海里领海在哪儿？因此从京津沪招一批中学生或中专毕业生学习测绘，毕业后绘制领海图。在这之前我确实不想当兵，可阴差阳错已经穿上了军装，想不干也不行了，就不如踏下心来好好干。渐渐地我的眼界大开，一下子看到了整个世界。世界的地理概况是什么样子，各个国家主要港口的情况我都了解，我甚至亲手描绘过这些港口。

我从农村到城市，由城市进工厂，从工厂到部队，经过三级跳把工农兵全干过来了。

当时部队上正时兴成立文艺宣传队，搞月月有晚会。我是班长，不错又当了班长，同样也是因为学习成绩好。为了自己班的荣誉，每到月底不得不编几个小节目以应付晚会。演过两回，领导可能是从矬子里选将军，居然认为我还能"写两下子"，叫我为大队的宣传队编节目。小话剧、相声、快板、歌词等，无所不写。有时打下了敌人的 U2 高空侦察机，为了给部队庆贺，在一两天的时间里就得要凑出一台节目。以后想起来，给宣传队写节目，对我来说等于是文学练兵。写节目必须要了解观众的情绪，节目要通俗易懂，明快上口，还要能感染人，而且十八般兵器哪一样都得会一点。这锻炼了我的语言表达能力，逼我必须去寻求新的打动人心的艺术效果，节目才能成功。

文艺宣传队的成功给了我巨大的启示。元帅、将军们的接见，部队领导的表扬，观众热烈的掌声，演员一次次返场、一次次谢幕，这一切都使我得意，使我陶醉，但并未使我震动，并未改变我对文艺的根本看法。我把编排文艺节目当成临时差事，本行还是学制图。就像进工厂以后爱上了机器行业就再也不想当作家一样，我把制图当成了自己的根本大业，搞宣传队不过是玩玩闹闹。而且调我去搞宣传队，部队领导的意见就不一致，负责政工的政委点名要调，负责业务的大队长则反对，因为我还负责一个组（班）的制图。我所在部队是个业务单位，当时正值全军大练兵、大比武，技术好是相当吃香的。我在业务上当然是顶得起来的，而且已升任代组长（组相当于步兵的排一级单位），负责全组的业务工作。如果长期不务正业，得罪了握有实权的业务领导，就会影响自己的提升。

业务单位的宣传队是一个毁人的单位，获虚名而得实祸，管你的不爱你，爱你的管不着你，入党提干全没有份。但是，有一次给农村演出，当进行到"诗表演"的时候，有的社员忽然哭了出来，紧跟着台上台下一片唏嘘之声。这个贫穷落后的小村子，几经苦难，每个人有不同的遭遇，不同的感受，诗中人物的命运勾起他们的辛酸，借着演员的诗情把自己的委屈哭出来了。

社员的哭声使我心里发生了一阵阵战栗，使我想起了十多年前我趴在小油灯底下磕磕巴巴地读那些闲书，而乡亲们听得还是那样有滋有味。我对文学的看法突然间改变了。文学本是人民创造的，他们要怒、要笑、要唱、要记载，于是产生了诗、歌和文学，现在高度发展的文学不应该忽略了人民，而应该把文学再还给人民。文学是人民的心声，人民是文学的灵魂。作家胸中郁积的愤懑，一旦和人民的悲苦搅在一起，便会产生震撼人心的力量。人民的悲欢滋补了文学的血肉，人民的鲜血强壮了文学的筋骨。

文艺不是玩玩闹闹，文学也绝不是名利思想的产物。把写作当成追名逐利，以为只有想当作家才去写作，都是可怕的无知和偏见。所以，过去我为了给自己争口气而投稿，以至于失败，也是理所当然的。因为我肩上没有责任，对人民没有责任，对文学也不负有责任，抱着试一试的态度，一试不行就拉倒。文学不喜欢浅尝辄止，不喜欢轻浮油滑，不喜欢哗众取宠。写作是和人的灵魂打交道，是件异常严肃而又负有特殊责任的工作。人的灵魂是不能憋死的，同样需要呼吸，文学就是灵魂的气管。

我心里涌出一种圣洁般的感情，当夜无法入睡，写了一篇散文。第二天寄给《光明日报》，很快就发表了。然后就写起来了，小说、散文、故事、通讯什么都干，这些东西陆陆续续在部队报纸和地方报纸上发表了。

我为此付出了代价，放弃了绘图的专长，断送了自己的前程，但我并不后悔，我认识了文学，文学似乎也认识了我。带着190元的复员费，利用回厂报到前的休息时间，单身跑到新疆、青海、甘肃游历了一番。我渴望亲眼看看祖国的河山，看看各种面目的同胞。直到在西宁车站把钱粮丢了个精光，才心满意足地狼狈而归，回到原来的工厂重操旧业。

1966年，各文学期刊的编辑部纷纷关门，我有五篇打出清样的小说和文章被退回来了。由于我对文艺宣传队怀有特殊的感情，便又去领导工厂的文艺宣传队，以寄托我对文学的怀念，过一过写作的"瘾"。1972年，《天津文艺》创刊，我东山再起，发表了小说《三个起重工》。

我相信文学的路有一千条，一人走一个样儿。我舍不得丢掉文学，也舍不得丢掉自己的专业，每经过一次磨难就把我逼得更靠近文学。文学对人的魅力，并不是作家的头衔，而是创造的本身，是执着的求索，是痛苦的研磨。按着别人的脚印走不出自己的文学创作的路，自己的路要自己去闯、去踩。

这个过程也可以说是人生被文学绑架。

回顾大半生，文学害过我，也帮过我。人与文的关系是一种宿命。

编这本书，就想自我解释这种宿命。

这就要进行"创作揭谜"。即使创作不能成"谜"，每个人却都是一个谜，在降生时完全不知道将走一条怎样的人生之路。一部作品的诞生，跟一个孩子的诞生差不多，当时是怎样写出来的，当时的人生经历、思想情感及创作主张等，全收在这本书里了。

修订这部书稿，其实是梳理自己的创作脉络，回望文学之路上的脚步。

此生让我付出心血和精力最多的，就是建构了属于自己的"文学家族"，里面有各色人物，林林总总。他们的风貌、灵魂、故事……一齐涌到我眼前，勾起许多回忆。有的令我欣慰，有的曾给我惹过大麻烦。如今回望时竟都让我感到了一种"亲情"，不仅不后悔，甚至庆幸当初创造了他们。

我的"文学家族"由两部分构成，一部分是虚拟的，这就是小说；另一部分是现实的，那便是散文。小说靠的是想象力和灵魂的自由，而散文靠的是情绪的真诚和思想的锋芒，这类文字却对生活、对自己具有一种更直接的真实意义，从中可清晰地看出我思想脉络的走向。

这本书所收录的，是几十年来我在各种情况下袒露自己心境的积累。也许写得太坦诚了，没有修饰，如同写日记，如同对朋友谈心。

创作以丰饶为美。而写这类文章，沉重容易，轻盈难得。我自忖，到60岁前后，才找到了些许"轻盈"的感觉。

人的一生都在尽力发现并了解自己的"偶然局限"和"必然局限"。对一个作家来说更是如此，这也是"自述"类的文字所存在的意义。

记忆里的光

现在的人可能无法想象，我长到 8 岁才第一次见到火车。那是一种触目惊心、铭记终生的感受。1949 年初冬，我由跟着父亲认字，正式走进学校，在班上算年龄小的，大同学有十三四岁的。一位见多识广的大同学，炫耀他见过火车的经历，说火车是世界上最神奇、最巨大的怪物，特别是在夜晚，头顶放射着万丈光芒，喘气像打雷，如天神下界，轰轰隆隆，地动山摇，令人胆战心惊。当时包括我在内的许多同学，都萌生了夜晚去看火车的念头。

一天晚上，真要付诸行动了，却只集合起我和三个大点的同学。离我们村最近的火车站叫姚官屯，十来里地现在看来简直不算路，在当时对我这个从未去过"大地方"的孩子来说，却像天边儿一样远。最恐怖的是要穿过村西一大片浓密的森林，那就是我童年的原始森林，里面长满奇形怪状的参天大树。森林中间还有一片凶恶的坟场，曾经听大人们讲过的所有鬼故事，几乎都发生在那里面，即便大白天我一个人也不敢从里面穿过。进了林子以后我们都不敢出声了，我怕被落下不得不一路小跑，我跑他们也跑，越跑就越瘆得慌，只觉得每根头发梢都竖了起来。当时天气已经很凉了，跑出林子后却浑身都湿透了。

　　好不容易奔到铁道边上，强烈的兴奋和好奇立刻赶跑了心里的恐惧，我们迫不及待地将耳朵贴在道轨上。大同学说有火车过来会先从道轨上听到。我屏住气听了好半天，却什么动静也听不到，甚至连虫子的叫声都没有，四野漆黑而安静。一只耳朵被铁轨冰得太疼了，就换另一只耳朵贴上去，生怕错过火车开过来的讯息。铁轨上终于有了动静，嘎噔嘎噔……由轻到重，由弱到强，响声越来越大，直到半个脸都感觉到了它的震动，领头的同学一声吆喝，我们都跑到路基下面去等着。

　　渐渐看到从远处投射过来一股强大的光束，穿透了无边无际的黑暗，向我们扫过来。光束越来越刺眼，轰隆声也越来越震耳，从黑暗中冲出一个通亮的庞然大物，喷吐着白气，呼啸着逼过来。我赶紧捂紧耳朵睁大双眼，猛然间看到在火车头的上端，就像脑门的部位，挂着一个光芒闪烁的图标：一把镰刀和一个大锤头。

　　领头的同学却大声说是镰刀斧头。

　　我觉得那明明是镰刀锤头，斧头是带刃的。且不管它是锤是斧，那把镰刀让我感到亲近，特别的高兴。农村的孩子从会走路就得学着使用镰刀，一把磨得飞快、使着顺手的好镰，那可是宝贝。火车头上居然还顶着镰刀锤头的图标，让我感到很特别，仿佛这火车跟家乡、跟我有了点关联，或者预示着还会有别的我不懂的事情将要发生……那时候的火车不像现在这么多，要等好一阵才会再过一列。我们又将耳朵贴在铁轨上，盼着多感受火车的声势和光芒，再仔细看看火车头上的镰刀锤头。

十年后，我国向世界发布，沿海 12 海里范围内为中国领海。转过年，经过比检查身体更为严格的文化考试，我以第一名的成绩入伍，进入海军制图学校，毕业后成为海军制图员。接受的第一批任务就是绘制中国领海图，并由此结识了负责海洋测量的贾队长。刚当兵的时候，在接受新军装的同时我还领到一个印有海军军徽的蓝色挎包，很漂亮，平时几乎用不着，实际也舍不得用。而贾队长却有个破旧的土灰色挎包，缝了又缝，补了又补，唯一醒目的是用红线绣着镰刀锤头的图案。

我猜测这个挎包一定有故事，有不同寻常的来历。既然已经站在了军旗下，我自然也希望有一天能站在镰刀锤头下，对这个图案有一种特殊的亲近和敬意。于是就想用自己的新挎包跟他换。不料贾队长断然拒绝，他说别的东西都可以给我，唯独这个挎包，对他有特殊的纪念意义，目前还有很重要的用途，绝不能送人。有一次他在测量一个荒岛时遇上了大风暴，在没有淡水没有干粮的情况下硬是坚持了十三天，另外的两个测绘兵却都牺牲了。他用绳子把自己连同图纸资料和测量仪器牢牢地捆在礁石上，接雨水喝，抓住一切被海浪打到身边的活物充饥……后来一位老首长把这个挎包奖给了他。

贾队长知道我老家是沧州，答应在我回老家探亲的时候可以将这个挎包借给我，但回队的时候必须带来一挎包沧州的土和当地的菜籽、瓜子或粮食种子。原来他每次出海测量都要带一挎包土和各样的种子，有些岛礁最缺的就是泥土。黄海最外边有个黑熊礁，礁上只驻扎着三个战士，一个雷达兵，一个气象兵，一个潮汐兵，他们就是用贾队长带去的土和种子养活了一棵西瓜苗，像心肝宝贝般地呵护到秋后，果真还结了个小西瓜，三个人却说什么也舍不得吃……没有到过荒岛、没有日夜远离祖国的人，是无法想象他们的感受的。用祖国的土和种子，亲手培育出一棵绿色生命，那份欣喜、那份珍贵，无与伦比，怎舍得吃掉？我根据这个故事写了篇散文发在当年的《人民海军报》上，那是我的文字第一次被印成铅字。

又过了几年，我复员回到工厂。"文革"开始后由厂长秘书下放到车间劳动改造，分配我干锻工。锻工就是打铁，过去叫"铁匠"。虽然大锤换成了水压机和蒸汽锤，但往产品上打钢号、印序号，还都要靠人来抡大锤。凡锻工没有不会抡大锤的，我是下来被监督劳动的，这种体力活自然干得最多。不想我很快就喜欢上了打铁，越干越有味道，一干就是十年。在锻钢打铁的同时，也锻造了自己，改变了人生，甚至成全了我的文学创作。我成了民间所说的"全科人"：少年时代拿镰刀，青年当兵，中年以后握大锤。对镰刀锤头有了一种说不出的特殊感情。

当年我为部队文艺宣传队编节目，写过两句话当时颇为得意，至今不忘："生做镰刀锤头铁，死做旗上一点红。"现在想起这一切，心里还有股温暖。

结婚就是为了"过日子"

一位交往多年的编辑，再一再二地约我谈谈年轻时的"婚姻观念"和"择偶标准"，我不忍拂她的诚意，却也不敢贸然答应，像我这个年龄的人，当初结婚时真有什么"观念"吗？至少不像现在的年轻人那么明确：结婚是为了爱情，为了幸福……

那个时代的年轻人简单而有"理想"，差不多都想"干一番事业""先立业后成家"。至于想干什么"事"、立什么"业"？说白了就是干好本职工作，当好"螺丝钉"。是工人就要学好技术，一级级地往上升，成为八级工是连做梦都不敢想的，当时我所在的工厂一万多人，八级工不足10名，比副厂长还更被人高看。那个时候能升到四五级工就相当不错了，到哪里都能吃香的喝辣的。可见那个年代的"理想"，绝没有现代人想升官发财、出人头地这么宏大。"文革"渐入高潮，因我写过"大毒草"，又当过厂长秘书，因而成了"反革命修正主义黑笔杆子"，被打到车间"监督劳动"。

这时我晃晃荡荡的已经二十七八岁了，带我到天津读书的三哥发话了：你已经无业可立，连正经事都没的可干了，还是成家过日子吧。对了，"过日子"——就是当时最流行也是最重要的

"婚姻观念"。人只有结了婚，才叫有了自己的"日子"；两口子打架，叫"日子没法过了"；离婚或死了配偶，周围同情的人都会感叹，"往后他（或她）的日子可怎么过呀?"三哥是想让我在人不人鬼不鬼的时候，成个家好躲进自己的"日子"。

"观念"有了，我的"家"该怎么"成"呢? 也就是说想找个什么样的人组成自己的家呢? 我认真想了几天，将自己认识的姑娘在脑子里过了一遍筛子，还真找不出自认为能跟我"过日子"的。既然提不出想找个什么样的人的标准，就只好向哥嫂提出什么样的人是我不能找的，共有三条：

一、不找文艺演出队的。我在部队时就为战士文艺演出队编过节目，回到工厂还曾管过演出队，虽然有机会接触一些漂亮姑娘，却深知演出队的姑娘心高气盛，以我的条件绝对消受不起。想"过日子"就要找门当户对的，不能高攀。这一条是给自己敲警钟，找对象别光盯着漂亮的。同时也让哥嫂放心，你兄弟知道自己的斤两，不会好高骛远做美梦。

二、不找本厂的。我在厂里"黑"名昭著，没有不知道"黑笔杆子""黑秀才"的，到哪里都有人对我指指点点、交头接耳，做人已经没有了尊严。在那个年代犯了"路线错误"，等于断送了前途，即便有不嫌弃的愿意嫁给我，一不高兴了难免会抱怨、后悔，岂不等于开我的家庭批斗会? 两人搭伙过日子，最好找个肩膀头一般高的。

三、也不想找地道的城市人，最好是像我这样从农村来的，或者有外地背景。当初我以全班第一名的成绩考进天津的中学，被班主任指定为班主席，城里的学生很不服气，给我起外号，学我说话的口音，直到1957年他们利用政治运动告黑状，终于给我弄了一个处分并撤掉班主席职务。可能从那时起，我对大城市以及城里人便心存芥蒂，至今已在大城市里生活了半个多世纪，自觉仍不能真正地融入城市。两年前出版长篇小说《农民帝国》，在《后记》里我说了一句话："总觉得自己在骨子里还是个农民。"

嫂子听完这三条笑了：正好，我有个合适的人儿，就像专给你留的一样，完全符合你的条件。你是富农子弟，她出身资本家，父母都被遣送回原籍了，她的老家离咱村只有五里地。天津只剩她一个人了，原先是生产计划科副科长，现在也撤职回车间当工人了。人样子长得不错，比你小3岁，本分牢靠，我绝对知根知底，论起来是我的叔伯妹子。

听完嫂子的话我很后悔没有在"择偶标准"里再加上一条："不找拐弯抹角、沾亲带故的。"我干的是锻工（打铁），属于"特重型体力劳动"，又是三班倒，很快就把成家的事丢到脑后了。有一天嫂子交给我一个布包，让我给她的叔伯妹妹送去，并嘱咐道：你们俩怎么也得见个面，看看没有大问题就快点把事办了，她一个人过日子不容易，你也老大不小的了。

嫂子动真格的了，这是叫我去相亲呀！反正早晚也得去一趟，否则无法向嫂子交代，等回绝了那位叔伯妹子后，再向嫂子解释。选了个我下早班、她歇班的日子就"送货上门"了。在天津市最繁华的中心地段找到了她的家，一个老院里有一幢老楼，进院碰到一位大姐，拦住我像审贼一样把我审了个底儿掉，然后才领我敲开了她的屋门。屋子里空空荡荡，四壁光光，靠最里边的角上有张旧床，屋子中间有个凳子，凳子上放着一盆水，她显然刚洗完头，头发还是湿的，一时间愣在原地，有些手足无措，却越显得眉眼温顺。她是细高个，肤色白净，软弱无助地站在这样一间像刚洗劫过的老屋子里，身上竟散发出一种东西格外让我动心。

虽然我也浑身不自在，却在那一刻就拿定了主意：就是她了，这是个能跟我相依为命的女人！我赶紧把嫂子的布包递过去，说了句你以后有事找我，就慌忙退出来走了。很长时间以后两个人聊天，她提起我们第一次见面的尴尬，一直非常关心她的同院大姐，那天等我走了以后就逼问她：刚才那个大老黑是谁？是不是你叔伯二姐的小叔子？不行，一朵鲜花哪能插在牛粪上！我们准备结婚的时候我特意自制了一张请柬，让她交给同院的大姐，落款就是"鲜花、牛粪"。

结婚前工厂一位对我非常好的老师傅也给了我受益终身的忠告：马上要成家了，好歹我是过来人，给你立三条规矩。第一，不管生多大气，都不能打老婆，只要动了一次手，下次一不高兴了手就痒痒，巴掌拳头是打不出感情的，也打不出好日子；第二，永远不要骂老婆，有理说理，有事说事，只要骂顺了口后边就收不住；第三，能成两口子多少都有点天意，不到万不得已、两个人实在走到尽头了，不能从你嘴里吐出离婚两个字。离婚不是儿戏，不可成天挂在嘴边上。

这就是我的老"观念"和老"标准"，惹读者见笑。

我和儿子

我的男孩是初中二年级的学生，他常使我想起自己的中学时代。有时还禁不住把他和自己当中学生时相比……

上学期，在数学竞赛中他进入全校同年级的前六名，可是语文不及格。我当初在十四门功课中能拿十三个五分，唯有作文经常得四分。我很看重分数，每一次参加考试，总是出考场之后，很快就能较准确地估算出自己能得多少分。不论期中期末考试，如果有一门考得不理想（不会或答错的时候极少，往往由于大意或紧张，丢掉了半道题，少写了一道公式），会非常懊恼，甚至一天吃不下饭。

我们家那位80年代的中学生，似乎不太看重分数，至少是不像我那样看重。他一方面愿意考个好分数，不及格太不光彩；另一方面又觉得考上重点中学"太受罪"，还得拼命。他每一次参加考试回来，都不能较有把握地说出自己可以得多少分。但不论考好考坏，都不会影响他的吃饭和睡眠。

50年代，我没有感到中学里有什么竞争，但那时中学生年龄偏大，同学间有的相差好几岁，有钩心斗角、出卖朋友的事情。我曾因被好同学出卖而挨批、吐血，那不是竞争，是看我说话带农村腔好欺侮，顶多是夺走我占的那个"班主席"的职位。现在就不一样了，竞争几乎从小学就开始了。到中学更加激烈，进了大学反倒可以松口气，因为"知识分子"的头衔和铁饭碗已经十拿九稳了。儿女功课不好，家长忧心忡忡，压力沉重。许多家长并不是非要子女将来出人头地、成名成家，他们希望自己的孩子能在社会上找到一个独立生活的位置，有一个普通的劳动性的职业就行。考不上大学、中专以及技校，就失去了正式就业的机会。只剩下顶替父母的一条小路，倘顶替政策有变或父母的职业不便顶替，如之奈何？可悲的是我们家的那位当事人，却并无太大的压力。上了中学，压力还在家长身上，真是怪事。

我在农村上的小学，常在夏秋农忙之际辍学，仍然看了大量的中国古代小说，除去"三国""水浒""东周列国""三言二拍"等，更多的是武侠小说。当然是生吞活剥，只为了解故事。上中学考进了天津市，接触了一个更广阔的世界，每星期都要跑几次市图书馆，开始阅读外国文学名著。当时的中学生课程不比现在少，课外活动也很多，为什么还有时间看那么多课外书呢？现在，我身边那位中学生读过的中外文学作品，恐怕还不及当年我读过的百分之一，还只满足于听听电台的小说连播呢！

但我又决不能下这样的结论：80年代的中学生不如50年代的中学生。不，我当中学生时是单纯而幼稚的，现代中学生的思想是不能用单纯幼稚来形容的，杂七杂八的知识懂得不少，该懂的却不懂，他一天到晚好像也很紧张，学校并未组织很多社会活动，为什么没有看"闲书"的时间呢？

我在写这篇短文的时候，儿子到学校参加期中考试去了，我

岁月侵人不留痕

050

比他还要紧张。而当年我自己是从不怕考试的，视考试如过年。也许人们谈起自己过去的历史，总喜欢讲"过五关、斩六将"，而不愿意提"走麦城"。这篇小文很可能让人觉得我有"老王卖瓜"之嫌，但当了家长的人也许能体谅我的苦恼和焦虑。

女儿的琴声

"我们学校进行民意测验的结果表明，有百分之八十的现代中学生不愿做父母那样的人。您对这个结果有何感想？"

"您对中学里组织各种社团、搞勤工俭学怎么看法？"

"您是不是认为中学生的学习成绩非常重要？您心目中完美的中学生形象应该是什么样的？"

"现在的中学生比您上中学的时候显得更成熟，思想更复杂，更有主见，更富有竞争性，您以为如何？您认为现代中学生的主要特点是什么？他们有什么长处和短处？"……

南开大学附中高中部记者采访团的郑梅同学和她的一个伙伴，轮流向我提出关于中学生的各种问题。这些问题尖锐而又敏感，十分钟前她们突然推门而入，把我从稿纸堆里拉出来，声称只占我半小时，可光听她们提问就过去了十分钟，问题还没有提完。我毫无思想准备，觉得这些学生记者比成年记者更厉害，他们没有顾虑，咄咄逼人。我的一双儿女也坐在旁边听我怎样回答……

正像郑梅说的，现代的中学生比我当中学生的时候"更有主见"。我的儿子也在读高中二年级，身高已经超过了一米七，跟我穿一样长的裤子，一样大的鞋袜，在家庭里占据着一块不容忽视的空间。家里一些应该由男子汉承担的体力活儿，大部分归他负责了。不知不觉，连一些琐事似乎也进行了心照不宣但又十分明确的分工。早晨，儿子把他母亲的自行车搬到楼下去，母亲下班回来他再把车子扛上来。几年来，可谓"百扛不厌"，责无旁贷，已成习惯。妻子在下班的路上负责采购，大包小包，青菜萝卜，在楼下一声呼唤，儿女急忙奔下楼去，儿子扛车，女儿提篮，如众星捧月，簇拥而上，邻里羡慕，妻子脸上的疲劳一扫而光，颇感得意。中午在儿女放学之前，我须赶回家中把饭菜加热，儿子负责刷锅洗碗，女儿负责桌子和收拾厨房。晚上，妻子负责做饭，儿女的分工不变。至于我嘛，碗筷一放就可以坐到沙发上去看电视新闻。偶有朋友来访，看到这场面甚感不满，说我茶来伸手，饭来张口，吆三喝四，大有老太爷的派头。而我儿女并无怨言，各人干自己应该干的事情，这只能说我们教子有方，养儿育女一场开始回收"经济效益"。

每个人都为家庭尽自己的责任，因此每个人在家庭里都有发言权，可惜我并不是很自觉地认识到这一点，也不是很心甘情愿地接受了这个事实。我自知不是个十分民主的家长，脾气暴躁，上来邪火地动山摇，家人惧怕。但是，儿女各自用不同的方式争取到了他们的发言权。

女儿嘴巧，看书也多，虽然只有 10 岁，却是家里唯一能跟我唇枪舌剑、针锋相对的人物，也是唯一敢取笑我、对我进行正面批评的人。每天放学回来要凑到我写字台前，看看稿纸上的页码，再问一句："今天写了多少字？"我若写作顺利，自然会高高兴兴地跟她亲热一番。若文思受阻或来访者太多耽误了写作时间，就会心烦地把她赶开：

"躲开，别搅和，快去练琴！"

这时女儿就会向她的母亲和哥哥努努嘴，挤挤眼，阴阳怪气地故意大声说给我听：

"走走，咱们快点躲他远远的，他今儿个写的字少，窝着一肚子火想拿咱们出气！"

经女儿一点破，我肚里的火气自消了。以前常因写作不畅无缘无故地发火破坏家庭的和谐气氛。经女儿发现了这个规律，我就不好意思再借题发挥，"嫁祸于人"了。

当然，她有时也是很讲策略的。比如要批评我的脾气不好，就说她的某某同学的父亲"长得特别喜相"，愿意跟小孩儿在一块儿玩，还爱装傻样儿逗得大伙儿哈哈笑。她还会借别人的嘴挖苦我：

"凡是到咱家来过的同学，都对我说：'我们不怕你妈妈，怕你爸爸。'"

我心里难受，觉得这不是小事情，就说："我是个坏爸爸，让你在同学中丢脸了。"

她完全一副大人口吻，"咳，脾气是小事，还有主要方面啦，你当然是我的好爸爸。"

"呀，你还懂辩证法？你说，你的同学来了，我把咱家的好东西都拿给他们吃，他们为什么还怕我？"

"你身上长着瘆人毛。"

我摸摸自己额前老爱支起来的那一绺头发，自嘲地说："是不是这撮毛?"

"不对,这是学问毛。"

"什么叫学问毛?"

"有学问的毛!"

又气你又哄你,令人哭笑不得。现在女儿有更好的办法对付我,她起着调节家庭气氛的重要作用,这到后面再说。

儿子则是蔫的。

他一直喜欢理科,升到高二分班时理所当然地上了理科班。半年之后由于化学考试受挫,对理科失去信心和兴趣,突然提出转科。老师多次耐心地劝导,我也再三向他陈述中途转科的弊端,高中的功课那么多,负担那么重,落下半年的课程追赶起来绝非易事;更重要的是:学理科升学就业的机会多,选择的余地很大,学文科升学就业的机会相对来说就小得多了!还有一种说不出的原因,我不愿自己的儿女学文。

任我和老师磨破嘴皮,每次都谈一两个小时,最后儿子还是那句话:"我就是想学文科。"

他从来没有这样有主意过。我发觉他长大了,尽管还不到17岁,却像个男子汉一样有自己的主见了。我欣赏有主意的孩子,男孩子表现出应有的男子汉气概,应该得到鼓励。既然别人把利害关系都跟他讲清楚了,他仍坚持改科,我就不应该再加阻拦。他愿意为自己的命运负责,本是件好事。我心里却说不清是轻松了,还是更加沉重了?这次倘若决策失误,影响他明年考大学,将关系到他一生的前途……

有家长的签字,学校才给转科。我签上了"同意"两个字。

儿子一开始上学就是班里的尖子，上到二年级的时候老师想让他跳级。当时我的一篇小说正遭到大规模的批判，舆论汹汹，社会上谣言纷传。老子挨批，儿子跳级，使我颇感得意。觉得儿子为自己争了气，虚荣心促使我做出了错误的决定，同意儿子跳级。当时的小学还是五年制，他再跳一年，实际只上了四年。到了重点中学，他的基础知识就显得差了，由尖子生降为中等生，自尊心受到打击，功课时好时坏。但愿我在儿子身上不要再犯第二次错误！

应该说我对儿子的管教是相当严厉的，甚至可以说是粗暴和武断的。一旦发起脾气来，越说声音越高，火气越大，越打越不解气，一动手就收不住，自己火上浇油，打了第一次就想打第二次，打了一下还想打第二下。事后冷静下来，自己也觉得太过分了，埋怨自己脾气太坏，于事无补。当然也不是全无结果，偶尔他某一门功课考试不及格，狠打一顿就可以拿个八九十分。不知是体罚真起作用，还是碰巧了。这是以前的事情，以后我觉察到了自己的坏脾气，一旦发作就不可收拾，最好的办法就是自己用理智控制住，不让坏脾气爆发。那时女儿还小，家里没有"灭火器"。

尽管如此，儿子的老师还是婉转地对我提出了批评。

语文课讲了《反对自由主义》，老师留出20分钟给学生们出一道作文题：《反对……》。我的儿子不假思索，一挥而就。题目是：《反对父亲的粗暴管教方法》，文中有这样一段话——

"……他规定我必须六点钟起床，晚上十点钟睡觉，我要晚起五分钟，他就要批评我一刻钟。他浪费的时间三倍于我自己耽误的时间。我只要规规矩矩地坐在桌子跟前，不论我干什么、想什么，他都很高兴，不再管我，放心地去干他自己的事。作为作家，父亲也许是聪明的，作为父亲，他可真够笨的！"

老师说："就作文本身而论，文字通顺，真情实感，学生讨厌打小报告，我可不想在家长面前告自己学生的状。你的孩子没有错，你的管教方法确实有问题……"

看来我得多给孩子一些自主权，增加一点家庭里的民主空气。

去年年底，我写了一篇反映女武生生活的小说，题目定为《以男人形象闻名于世的女人》。儿子看后居然敢给我提意见了：

"这个题目不好。"

他说得那么肯定，我问："为什么？"

"现在都写什么女人呀，男人呀，靠这个来吸引人，你怎么也学这一套？你不是说写作要新鲜，不走别人的路吗？"

真是一针见血，我立刻接受，把题目改成《长发男儿》。还是有个"男"字，想了半天去不掉，只好先凑合着交了卷儿。

我和妻子要一块儿外出，临行前女儿在饭桌上甩闲腔：

"你们光顾自己出去美吧！"

她那张十分讨人喜爱的小脸儿绷得紧紧的，连眼睛也不抬起来，语调更是不酸不凉。妻子心里不安。使我想起去年，我们两人去云南，钻大山、看边界，在保山宾馆的时候给家里打了个电话。儿子像个男人，声音镇定，话语不多；轮到女儿说话，那就大不一样了，一股亲女的感情热流，隔着几千公里通过声音送到我们心里。我把话筒交给妻子，女儿那张小嘴倒有说不完的话，什么安全啦，身体啦，吃呀，住呀，说着说着娘俩呜呜地哭起来了！女儿举着话筒在天津哭，妻子拿着话筒在保山哭，把宾馆服务员都闹蒙了。真是最亲不过娘闺女，最近不过闺女娘……

我对女儿说："你妈妈上班干革命，下班做家务，出去散散心难道不应该？"

女儿还是不抬眼皮，"去吧，谁不让你们去了？反正你们一走我就倒霉了。"

"你倒的什么霉呢？"

她认真地叹了口气，"嗨，不说了。我要是说了，等你们一走更得把我打熟了！"

儿子一声不吭，闷头吃自己的饭。

我瞪着他，感到恼怒，心里也掠过一阵寒战。儿子莫非学到了我的坏脾气，当我们不在家的时候对他妹妹粗暴无礼？

我和妻子从外边回来以后就向请来看家的姥姥打听两个孩子的情况，儿子没有打过他妹妹，大概也是因为找不到理由。平时像刺儿头一样的女儿，我们一走就对她哥哥绝对服从，他说什么她就听什么，他指使她干什么，她就老老实实地去干什么。

不管怎么说，当我不在家的时候，儿子能担负起一个男子汉的责任，令我感到欣慰。

有位朋友用玩笑的语气为我们家排了一下座次，女儿第一，儿子排在第四。

从外表看似乎是这样的，女儿在家里比较受宠。节假日和每个星期六的晚上儿女们可以看电视，我坐正面的沙发，女儿则坐在我的腿上，自称我的大腿和胸怀是她的"软席包厢"，顽皮劲儿上来，还要骑到我的脖子上去。

去年她因体育课的成绩没有达到 80 分，班里评上"三好"又被学校拉了下来。回到家就让我做她的体育教员，摁着她的膝盖做仰卧起坐，我给数数，保护她做前滚翻、弯腰、抬腿等等。每逢我被女儿支使得团团转的时候，妻子就在旁幸灾乐祸地说：

"这回可有了治你的啦，你的脾气哪？"

从心里对儿女不能一视同仁，甚至有意歧视自己某个孩子的父母，我想是没有的，要父母绝对一碗水端平也是不可能的，碗太平孩子就吃不到嘴里去，要想吃得省劲就要把碗端得斜一点。每个儿女的情况都不一样，在小事上有点偏向是正常的。

儿子出生的时候正赶上我在车间里上三班，在家里的时间很多，大部分家务活由我来干。如果赶上"停产闹革命"，我就可以一连几天在家里哄儿子。他出生的那天晚上就具有一种喜剧气氛。妻子怀孕期间，热心的邻里老太太，时间充裕的工厂女同事，为她算日子，看手相，测妊娠反应，都断定她会生个女儿。而我对她们的测算结果嗤之以鼻，坚信自己会得个儿子。我没有任何根据，只是一种感应，或者叫一种希望。10 月 30 日的晚上，南开医院的产房接收了十二个孕妇，前十个生的都是女孩，我已经失望了，偏偏从我妻子开始，最后两胎全是男孩。妻子奶水充足，儿子吃得白胖喜人，长到五岁时，馋虫上来还要扎到母亲怀里咬住奶头嗫半天。尽管我的工资很低，仍然在工厂附近专门雇请一个老太太照看他。接他送他也常常是我的事情，路上要穿过一个坑坑洼洼的胡同，放在竹子推车里怕把儿子的脑袋颠傻，索性将他放在我的肩膀上，两条小腿夹住我的脖子，高人一头，招摇过市，优哉游哉……

女儿的命运就不一样了，她选了个最不吉祥的时刻来到我的家。

1976年复刊后的《人民文学》第一期上，发表了我的一篇小说《机电局长的一天》。随着"反击右倾翻案风"运动的不断高涨，这篇小说被上了"七条纲"，被认为"宣扬阶级斗争熄灭论和唯生产力论"等。5月9日，北京来人，找到天津当时的文教书记王曼恬，责令我公开做检查，否则在全国范围内展开批判！

就在这时候女儿来到人间，好像是为我壮胆来的。我的妻子正希望再来个女儿，当我在产房外得到天遂人愿的消息，就急急忙忙奔回家去为劳苦功高的妻子熬小米粥。小米粥熬好灌进暖水瓶，将儿子锁在屋里，急急忙忙再返回医院。一个朋友正在医院门口等我哪，向我这个喜气洋洋的父亲通报了坏消息，市里派来了汽车就停在路边，要我马上去市委，王曼恬亲自跟我谈话。

我表示不能坐这个车去，除非公安局派警车来，让警察向我出示逮捕证，我才能丢下妻子儿女不管，任由你们发落。更可怕的是另有一女同志到产房里去做我妻子的"思想工作"，真是赶尽杀绝！那女同志是好意，想安抚我妻子，但这消息本身就足以使她精神上过度紧张，奶水顿失，点滴皆无。女儿没有吃上一口娘奶，乃我之过！

两个多月以后发生大地震，我每天早上从黄河道跑到西站，排上几个小时的队，抢购上一斤牛奶，再兑些稀粥，以维持女儿的生命。尽管如此，在给她过百岁的时候，朋友们还是建议为她取名"一巍"。我已经狼狈至此，仍然自吹《机电局长的一天》

巍然不动，多亏鲁迅先生创造了"阿 Q 精神"。

女儿到了说话的年龄，吐字不清，经检查是"腭裂"。天哪，真是祸不单行。

她五岁半的时候住进了口腔医院。此病不算小，手术更复杂，难度很高。由于手术的部位在嗓子眼儿，医生需有极大的细心和耐性。

病房里，病人家属们成天议论纷纷。某人的孩子也患此病，通过后门找到大关系，重托了手术医生。医生感到责任重大，精神紧张，负担过沉，手术时间拉长，唯恐出差错反倒出了大差错，当天夜里病孩儿因伤口破裂，出血过多而亡。走后门把孩子送给了无常，真是写小说的材料。还有一些病孩儿，虽然手术本身没有出危险，但效果不理想，恢复一年半载之后还要做第二次乃至第三次手术，重吃二遭苦，再受三茬罪！

我女儿的命运会怎样呢？

不知为什么我相信她是大命的。她诞生在大转折的 1976 年，她是在我最困难的时候来投奔我，给我的命运带来转机。她自己也一定会否极泰来。

可是，当女儿被推进手术室以后，妻子首先呜咽起来。许多亲戚都来了，妻子一哭使女眷们眼角都挂着泪珠。我感到不妙，用不近人情的口吻把她们都赶走了，只剩下我一个人守候在手术室外面。

三个半小时以后女儿才被推了出来，我那个漂亮的活蹦乱跳的女儿已不复存在，脸色煞白，双眼紧闭，下半个脸缠着绷带，只露着鼻孔和一张小嘴，我心里一阵绞痛，几乎放纵了做父亲的感情抱女痛哭。掌刀的主任医生王永秀告诉我手术进展顺利，他自我感觉不错，没有出现任何意外的情况。我心里稍安，等待那最危险时刻的到来。

夜半，女儿身上的麻药已失去效力，她苏醒以后的第一个感觉就是疼痛，就是想冲着父母大哭大闹。五岁半，又懂事又不懂事。即便是个大人，处于这种状态，靠讲道理能止住难熬的疼痛吗？妻子咬住手绢，双手抓住女儿的右手，把脸埋下去，只见肩膀抽动。她的意志已经垮了，能否帮助女儿闯过这最危险的前三天，就看我有没有足够的精神力量了。我扶着女儿正在输液的左臂，不管大道理止痛不止痛，现在只有求助于讲道理，不管女儿听得懂听不懂，只能当她听得懂来对待——

"好巍巍，千万不能哭，嗓子眼不能使劲。王大夫告诉爸爸你的手术做得非常好，很快就能出院，出院后跟其他小朋友一样，可以唱歌，可以朗诵，现在要是一哭，嗓子一用劲药线就会崩开，刀口裂开，造成大出血，你的手术就白做了。还得推回手术室，再打麻药，做更危险的手术！王大夫和护士阿姨都在值班室守着哪。"

女儿眼泪哗哗，不能说话只是轻轻摇头，眼睛里露出乞求的神色。我懂她的意思，一边替她擦泪，一边决断地说：

"巍巍是爸爸的好闺女，我的巍巍不哭，决不再做第二次手术，我看谁敢再把我巍巍推进手术室！叫妈妈去告诉王大夫，就说巍巍最听话，不哭不闹，叫他放心地回家去睡觉吧。"

妻子忍不住要哭出声，我借故把她支开了。

让女儿相信王大夫已回家，不再给她做第二次抢救手术，她精神就不会太紧张，心情平稳对她的伤口有好处。

不能停嘴，要不断地说，分散她的精神，也能转移她的一部分痛苦。

"巍巍，爸爸知道你嗓子里很痛，也知道我的巍巍扛得住。只要不出声，可以流眼泪。爸爸也可以替你哭，爸爸一哭我闺女就不痛了……"

说着说着，我控制了许久的眼泪突然奔流而下，女儿大概是头一次看见我哭，看见我会流这么多眼泪，父亲的眼泪大概是非常沉重的，对女儿有着不同一般的感染力。女儿似乎忘记了自己的疼痛，抬起右手为我抹眼泪。

好在这间特护病房里只有我们父女俩。当时如果有一种手术能把女儿的痛苦转嫁到我的身上，将是我最大的幸福。正因为痛苦不能转嫁，我和妻子心里的痛苦要比女儿所受的罪更深！本来只是一份痛苦，有多少亲人就增加了多少份，而且比最早的那份痛苦又膨胀了好几倍……

我的巍巍是世界上最懂事的女儿，她果真一声没哭，熬过了七天危险期，熬过了连续几天不退的高烧。搬回大病房之后，又以连我都感到惊异的力量通过了吃饭关。人类自身蕴蓄着巨大的生存力量，连小孩子也不例外，这是与生俱有的。

女儿的手术一次成功。王永秀医生很满意，是他给了我女儿一个正常人的嗓子。我也很得意，为女儿感到骄傲。

郑梅说有百分之八十的现代中学生不愿做父母那样的人，这些学生是讨厌父母的职业呢，还是不喜欢父母的为人？

这真是个意味深长的现象。

我的儿子希望将来能进入经济界谋个职业，猜不透他动的是什么脑子。

女儿哪，也许是那次手术给她的印象太深刻了，从上一年级的时候开始，谁要问她将来长大了干什么，她就毫不犹豫地回答："当个医生。"这志愿至今还没有变化。

然而根据我平常的观察，她有两个爱好。一是看杂书，比如童话、科幻作品、小说、幽默故事等。二是喜欢音乐。

以前她是这样写作业的：先打开收录机，听着音乐或故事，零食、水壶放在眼前，课本、作业本、闲书也都在桌子上摊开。听着，吃着，喝着，写会儿作业，看会儿小说。每天晚上我或者妻子都要端着计算器检查她的作业，常有错漏，有时磨蹭到很晚。功课平平，多在中游晃荡。主要毛病是粗心，精神不集中，丢三落四。

我曾试图控制她看太多的闲书，那么她就跟着录音机瞎哼哼一些自己也不解其意的歌曲，令我管也不好，不管也不好。音乐是管不住的，流行歌曲也是管不住的，我也无法向她说清楚哪一首歌词是什么意思，为什么不适合她唱。再说她的嗓子动过手术，我老觉得她不适合过多地说说唱唱，这种担心仍然是多余的。父母嘛，父母对子女的担心有多少不是多余的呢？我想把她的音乐兴趣引导到器乐上来，于是就买了一架钢琴。

我决不是想入非非地想把女儿培养成钢琴演奏家。幸运的是朋友为她介绍了一位好老师，大名张文生。此人是七十四中的音乐老师，离我的家不远。张老师毕业于天津音乐学院钢琴系。也精于手风琴的演奏，颇有音乐才能。他本可以参加各种演出团体，走南闯北，轻而易举地挣点钱。此人有点为世人所不解的怪劲，偏爱音乐教育，尤其热心于对儿童进行音乐启蒙教育。这项工作在中国几乎不被重视，然而又是极为重要、功德无量的。他每周五个晚上再加一个星期天，全部用在自己醉心的事业上，他教的学生小到三岁的电子琴班、五岁的手风琴班，大到中专生、中小学音乐教师、手风琴独奏演员及大学本科的学生。层次很多，什么年龄的都有。通过多次交谈和一年来的观察，我对这位音乐"怪才"极感兴趣，若不是避嫌我早就把他写进小说了。因为他是我女儿的老师，我不愿让多事的人误解他和我。他教我女儿分文不取，我当然也不敢用俗物去惹恼雅士。张老师教学的动力好像来自他的学生，学生进步，是那么块材料，他就得到了满意的奖赏。

女儿跟着这样一位老师学琴，家长不仅完全可以放心，而且进步的速度也令我惊异。

一开始，每到星期日的下午我跟女儿一块儿去上课。我也想学琴，何不趁陪着女儿学琴的机会自己也长点本事哪！况且我以前也曾酷爱过音乐，当过文艺宣传队的队长，拉过手风琴、二胡，吹过笛子，尽管技术拙劣、滥竽充数，总还算有基础吧。自信会比女儿学得快，学得好，平时也可对她进行辅导。

谁知一个月后我便跟不上了，左手不听指挥，大脑不能同时指挥两个手。女儿则很容易就通过了这一关，把我甩在了后边。我失去了学琴的信心，只能满足于当她的观众和"精神指导老师"。凭我这双喜欢音乐的耳朵，能听得出她把哪儿弹错了。任何一部音乐作品，不论多么复杂，都是一个完整的形象，哪儿出现错音，都格外刺耳。至于那是个什么音，应该怎么弹，我说不上来，反正知道那儿出了毛病。我还懂得一些诸如强弱、情绪变化、跳音、连线、拍节等最简单的乐理知识，至今女儿还"唬"不住我，我却能"唬"住她。她说我"不会弹光会说"！能说得让她服气也不那么容易……

三个月后，张老师终止了他的较为简单的《拜厄钢琴初级教程》的练习，教学相当于中专课程的"车尔尼作品599"。其间根据课程的需要穿插加进哈农的指法练习和布格缪勒的进阶练习曲。

老师量人施教，很有章法。一年来，女儿已经把"车尔尼599"弹会了少半本，还学会其他一些小练习曲。所以去年电视台一位记者在报道了张老师和他的学生的时候，听了巍巍的演奏不相信她只学了半年琴，以为我这个写小说的父亲在替女儿夸张。其实，拍电视分散了孩子注意力，那天她弹得很糟糕。

这的确是不小的收获，但更让我满意的是女儿身上的其他变化和她的琴声给家庭带来的意想不到的"艺术效果"……

女儿争强好胜，脸皮薄，自尊心强。连跟我打羽毛球都愿赢不愿输，而且要赢得光明正大、实实在在。有时因我把球打得过高过低，她没有接到，便跺脚、流泪、发脾气。我不能吊儿郎当，不能让得叫人看出来，需认真拼搏，严肃争夺，最后输掉，口服心服。

弹钢琴首先会熏陶她自己的气质，培养和锻炼她的性格，自尊、自信、自立的能力增强了。

为了照顾邻里关系，我规定她早晨7点钟以后才可以练琴。

晚上到 7 点钟，楼上楼下的邻居开始看电视的时候要停止练琴。偶尔要在晚上练琴，需摁下消音器。如果有一天没练琴，邻居还会关心地询问："巍巍怎么没弹琴？"楼下的吴大爷更是女儿的忠实听众："巍巍的琴越弹越有味了！"这当然都是大人对小孩子随口而出的鼓励话。问题是我做出这样的规定，就把她放学后写作业的"黄金时间"给占了，作业改到晚上写，不论留多少作业必须在一个半到两个小时里写完。父母不管检查，自己也尽量一次写对，不要依靠检查。

这个制度首先把我和妻子解脱了。但我的心里却藏着一句话没有说出来：练琴会不会影响女儿的学习？

听琴很美，练琴可是一件很刻苦的事情，前半年我主要督促她练琴，对她的学习只是偶尔问问，再也不用端着计算器替她一道题一道题地验算了。甚至到期末复习的时候，我和妻子也感到帮不上她多大忙，考试成绩公布了，女儿由期中考试的第十九名升到第三名。

简直是不可思议，我们不管她怎么学习反倒进步了？学钢琴莫非能增强孩子的智力？即使如此也不会有这般立竿见影的效果。一定是碰巧了，瞎猫撞上个死耗子！

今年的期中考试，女儿的平均分数 99.5，留在了前三名。我开始觉得这个现象很有意思了，至少不能算是偶然碰上的。当然还要再看两年才能下结论。

女儿上学的路上要穿过一个自由市场，自由市场上有家青年商店，商店的主人除去在生意上喜欢竞争以外，在音响效果上也进行竞争。把录音机的音量开到最大，从早到晚不停地播放一些奇奇怪怪的歌曲，吱呀怪叫或嘶哑造作。女儿每逢路过那个商店总是把耳朵堵起来，紧跑几步躲过那刺耳的噪音。她跟我说过多次："那音乐难听死了！"我去听了两回，果然不雅。

我举这个例子不是想证明女儿讨厌流行歌曲，有的歌曲她还是愿意跟着哼几句。包括迪斯科音乐她也是喜欢的，有时还可以自由发挥地跟着跳几下。我是说——她的审美趣味确实在慢慢发生变化，连她自己也未必觉察。

每天下午5点钟左右，女儿的琴声便从隔壁房间里传来。这琴声把我一天的疲劳全溶解了，吃掉了，把屋里的空气打扫得干干净净，给我的大脑重新注入新鲜血液。轻揉慢抚，激发我的想象力，使脑子里充满幻想。

从前，孩子一放学我的工作便收摊儿。现在，从5点到7点是我一天中写作效率最高的时候，一是这段时间没客人，二是有女儿的钢琴声为我伴奏。已成毛病，当女儿不在家，我对自己的创作不满意时，便播放李斯特或肖邦的钢琴曲，以代替女儿那幼稚的演奏，帮助振奋精神，燃起创造的激情。

我称女儿的琴声为"精神按摩器"。

女儿的琴声一响，我精神上就有一种稳定感、和谐感。如果时间到了，而女儿的钢琴不响，我便无法工作，心里有种莫名其妙的失落感。

有一次进城开会，回来晚了，但未过7点。走到楼下听不见琴声，心里不悦，上楼后见妻子儿女守在桌旁等我回来开饭。三个人全部望着我，我绷着脸大声说：

"巍巍，你练琴了吗？"

他们娘仨突然哄堂大笑。我虽然被他们笑得摸不着头脑，仍摆出一副户主的尊严，很不高兴地说：

"你还笑哪，我不在家就不好好练琴！"

他们笑得越发厉害。妻子说：

"行啦，别出洋相啦！楼梯一响你闺女就说了：'我爸爸回来了，他进门准绷着脸，头一句话就说："巍巍，你练琴没有？"第二句就说："好啊，我不在家你就不好好练琴！"'闺女儿子全把你吃透了。"

我也笑了，笑得像他们一样开心。

我是凡人，也有精神不愉快、情绪烦躁的时候，每逢这种心境恶劣的时候就坐到女儿身边听她弹琴。当然赶上高兴而又清闲的时候也愿意去给她捧场。女儿是个小"人精"，她在心里似乎跟我达成了某种默契。见我脸色好看，就按她自己的计划练琴或进行基本功训练，出了错漏我也不会发脾气。倘若见我脸色难看，她就弹得格外认真，专挑些完整的小独奏曲弹给我听。有时还要讲解几句：

"我给您弹《叙事曲》吧，您注意听，那神秘的大森林，一个小孩子迷了路，恶魔向他扑去……"

她的左手飞出一串低沉恐怖的和弦。

然后就会给我弹《坦诉》，大概是希望我的心能和着她的琴音，跟她那颗稚嫩的心交流。如果我的气色还不能平和下来，她就会弹轻松欢快的《溪水》《天真烂漫》……反正她会什么曲子我都知道。

其实，用不着她把"家底"全抖搂净了我就会高兴起来。她的头轻轻晃动，身子也随着音乐的节奏而起伏摇摆，神色天真而又庄严，十个手指在键盘上灵巧地跳跃……

哦，我的宝贝女儿!

当个父亲是幸福的。

儿子长大以后

　　一个男人，应该感谢儿女。没有儿女他就当不了父亲，而不当父亲就不能算是一个真正的完全的男人。我初为人父的时候是在工厂里，有位车间副主任 50 来岁了，他经常以抱怨的口吻向我炫耀：今天裤子被儿子穿走了，明天新买的上衣又被儿子换走了，他的一身行头几乎都是捡儿子穿破的或不要的。当时我真的非常羡慕他，有一个和自己一般高大的儿子多么有趣，多么幸运。爷儿俩可以争穿一条裤子，衣服鞋袜可以换着穿，这才叫天伦之乐。

　　什么时候我的儿子也长到那样大？自己当时也很年轻，就觉得要把一个小毛孩子养成大小伙子是很遥远很不容易的事情。虽然觉得儿子小也有小的乐趣，很好玩，极可爱，却仍恨不得他第二天就长成大人。

　　现在已年过花甲，就觉得当初的那些想法很可笑。人能长大或许不容易，但是很快，转眼就是百年。当儿子真正长大以后，又会常常想起并留恋他的童年时期，如有可能宁愿自己多吃点苦，多受点累，也希望将儿子的童年时代多留住几年。

　　像我这个年龄的人也许有太多的不幸，赶上了太多的动荡、灾难和政治运动。但也有一大幸，童年是在农村度过的，充满色彩和刺激，培养了我的性格，为我的一生提供营养，同时又拥有许多儿女童年时代美好甜蜜的记忆。

我有个偏见，总以为在现代城市长大的人是没有童年的，至少他们不会对童年有深刻美好的记忆。因为他们大都走过一个相同的路线：从托儿所到幼儿园，从幼儿园到学校，生活大同小异，色彩千篇一律，大部分时间在房子里度过，跟玩具动物相处，没见过或很少见过活的牛马羊猪，不知何为原野，何为蓝天和星空。

他们的童年只给父亲提供了巨大的快乐和幸福，当然也有辛苦和责任，上学后就要催他好好读书，催他考重点中学，催他考大学……可谓操碎了心。

我几乎是在毫无准备的情况下，猛然发觉儿子长得跟老子一般高大了，不能说不高兴，但有点生疏。不可避免地也享受到了十几年前我那位副手经常向我炫耀的那种快乐，只是我的感觉比那时候要复杂得多。开始是他穿我的衣服，我的衣服自然要比他的"高级"一些，有些在当时来说算比较好的衣服，穿在我身上显不出有多么好，穿在儿子身上效果则大不一样了，人配衣服，衣服抬人，相得益彰。我还有什么好说的，凡是他能穿的，他喜欢穿的，都先让他穿。

渐渐地他有了自己的着装风格，不再抢穿我的衣服，而是轮到我捡他的衣服穿。他不要的，我穿在身上，还让人觉得挺新潮。

现在似乎是进入了第三个阶段，儿子开始为我置办行头，偶尔还会引进一些名牌，似乎是有意识地为我设计形象。前几年他刚参加工作的时候，花 90 元为我买了一双美国皮鞋，当时穿这个价格的皮鞋已经算相当奢侈了，在此之前我还从未穿过超过 30 元一双的皮鞋。穿在脚上果然舒服、轻便，心里也轻飘飘的，终于享受到有儿子的好处了，以前的投资开始见效益，开始回收……

那双鞋还没有穿坏，有年春天儿子突然又给我买来一双"老人头"，内部价格还花了 280 元。我不敢不高兴，在心里可打了折扣，甜甜的又带苦味儿。我对名牌可没有太大的热情，只觉得不实惠，而且这些什么鬼名字，明明是脚，为什么说成"头"？当时我还在中年阶段，不愿意被提前打入老人行列，心里难免有些警惕。

刚进入夏天，一个偶然的机会听到儿子在向他母亲打听我的腿长、腰肥，我赶紧放下笔，问他想干什么，他说要为我买一套真丝的衣服，光一条裤子就 200 多元。打住，我这两条腿值不了那么多钱！

什么话，您这两条腿给 20 万咱也不换。

妻子也在旁边奚落我，真是土得够劲了，现在穿真丝衣服很普通。过去给儿女买衣服花多少钱也不心疼，现在轮到儿子给你买衣服反倒心疼了。

心疼倒也不假，更主要的还是不习惯儿子为我设计的那身行头。底下是"老人头"，上边是一身真丝裤褂……那还得再添三样东西：左胸口袋里放一只金怀表，表链要露出来挂到扣眼上，右手举着鸟笼子，左手牵着狗……还是等以后养了狗和鸟再说吧。

儿子这份心意，还是让我感到骄傲，感到欣慰。他想用名牌武装自己老子的心情，跟他小的时候我想用最漂亮的衣服打扮他，不是一样的吗？我还没有觉得自己老，可是儿子突然间长成大人了，要来关心照顾我。我对这种来自儿子的关心和照顾，却还不太习惯。

儿子怎么会是突然长大的呢？难道这是很容易的事吗？他小的时候像一个活跃的水银球，到处乱滚乱撞，不知从床上摔下过多少次。当时"一间屋子半间炕"，为了让床底下多放东西，便把床腿垫得很高，又是水泥地面，居然没有被摔成重伤，可算他命大。至于脸上青一块，头上起个包，对他来讲不算什么。有时我在干活的时候，不得不把他拴在床架上，让他有多半个床铺的活动范围，却又不会掉下去。我称这为"床牢"，也算是对他的惩罚。

倘是把他放在地上，那屋里就会大乱。他什么地方都要踢一脚，都要伸一手。你越不让他摸的东西，他越要摸。有一次竟把手伸到刚从炉子上端下来的稀饭锅里。我至今不明白，他自己也记不得了，当时是出于一种什么心态，非要把手伸到那个热气腾腾、糨糊糊的粥锅里去搅一搅。害得我每天抱着他从城西到城东一个专治烫伤的卫生院去换药。夜里他疼得哭，我就抱着他在地上转……折腾了一个多月，幸好治疗及时，遍求名医，治疗护理中没有一点失误，才没落下伤疤。

当时我不感到累，只觉得睡眠不足。有时在哄他睡觉的时候，自己便也睡着了。有那么两次我睡得正香，突然被大雨浇醒，以为是梦，明明在屋里睡觉怎会有雨？可脸是湿的，身上是湿的，大雨还在下，原来儿子不知在什么时候身体转了90度，跟我成丁字形，小鸡鸡直冲着我，其尿如注，全洒到我的脸上。即使这样，我也舍不得把他打醒，赶紧用抹布擦凉席，边擦边发牢骚：好小子，你欠了老子一笔，有朝一日我很老了，需要你端屎端尿的时候，看你有何话说。20年以后，日本、中国台湾以及东南亚一些国家的有识之士，才开始盛行"喝尿疗法"。我才知当年儿子是对我的孝敬。我喝的是童子尿，质量更高。

儿子的事多了，那是一部长篇小说的材料，连他当年闯的祸都成了我现在一种甜蜜的回忆。他非常漂亮，逗人喜爱，我一有空就把他扛在肩膀上，招摇过市，喜欢听邻居、熟人对儿子说一些赞美的话，喜欢看到不认识的人们都用一种艳羡的、愉悦的眼光望着高高骑在我脖子上的儿子。孩子的漂亮和幸福，使我感到极大的欢乐。

苦还没有吃够，累还没有受够，急还没有着够，快乐还没有享受够，他一下子就跟我平起平坐了……今后似乎要轮到他来纠正我的错误了。

我的一位老同事为他介绍了一个女朋友，刚毕业的医学院高才生，聪明，娴静，我和妻子非常满意。姑娘的父母似乎对我的儿子也很满意。几个月后，我便急不可耐地请姑娘一家人吃饭，意思就是给两个年轻人施加压力，按习俗未来的亲家见了面等于订婚。然后我就高高兴兴地去新疆了。

在新疆接待我们的是同行沈玉斌，为人极宽厚平和，且机智过人，人称"神算"。看手相、批八字、相面、算命，甚灵验。

我请他为儿子择结婚吉期，他经过认真推算，告诉我，儿子要到 28 岁结婚最好，也只有到那时才能结婚，眼下尚无对象。我大笑，到我儿子 28 岁的时候，我的孙子都三四岁了。对这位所谓"神算"立刻失去了信任，把他的推算当作玩笑话，随即就忘掉了。

一个多月后，我回到家听到的第一消息，就是儿子和女朋友分手了。他就是趁我不在家的时候迈出这一步的。其理由是：你是个很好的姑娘，如果是我们自己相识的，也许将来会很幸福，现在则非分手不可。介绍人是我父亲的朋友，我们相互还没有多少了解，我的父母率先相中了你，态度明确。你的父母和我的父母一见面又很谈得来。我似乎别无选择，成也得成，不成也得成，每次我们约会，我都觉得是替父母在谈恋爱，我们之间有一点风吹草动，通过介绍人传到我父母的耳朵里，就对我进行一番审问和教导。假若将来结了婚，有一点不愉快，让双方父母知道了就会担心，就会干预，我们还能有自己的生活吗？

这是什么狗屁理由！然而就是这些似通非通的理由，把一个也许是很好的儿媳妇给放走了。我在写文章或开导别人的时候，老觉得自己挺现代，挺开通，通过这件事连自己都感到我是多么迂腐，多么可笑。

儿子的确是成年人了，我时刻都不应该忘记这一点。记不得是前辈哪个老家伙说过这样的意思：父子之间不尽是爱的法则，而是革命的法则，解放的法则，是有才能的青年压服精疲力尽的老人的法则。天哪，父子倒个儿也不该是这种倒法。

家有升学女

做父亲，真正是一门"做到老学到老"的学问。

做父亲很容易，很简单，一般男人都有这个权利，这个资格。有时想不做还不行。20多岁的时候初为人父，充满自豪，充满自信，觉得自己是天下最快乐、最幸福、最负责任，总之是最好的父亲，也觉得儿子是天下最漂亮、最聪明、最可爱，总之是最好的儿子。

如果早婚早育，在这种自信的年轻中完成做父亲的责任，的确是一种幸福。即便是趁着年轻气盛，糊里糊涂地把孩子抚养大，也不失为一种幸运。

最惨的是像我这样，年近知天命了，女儿才刚要考高中，对如何做父亲突然没有把握了。

当她到夜里12点多还不休息的时候，我一面感到欣慰：她自己知道用功，我就可以省点心了；同时又感到心疼：小小年纪没黑没白，没有周末也没有节假日，一熬多半夜，怎么受得了！

我有自己的生活规律，不可能陪着她天天熬夜。说实话也熬不住，除非写作。而写作一过12点还不放笔，就睡不着了，第二天则昏昏沉沉。即使我能熬夜，也不能天天陪她，要让她自觉地为自己负责。

尽管这样说、这样想，只要我先她而睡，总是很不好意思，有点偷偷摸摸睡懒觉的感觉。深更半夜丢下女儿一个人孤立奋斗，我还敢说自己是个负责任的好父亲吗？

女儿进入初三下学期，我和妻子联合跟她进行了一次长谈，共同分析了她面临的形势和任务。初中毕业后有三种选择：考高中，考中专，考技校。她选择了第一种，上高中。好，我们继续分析：上高中的目的是为了考大学，非常单纯。高中有两种，一般的高中和重点高中。考上重点高中就有希望上大学，进入一般的高中，上大学的希望就渺茫了。考不上大学就得被打入街道等待分配工作。

路，就是这么窄。

女儿的目标当然是选择重点高中。

要实现这目标就只有两个字：拼命。

我们让她明明白白地独立自主地决定自己的未来，让她成熟一点，懂得承担属于自己应该承担的压力和责任。

虽然把该说的道理说得非常清楚了，女儿的命运交由她自己掌握，我们再管得过多只会干扰她，惹她厌烦。但她的一言一行，情绪的细微变化，都受到我密切地注视。我想女儿的心里也很清楚，父母嘴上说多照顾她的生活，不再过多地过问她学习上的事，其实父母真正关心的还是她的功课。所谓关心她的生活还不是为了让她把学习搞好？她每时每刻都能感受到父母监察的目光。

她经常洗头，有时放学回来就洗头，有时做一会儿功课再洗，一周要洗两三次，头发不长，每次都要耗费半个小时左右。开始我以为她用洗头驱赶睡意，清醒头脑，后来发现每天晚上例行公事的洗脸漱口，她有时要磨蹭 40 分钟。每个动作都是那么慢条斯理，有板有眼，毛巾挂在绳上还要把四角拉平，像营房里战士的毛巾一样整齐好看。看似很认真，又像是心不在焉。

她这是得了什么病？

时间这么紧张，一方面天天熬夜，另一方面又把许多很好的时光浪费掉。

我很着急，却又不能为此批评她。连女儿洗头用多少时间，洗脸用多少时间，都看表，都想加以限制，这样的父亲未免太刻板、太冷酷无情了！

渐渐我似乎猜到了女儿为什么要借助于玩水而消磨时间。她自己也未必意识到，与水的接触使她放松了，暂时可以忘记课本，忘记那日益迫近的升学考试，排解各种压力和紧张。洗脸漱口谁也不能干涉，多亏每天还有一段自由自在的洗漱的时间。

也许她还以为当自己走进卫生间以后连父母监视的眼光也被挡住了。

让她保留一点能够让自己轻松惬意的生活习惯吧。钢琴不弹了，羽毛球不打了，为了这该死的升学考试，一切业余爱好和能够给她带来快乐的活动全停止了。

她活得太沉重、太劳累、太单调了。尽管她从小就被太多的爱包裹着。为了让她长见识，长身体，我们每年几乎都要带她外出旅游，让她看山，下海，走草原，钻森林，她和同龄孩子相比应该说是幸福的。不知她将来怎样回忆自己的童年，我总觉得现在的孩子也许不会有终生难忘的童年记记。他们一出生，最晚从上小学一年级起竞争就开始了。社会的压力、家庭的压力，都会转嫁到他们身上。他们能有多少童稚？稍一懂事便不能再无忧无虑。

我在一个穷苦落后的农村长到十几岁，但那是我至今唯一所亲眼得见和无比怀恋的天堂。摸鱼，捉鸟，打弹，游泳，上树摘枣，井水泡瓜，干能够干的农活，捅不该捅的马蜂窝。现在想起来连挨打都是甜蜜的，是真正"吃饱不问大铁勺"。对时代背景，政治运动，人间险恶，社会疾病，一无所知，一点没记住。记住的全是美好的，快乐的。没有童年就不会有现在，童年的色彩至今还养育着我的人生。

现在的孩子活得像大人一样累，甚至比大人还要累。

甚至连未来也成了一团灰暗的沉重，没有色彩，没有欢乐的诱惑，更不光辉灿烂，只是各种负担压力的集合——这也许只是我这个做父亲的感觉，她本人并无沉重感。

想想三年后还有一场考大学的恶战，我就感到厌烦，感到累得慌。也许这又是做父亲的多虑，是一种渐入老境的心态。女儿本人或许并不觉得这有什么可感到累呀烦呀的。

她常会趴在写字台上睡着了，我就很不高兴地将她喊醒，或者听任她继续用功，或者索性逼她上床睡觉。有时我睡不踏实，在半夜会突然醒来，女儿又趴在桌上睡着了，灯亮着，门窗开着。父女之间好像有某种感应。

有时星期天下午不去学校，她会整整睡上半天。还有时刚吃过晚饭就上床大睡了。似乎是表示一种反抗，一种愤怒。我心中不快，却也不去管她，隔一段时间不让她大睡一次，她的身体会吃不消的。我是经过开夜车锻炼的尚且熬不住，她一个15岁的孩子又怎么能熬得住呢？越紧张她越能大睡，说明她心理素质不错，颇有点大将风度。有时还听音乐，听相声，嘴里哼着流行曲，兴致上来还要跟我开玩笑。我却笑不出来，感到困惑：她心里到底有没有压力？是她升学还是我升学？

这一点像她的母亲。在这篇短文里我老是说"我"对女儿怎样，"我"对女儿如何，很少提到妻子对女儿如何，妻子对女儿怎样。她主张顺其自然，让孩子吃好穿好，感受到家庭的温暖和父母的关怀，至于学习，女儿已经懂事了，别管得太多，别瞎操心。她厚道心宽，没有我那么多"思想活动"，也很少跟儿女们进行长篇大论的谈话，她的疼爱多体现在行动上。所以，儿女们对她亲近，相对地说对我有点"敬而远之"。如果我们夫妻俩对某一件事情意见不一致，儿女们很自然地站到她一边。我在家里经常是少数，处于孤立无援的境地。

有时候我真希望自己是孩子们的朋友，而不是他们的父亲。做父亲就要这也担心，那也负责。而这种担心和负责却未必是孩子们所需要的。当初跟儿子的关系就足以让我深思许多东西，从他上初中到进大学这段时间里，父子关系老是跟着他的分数线起伏不定，时紧时松。直到他参加工作才恢复自然与和谐。

现在跟女儿的关系有点紧张，除去跟她谈她的学习，似乎没有让我更感兴趣的话题。而谈学习正是她最厌恶的话题，常常一言不发，我问三句她最多答一句，而且非常简练，答一句顶我问十句。相反，跟我的一位朋友（也恰巧是她的校长）倒是无话不谈。我有时不得不间接地从朋友那里了解一点自己女儿的思想动态。那位朋友不愧是优秀的教育家，严格信守对自己学生的诺言，不该告诉我的决不讲一个字，宁让我尴尬也不辜负自己学生的信赖。

　　我把"父亲"这两个字理解得太神圣、太沉重了，因而潇洒不起来。好在我还有自知之明，在不断观察，不断思考，不断修正自己。

享受高考

1994 年夏天漫长而奇热，我想跟社会爆炒高考有关。离高考还有一个多月哪，社会就已经把高考的气氛造得十足了，学校召开家长会，报纸、电视、广播等各种传媒，天天是高考、高考，开讲座，设专栏，讲学生该怎样复习，怎样应考，怎样调节自己的心理。对考生家长讲得就更多了，大家都出于好心，人人都可以出主意，要照顾好考生，给他们做好吃的，增加营养，又不要让孩子感到是专为他们做的，以免增加他们的心理负担。千万不要给考生施加压力，家长不得老谈高考的事，要劝孩子多休息，多陪他们外出散步，缓解紧张情绪。社会把高考锣鼓敲得惊地动天，家长却要装得跟没事人一样，岂不让孩子觉得反常，心理压力反而会更大？

今年我们家是"高考户"，对种种"高考指南"虽心存疑虑，还是照办为妙，多加一分小心总没有坏处。谁料我的女儿颇有点大将风度，原本心理负担就不重，见我不问她的功课只督促她休息，一下子彻底轻松了。中午要午睡两个小时，晚上不到 10 点钟就上床，一直睡到第二天早晨 8 点钟，剩下的时间是看电视、听音乐、跟我聊天，好像高考与她无关，把功课扔在了九霄云外。我也装出一副大将风度，像没事人一样看着她享受青春的轻松和快乐，她找我聊时我也尽力克制着情绪陪她说笑。这样过了几天，我就坚持不住了，推翻了所有"高考指南"上的教导，还是按自己的主意办吧。严肃地跟女儿谈了一次话，对心理素质较差的孩子，家长要尽力减轻孩子的心理压力，对你这种心理素质不错的孩子，家长施加点压力也没有关系。我给她制定了作息时间表，晚上11时前不得上床，早上6时必须起床，中午只能睡一个小时。我自知风度全失，恢复了一个地道的火烧火燎的考生家长的面目。女儿听完我的要求笑了。我问她笑什么，她说早知道我让她休息是言不由衷的，不过轻松了这几天也休息过来了。

这真是，高考不只考学生，还考家长，考学校，考社会。人们说高考、怕高考、盼高考、吃高考、发高考财，连商品广告也不放过高考。太阳神口服液的广告是几个学生喝了这种液体考上了北大、清华。我立刻叫妻去买，如果女儿喝了这种东西又未考上北大、清华，就可以起诉太阳神公司。还有一种叫"清脑助学器"的玩意儿，广告上说得很神，能提高记忆力多少倍，能提高效率多少倍，我赶紧花158元买了一个，即使它一点效率没有，将来也可免得后悔。别的家长都给孩子买了这种玩意儿，如果我们不给女儿买，万一她在高考中有什么闪失，我们就会自责，就会后悔没有给孩子买个"清脑助学器"。如今学生的竞争，不仅靠自身，还要借助现代科技的力量。那玩意儿买来后我先戴上试试，是一条铁片上焊着五个金属疙瘩，勒在眉心眉骨上，骨头对铁，硬碰硬，极不舒服，戴了20分钟我就受不了啦，如戴紧箍咒，脑子没有清，反而又痛又沉。我嘴上却极力夸赞这玩意儿，

岁月侵人不留痕

不然任性的女儿怎肯戴它。即便是看在我们一片苦心的分儿上，我想女儿也没有戴几次。买不买在我，戴不戴由她了。只要有人说家长该买什么，该让考生吃什么好，我们就买，就让女儿吃。无论如何不能让高考先把我们考倒。有一天从报纸上看到消息，药店的生意火爆起来了，家长们为考生大量购买防暑降温和驱蚊防蚊的药品。我后悔怎么就没想到这一点，老是跟着别人说，我的傻闺女也不知道要……

很快就到了7月7日，真正意义的高考开始了，考生们必须自己上阵，别人无法替代。老天可怜，从前一天晚上开始变阴，稍微凉快一些了。学校嘱咐过，不能让考生吃得太饱，喝水太多，以免考试中去厕所。早饭要精致，营养丰富，水分还要少，这并不难做到。在临去考场之前，我又让女儿喝了两口加奶的浓咖啡，这是提神的。喝了一袋西洋参冲剂，吞下两粒西洋参胶囊，临走时嘴里再含几片西洋参片。有这么多西洋参保驾，营养和精力当不成问题了。女儿不愿意含，提出或者咽下，或者吐掉，是我去考试还是西洋参去考试？如果这西洋参是假的呢？我给她讲了一个故事，一年近70岁的老干部，几个月前刚做完切除肿瘤的大手术，嘴里含着四片西洋参，作了四个小时的大报告，气力充沛。可想而知你这十几岁的年轻人含上几片西洋参会有怎样的效力！即便西洋参不是真的，至少也是萝卜，萝卜通气，无毒无害。女儿不再争辩，至于参片放到嘴里是含着还是咽下，我也没有再多问。

考场离我的家甚远，骑自行车大约要半小时。我提出要送女儿去考场，在家长会上她的老师也是这样要求家长的，怕自行车万一出点问题，耽误考试。女儿起初不同意，我平时上学比去考场更远，您为什么不送？为什么不担心我的自行车出问题？这就不怕增加我的心理负担？我说，你心理无负担，我给增加一点也无妨。她笑了，笑得很甜，很可爱。我检查了她的准考证、文具盒。没有准考证是不准入考场的，几年前儿子参加高考，他不让我管得太多，谁知第二天他把准考证弄丢了，在考场外站了40分钟，结果没有达到本科录取分数线。儿子可能会后悔一辈子，我也为此自责，很觉没有尽到一个做父亲的责任。在女儿身上决不能再发生这样的事了。

　　我和女儿穿好雨衣，用塑料袋把她的准考证和文具盒裹好，刚出家门天上就开始掉雨点。好像我们的脚蹬子连接着播雨机，越往前蹬，雨点越大，越蹬得快，雨点越密。行至中途，已是倾盆一般，雨水从头顶直浇下来，幸好没有风，没有雷电，蹬车虽然有点费劲，仍然能够前进。路面上是积水，前后左右都是雨帘，许多骑自行车的人都下车躲到商店廊下去避雨。我和女儿仍旧骑在车上，且有点兴致勃勃。我问她感觉怎么样？她说棒极了！对，的确棒极了，你属龙，我也属龙，两条龙一起出动奔考场，就该有大雨相随。这叫雨从龙。好兆头，预示着你的高考必定顺利，旗开得胜。你敢不敢大声说三句：我一定能够考好！女儿说这有什么不敢，果然大喊三声。我哈哈大笑，周围一片哗哗的雨声。我觉得心里轻松多了，我想女儿也是如此。

　　这大雨还真有点专门护送我们爷俩的意思，到了考场雨就变得小些了。我原以为我们来得够早的，想不到考场外已经站满了家长，我估计里面有多少学生，外面就有多少家长。虽然有的学生没有让家长送，但有的学生却是由一家人送来的，七姑八姨，哥哥姐姐，所以送学生的人的总数，不会低于考生的总数。学生进了考场，大部分家长并不离去，还站在雨里等着，他们担心自己的孩子在考试中出问题，比如：晕场了、生病了、忘记带什么东西了。我对女儿有信心，就说，我先回家，两个小时以后再来接你。放心大胆地考，考砸了也没有关系！

话虽这么说，我并未马上离开，想观察一下这些可怜可敬的家长们。一对 50 岁左右的夫妻，焦急地在检查考场外的每一辆自行车。原来他们是在寻找儿子的自行车，儿子不让他们护送来考场，急匆匆自己先出来了，他们不知儿子到底来没来。一官员带着十几个随员和记者来到考场，被监考老师挡在了门外。我非常赞赏这位敢于挡驾的老师。这一大群人冲进考场，名为关心考生、慰问考生，报纸上可以发一篇消息，配一幅照片，××领导到考场看望考生，实际是搅扰考试，分散考生的注意力，浪费宝贵的时间。家长们也都愤愤不平，但官员坚持要进考场，最后只好让他一人进去，随员们留在门外，记者隔着门上的玻璃为他拍了几张照片。

上午的考试快结束的时候，我从冰箱里拿了一瓶矿泉水，又回到考场外面等候女儿。在考场的大门外面家长们排成两行长长的厚厚的人墙，等待着自己的孩子从考场内出来。家长们此时的心情格外敏感，看到最前面出来的考生脸色沉重，有位家长禁不住说，看来题够难的，孩子们没有考好。其实每个人心里都在紧张地根据考生的脸色猜测试题的难易程度，猜测自己的孩子能考得怎么样。有个女孩阴沉着脸，来接她的可能是她姐姐，一出考场她就对姐姐说，你安慰安慰我吧……不等另一个姑娘说出安慰的话，她竟呜呜地哭起来了。

　　我的女儿出来了，她也看见了我，远远地向我招了招手，笑了。女儿的笑清纯而灿烂，令我们夫妻百看不厌，她平时的一笑都能解我的心头百愁，此时这一笑，不管她实际考得怎么样，我的心里立刻也阳光灿烂起来。竞争是激烈而残酷的，哭和闹都没有用，就应该咬牙，坚持下去。我的女儿在考后能有这样美丽的笑容，即便她考不上大学，我也是满意的。我拧开矿泉水的瓶塞，让她喝个够，她此时需要补充水分。看着她喝水的样子，我有一种幸福感。在回家的路上她向我讲了作文是怎么写的，还问了几个她拿不准的问题，比如《唐璜》是不是拜伦的代表作。我告诉她，她答对了，作文写得也可以。但不论上午考好了，还是考得不太理想，都忘记它，不能沉浸在上午考试的兴奋里，赶紧让脑子进入下一门要考的功课。

　　就这样我每天往返考场四次，把女儿送进考场，她出考场后把她接回家。她不再拒绝，反而觉得这样很方便，我成了她的同伴，她的管家，她的保镖。平时我们各忙各的，虽然父女关系也算亲密，但不像这样同甘苦共患难，有一种父女加战友的情谊。加上口试，三天半的时间很快就过去了，一切又恢复了正常。女儿在家里不再享受特殊照顾，每天开始由她洗锅刷碗，西洋参制品之类的东西当然也没有了。女儿故意大喊大叫，你们怎么可以这样，高考刚结束一切优惠政策就都撤销了，还不如继续考下去哪。她把满是尘土的清脑器和只喝了一小瓶的太阳神口服液都扔还给我。

我也有同感，很怀恋女儿高考的这段时间，大家目标一致，团结紧张，互相体贴，每个人的脾气都格外好，说话轻声细语。我也不用写作，只扮演老勤务员的角色，忠心耿耿、细心周到就行，享受了平时享受不到的许多快乐。

空啊，想啊！

"空"——是现代家庭中的一种时髦。

空巢、空房、空心、空荡荡……而许多人竟都喜欢炫耀这种空。比如"空巢"，一跟人谈起自己的子女在国外，脸上就难免放光，甚至别人不谈自己也要把话题往这上面引，唯恐别人不知道自己的家是空巢。好像中国的年轻人在外面都混得人五人六，让空巢家庭的虚荣心得到极大的满足。

但，凡有人向我老伴儿询问我们女儿的情况，哪怕是由衷地称赞，只要我在场就急忙使眼色制止，如果来得及就偷偷地狠捅对方一指头，急令他闭嘴或转移话题。因为不论是在什么场合，家里、大街上、超市里、会桌旁，也不论旁边有没有外人，只要一提起女儿，老伴儿眼窝里的水龙头立马打开，咸水紧跟着就哗哗地流出来了……

我忽然一下子发现妻子老了，就是在几年前女儿决定要出国的时候。女儿原本有一份非常好的工作，和她在大学所学的专业对口，一个人的收入等于我们老两口子的工资总和，做父母的似乎再也没有什么好操心的了，就等着抱外孙子了！谁料她工作两年后，偷偷地通过了全部考试，等办好了所有出国手续才通知我们。

老伴儿一下子慌了，她想到的第一件事就是把她能搞得到的中国好吃的东西做给女儿吃，我自然也跟着沾光，却还是提醒她说："你只顾让女儿闹一肚子好杂碎，实际是害了她，出国后不是会更想家吗？"老伴儿已没有心思或没有工夫跟我斗嘴磨牙了，她完全陷入事务性的忙乱之中，做吃做喝，买这买那，将母亲的疼爱全部化为物质。到女儿要起程的前一天夜里，妻子几乎哭了多半宿，一开始我百般解劝，将我能想到的现代年轻人出国留洋的种种好处全跟她讲了，为人父母不能天天盼着儿女翅膀长硬，却又害怕他们飞走，更不可将我们的关爱变成女儿的负担，永远将他们局限在我们的知识范围之内……岂料我越说得多，她就哭得越厉害！我索性不劝了，干脆鼓励她大哭特哭哭个透，把眼眶子里的咸水全部流干净，省得明天到机场再哭，那会害得让女儿也红着眼泡上飞机！

哪有那么好的事？这都是我一厢情愿想得美，机场一分手一时半会儿再想见女儿可就没那么容易了，还舍得不哭？我费尽心机，磨破了嘴皮子，用一个又一个事务性的细节问题纠缠住她们娘俩的大脑，不让她有时间想那种难舍难分的事。可随着过关时间的迫近，妻子嘴里叮嘱着一些事务性的问题，眼泪却无声无息地汩汩而下，这比痛痛快快的哭更难受。原来俗话所说的"眼泪哭干"完全不符合事实，母亲眼窝里的咸水是无穷无尽的……哎呀，这哪里是去留洋呵，纯粹是遭罪！

古人说，女儿身上系着母亲的性命。女儿一起飞，我们不是松了一口气，而是心跟着也一块儿悬起来了，哪里还睡得着觉，一点点计算着女儿到达英国的时间。我也曾多次出国，相信没有一次能让妻子的心如此悬挂。开着电视，开着大灯，没有心思干别的，却又不能不干点别的，心里清清楚楚有一架小飞机在慢慢地向西飞。以前不愿意女儿走，现在又恨不得她快点平安到达。父母的心呵，真是操瞎了，横竖就没有放下的时候！凌晨两点多钟，电话铃终于响了，女儿声音响亮，透着一种兴奋，完全没有我们还沉浸在离别中的那种情绪。她已经到了英国，从机场花8英镑乘出租车直到大学，也找到了自己的宿舍，先报个平安，等会儿管理员给了房间的钥匙，把行李搬进房间再跟你们细说。不想这行李一搬就没有结果了，电话铃再也不响了，这时候当父母的就不往好处想了，女儿那里必定是出了麻烦，她提前预订的宿舍搞错了？出租车司机把行李弄错了，甚或他不是个好东西……这个急呀，如果她只报个平安，不说等一会儿再来电话我们就可以睡觉了。她留了个悬念，可把老爹老妈的心给吊起来了！直到凌晨4点多钟她的电话才来，原来人家孩子看见校园非常幽静，古树很多，草地洁净，湖水湛蓝……就抑制不住先兜了一圈，然后好向我们讲得更详细一些，同时她也为自己的选择感到庆幸。

可我们还一夜未睡哪！我当时没有怪女儿，只是从骨子里恨英国。一个中国重点大学毕业的女孩子，并不是没有见过大学的校园，她舍弃家庭的亲情、男朋友的爱情，还有一份很好的工作，这代价不谓不大。可她刚刚踏进英国大学的校园，就感到自己的选择没有错！到底是什么偷走了她的心？中国，还有家庭以及我们这些做父母的，怎么就留不住儿女的心？可见家庭并不具有完满的幸福，注定是有人要出去，也有人要进来……

岁月侵人不留痕

如此说来家里年纪最大的女人，也就是当母亲的，就只剩下哭的分儿了。心头肉远走高飞哪能不想，哪能不哭？不哭干什么去呢？退休了，又没有什么别的事情好干，思念好歹也算是一件事呀！但不能老想，不能老哭，她的眼泪也太方便了，说来就来，足见是人老了。但老归老，身体又很好，这也得益于经常哭。现代科学证实，流泪是一种很好的清毒方式，哭得多体内因消化食物而产生的毒素就被清理得干净。我曾经在给女儿的信里说："你出国最大的好处是能经常让你母亲服用免费的养颜排毒丸！"

光是默默地流泪还不行，还得要跟女儿说话。只要她想起女儿来就如百爪挠心，必须得立刻知道女儿在干什么，是安全的健康的，而不是出了什么事，怎么办呢？那就得立马听到女儿的声音，通不上话简直就可以发疯。经常在国际长途上煲电话粥她又心疼钱，就在网上装了电话，安上扩音器，价格便宜得让她可以不想价格了。这下可好了，我们家经常开国际电话会议，老伴儿对着话筒像领导做报告，家长里短，天气冷暖，亲朋变化，国际形势，物价指数……最长可以说上一个小时四十五分钟。我是旁观者清，经常听到是老伴儿在说，女儿被问到非回答不可的问题就说几句。于是我就劝老伴儿，你有时间，女儿可没有这么多时间陪着你聊家常。老伴儿说，女儿可以把音量放大，听着我说就行了，她在房子里愿意干什么就干什么，这不跟在家里一边干活一边说话一样吗？

哎哟，我算服了。但话太多也有误事的时候，零七碎八只顾扯闲白，丢了主题。那一年女儿的生日，当娘的自然要打电话祝贺。但电话打通以后不知怎么就把话题扯开了，从嘱咐春天要多喝败火的苦丁茶，到出门别忘了带雨伞，因为英国的气候阴晴无定……几十分钟过去了，倒把祝贺女儿生日的事给忘了，眼看要说"拜拜"了，女儿忍不住自己先提了："今天是我的生日，你们不祝我生日快乐吗？"女儿说着说着竟然在电话里哭了，当时我也在电话旁边，心里一阵刺痛，随即老泪也跟着下来了，悔得真想抽自己的嘴巴！

女儿从来都没有这么在意过她的生日和父母的祝福，她这是想家啊，想她的老妈老爹啊！我一直以为她很适应国外的生活，她的独立性很强，喜欢吃西餐，学习的压力又大，不会太想家，也没有时间想家。她这一哭让我明白了，不光是她带走了我们的心，正像闻一多先生所说，家也是个贼，同样也偷走了女儿的心。她这是第一次在异国他乡过生日，她想家，她怀念以往父母给她过生日的情景……平时她给我们传递的信息是她已经习惯了英国的生活，在那里很快乐，其实她是怕我们惦记她，她的全部成熟和历练都是表演给父母看的。女儿大了，无论她多么地需要出国深造或已经适应了国外的生活，她都不可能不想家，家在她的心里，走到哪带到哪。

好在英国的研究生教育也类似填鸭，专精博涉，生吞活剥，功课压力很大，学生不许打工。女儿只用了一年多的时间就拿到了法学硕士的学位证书，往后是继续读博士呢，还是找工作？自然要听听我和她母亲的意见。我迫不及待地先表态，不能再往上读了，女孩子还有好多人生的功课要做，光读书就读傻了，读废了，女孩子的学历越高在生活中的选择和被选择的概率就越小。

女儿在电话的那头吃吃笑，我知道她笑什么，却也顾不得了，此时我这个当爸爸的眼光短浅而又实际，而且希望她把求职的眼光转向国内，她是学商业法的，恰巧赶上中国刚加入世界贸易组织，一定有不少机会。有位英国朋友把她推荐给一家英国公司，英国人很精，现在他们跟中国的贸易往来很多，正需要雇佣懂中国又受过英国教育的人为他们工作，在商业谈判中代表英国公司的利益跟中国的公司讨价还价。我明确地告诉女儿，这份工作让我心里感到不舒服，如果是倒过来就好了。这不能简单地硬往爱国或不爱国上拉，更多的恐怕还是自爱、自重的问题。

其实我心里还有没说出来的潜台词，一个女孩子挣那么高的薪水干什么？不是说钱多了烫手，在商品社会收入太低不能算是好事，但要看付出怎样的代价去得到高收入，生活中还有比薪水更重要的东西，比如结婚，建立自己的新家庭……光靠电话交谈我总觉得不牢靠，几个月后正好剑桥大学请我去参加一个活动，我在剑桥的任务完成以后就和妻子住到女儿那里去了。由女儿带着在国外到处跑，会见外国朋友时由女儿做翻译，那感觉真是可以用甜蜜、用陶醉来形容！但，女儿再亲，国外再好，却不是我的久留之地，该跟女儿说的话都说了，就把妻子留下一个人先回国了。一是考虑妻子跟女儿还没有亲近够；二是算计当妻子想回国时，女儿或许不放心让老娘一个人乘机，就娘俩一块儿回来了。

一朋友说我老谋深算，他哪知我是谋算了自己。什么叫家？家就是人，有人才是家。现在家里就剩下我一个人了，里外空空荡荡，脏脏糊糊，我才真正体会到什么是空巢。一个人的空跟有老婆的空又不一样，两个人的空巢还可以拿对方找乐儿、逗闷子，有时甚至觉得想念也是一种可以享受的境界，色彩丰富，苦中有甘，让人充实有盼。一个人的空就有了冷的感觉，清冷、孤绝，空的凄苦，空的心痛，越想越空，越空越想，少了活趣，多了死寂。每当上来那股劲，思念像犯了毒瘾的时候，就坐到女儿的房间里，不开灯，不吃不喝……想吧，愿意怎么想就怎么想……一直到渴得受不了或饿得受不了啦，生物性的具体需求占了上风，一场"精神危机"就算过去了。

　　我得出结论，在这种空巢的牵挂中岂止是妻子老了，我也老了。幸好那是"黎明前的黑暗"，后来女儿在北京找到工作，飞走了又飞回来，等于又白捡了个闺女。我这个美啊，有时真的做梦会笑醒了！

家的快乐有时在房子外面

闹"非典"如被软禁，外界的所有活动都取消了。对作家来说这未尝不是好事，闷头写吧，可游泳馆一关闭，我就蔫儿了。游泳十几年，如同有烟瘾、毒瘾一般，每天早晨不在水里折腾一通，浑身不自在，干什么都没有精神。

天天关在家里，只剩下老两口子相依为命，大眼瞪小眼，几天下来倒是老伴儿先受不了啦："你天天闷在屋里老跟睡不醒似的，'非典'是染不上了，可时间一长这不被关傻了吗？"

闹"非典"闹得脾气有点邪，老伴儿的话是关心，我却没有好气的回敬道："傻了省心，难得糊涂嘛！"

"别抬杠，明天早晨跟游泳的时候一样，闹铃响了就起床，跟我去水上。我先打拳，你散步也行跑步也行，实在不想动就站在树林里听鸟叫，或冲着湖面愣神，也比赖在家里不出屋强。等我打完拳咱俩打半小时的羽毛球，我想运动量也够了……"

哦，这是怕我傻了给她找罪，想来已经为我的状态动了不少脑子。她本来每天早晨在住宅小区的空场上跟一群女人先打太极拳后耍剑，有音乐，有头领，耍把完了还可以叽叽嘎嘎，东家长西家短，不亦乐乎。为了陪我不惜放弃自己的习惯和快乐，这就叫"老来伴"。这个情我得领。

所谓"水上",即水上公园,是天津市最大的公园,有东西两片大湖,分南北两部分,北部精致,供游人娱乐的设施也更多些。南部浩大,还保留着诸多野趣,是动物园。我之所以从市内所谓的"欧洲风情街——五大道"搬到了市外的"水上花园小区",就是冲着这两湖水和硕果仅存的一片林木。谁叫我名字里有个"龙"字呢,喜逐水而居。北方太干了,连续多年的干旱,地干透了,人也干透了。

第二天早晨,老伴儿提上一个兜子,里面装上羽毛球和球拍,用矿泉水的瓶子灌满凉白开,还放进两个香蕉,说运动后的20分钟之内要补充糖分……挺正规,一副教练口吻。到公园门口她先花100元买了两张年卡,我不觉一惊:"呀,你怎么就断定'非典'能闹一年?"

她说:"买门票一个人每次是15元,买月卡25元,你说哪个划算?"

"好好好,年卡就年卡,我可把丑话说在前边,游泳馆一开我就不来了。"

"你爱来不来,好像谁还非求着你不行。"

别看拌两句嘴,一进了公园心情立刻就变了,嗨,水阔树茂,微风扬花,春来阳气动,万物生光辉。空气带着花草的清芬,吸一口清凉清新,清澈透肺。我心胸大畅,真想敞开嗓子喊上几声……

其实公园里已经有人在喊,此起彼伏,相互应和,有的高亢,有的尖利,有的粗嘎,有的古怪,有的唱歌,有的学戏,有长调，有短吼，有男声，有女腔，有的在林子里喊叫，有的则扬着脖子边走边喊，旁若无人，随心所欲，只管自己痛快，不管别人的耳朵是否能接受。我还不敢，只有走到清静的地方，看看四周没有人就猛地喊上两嗓子，老伴儿撇着嘴偷笑。但喊着喊着胆儿就大了，声音也放开了，学虎吼，学鸟叫，只是怎么学都不大像。倒是老伴儿学布谷鸟儿可乱真，有时还能跟树上的真布谷鸟呼应上几句……

老伴儿像野营拉练一样在前面走得飞快，一边走一边指导我："不能松松垮垮，慢慢吞吞，走要有个走的样子，才会有效果。"来到西湖南岸的一排大柳树下，她选中了一块幽静清洁的地方准备施展拳脚，我则没有目的地开始慢跑，哪儿热闹就往哪儿凑，有时还会停下来看上一会儿……

公园里不同的景区集结着不同的人群，玩着不同的花样，我跑跑停停，停停看看，等我兜了一大圈再回到柳树下，老伴儿的太极拳已经打完，正拿着根枯树枝当剑在瞎比画。看我回来就收起式子："你一直在跑？还是又碰上熟人聊大天了？"

我说："行啦，这又不是在家里你就别操那么多心了。我跑也跑了一会儿，聊也聊了一会儿，现在就要跟你大战一会儿。"

在公园里想找个可打羽毛球的地方太多了，我们选了一棵大梧桐树下的阴凉地拉开了阵势，一交手，我的兴致立刻高涨起来。原以为打球不过是哄着老伴儿玩，谁料她竟能跟我打个不分上下。表面上我打的是攻势球，她处于守势，有时我倾全力狠命地连续攻上六七拍，竟不能把球扣死，反而被她回击过来打了我的空当。看来小区的这群老娘儿们不光是打拳练剑，还经常摸球。打球有对抗性、游戏性，因此就有乐趣，我们打了半小时，大汗淋漓，甚是过瘾。然后喝光带来的水，吃了香蕉，回家冲个凉，好不痛快！

从此，每个早晨又成了我一天中最快乐的时候。每个人的家都是设在房子里面，但家庭的快乐有时是在房子外面。

人们还喜欢说人的本性难移，人是不可改变的。渐渐地我却觉得自己的性情变了很多。我生来脾气暴躁，小的时候曾骑着牲口打架打到邻村，眼眶被打破，差一点就成了"独眼龙"。当然也打破过别人的脑袋。后来以写作为生便成了文学的工具，性子不由自己控制，就更没准头了。不是有哲人说：自杀有一百种，其中就有嫁给作家这一条吗？以前我不发火的最高纪录只有两个月左右，自打去公园跟老伴儿一块晨练，有一年多没有认真发过火了。

后来"非典"警报解除，游泳馆开放，我也先到公园跟老伴儿打上半小时的球，然后再去游泳，她则留在公园里打拳。有时感到光是晨练还不满足，吃过晚饭后也一块到公园里转一圈。说来真是奇怪，一到公园情绪就不一样，两口子便有话可说……

在这之前，老夫老妻的哪有多少话好说？只有在吃饭的时候才能面对面，还要看电视里的新闻。吃过饭我躲在自己的书房里，她愿意干什么就干什么，但我最烦她到我的屋里来，我写字台后面的电线如一堆乱麻，她打扫卫生时不知碰上哪一根就会造成死机，很容易会成为闹一场别扭的导火索……

所以说，越是离得最近的人越难以交流，好像用不着多说什么，什么都是应该应分，理所当然。别看羽毛球不起眼，可它像个灵物，在两人中间飞来飞去，快慢难测，球路不定，这就有了悬念，有了戏剧性。因此在打球的这半小时里，两人说话最多，笑得最多，喊叫得最多。夏天我光着膀子，下面只穿一件运动短裤，汗珠子跟着球一块儿飞，我自己痛快，老伴儿看着也痛快。

生命需要共鸣，有共鸣才有激情。我们是在"文革"初期结婚的，那时候没有蜜月，也不知蜜月是什么滋味，临到老了老了，因闹"非典"似乎闹出了一个"蜜年"。中秋节的晚上，我俩躲开热闹又走进水上公园，静色当天，清光悠悠，林排疏影，湖生满月。四周一片柔和，满园的清辉也将心神透析得清清爽爽，我们慢慢地走着，还象征性地分食了一个小月饼——中秋节嘛，不吃个月饼亏得慌。

当我们兜了一圈走到竹林前的广场时，空中有了露气，天上香满一轮，地上流光一片，我们舍不得离开，总觉得在这样的时刻这样的环境中，老两口子还应该干点什么……可惜我当兵当得不会跳舞，但哼哼曲调还可以，反正四周没有人，我就嘴里哼哼着和老伴儿跳起了"贴面舞"，这似乎正应了一句流行歌词：

"我能想到最浪漫的事，就是和你一起慢慢变老。"

每逢佳节不思亲

过去挖苦崇洋媚外者，说在他们眼里"连外国的月亮都比中国的圆"。我在国外也赶上过中秋节，1982 年在北美过八月十五，到夜晚竟怎么也找不到月亮。最近几年倒是发现公园的月亮比住宅小区的圆，也比小区的亮，且圆得饱满，亮得安静。

连续多年，每到中秋之夜，我和妻子都到公园里或坐或走地待上一两个小时。前几年非常清静，闹"非典"那年的中秋夜，公园里只有我们老两口子。这两年人开始多起来，也大多是上了一些年岁的人，我真想打听一下，他们都是些什么人，为什么在这月圆之夜不跟家人团圆，要到公园里来？

妻子说何必去问别人，问问你自己还没有答案吗？不错，我们在家里无非是守着电话机子，等着它响起来听到儿女们的问候，却不知道它什么时候才会响。如果它不主动响，你想用它找到儿女们却并不容易，即便你找到了他们也往往不能多说上几句。所以，我不如揣上手机到公园里来寻找中秋节古典的味道，人与月遥遥相望，寄托情怀，凝神而思，获得一种难得的明澈和宁静。

而公园外面的月亮太闹了。城市里提前几个月就开始闹月饼，将中秋节变成了月饼推销节、跑关系节。而现在的月饼又千奇百怪，有纯金造的，有纯银做的，有直径六米的，有高度十三层的，总之就是不让人好好吃的。可是，中秋的神粹是"月"，不是"饼"呀！光在"饼"上闹腾，出奇制胜，赚钱第一，超女促销，模特当道……热闹是足够了，可人们却觉得中秋节的味道变了，似乎缺少了一点什么，缺了什么呢？

一种静，一种情，一种思，就是古人说的"每逢佳节倍思亲"。

人间无非两种境界：团圆有团圆的祥和，不团圆有不团圆的思念。"人有悲欢离合，月有阴晴圆缺，此事古难全"，怎么可能一味地闹呢？过节不可不闹，不可光闹，光闹就把节味儿闹没了。这味道就是中秋节所蕴藉的文化情怀。现代人怎么就变得没有惦念、没有乡思，"每逢佳节不思亲"了呢？过年变成狂欢节，国庆节是"旅游黄金周"，节节都是赚钱节，节节都想日进斗金……

难道当今全球一体化的世界已经人月两圆，不需要也没有必要"每逢佳节倍思亲"了吗？事实是今天的世界仍然流动太多，不团圆太多，往往"求名为骨肉，骨肉万余里"。有的大学不得不开展督促学生给家里写信或打电话的活动，因为现在的大学生不愿意写信，只有在缺钱的时候才会给父母打电话。这样的学生喜欢以自我为中心，亲情淡薄，没有责任心，自然也不会成为受欢迎的人。

过去是"父母在不远游"，现在是有本事的有专长的有关系的有钱的和有权的谁不想出去？以前"绝户"一词是令人恐惧的，甚至是一种诅咒，而今"绝户"就是"空巢"，是一种时尚，甚至还能令某些人艳羡……现代人的情感就是这样被一个个五花八门的"现代观念"给稀释了。亲情本来是最没有条件的，而现在的人却在亲情上有着太多的算计：是不是影响自己赚钱，影响自己的升迁，影响自己的学业，甚至是不是影响自己的约会、出游……

功利心掺和进来，亲情还能不打折扣？古人讲孝子侍亲不可有"八态"：沉静态、庄肃态、枯淡态、豪雄态、劳倦态、疾病态、愁苦态、怨怒态。现在只要还有点孝心，即便有这"八态"也还算是好的。就怕孝心全无，除这"八态"之外再加上凶恶态、虐杀态，家庭暴力已不新鲜，甚至像孙子杀死奶奶，儿子杀死母亲，或儿女杀死自己、让老人绝户绝望得生不如死。现代人为什么得抑郁症的特别多，其中一个重要原因是缺少亲情。

没有亲情，人就不知道自己从哪里来，将要到哪里去？是亲情温暖着人的心智，缺少了这份温暖，人必然会感到冷寂和孤独。广州的谢洪均老人死在家里两年多，一个大活人变成一堆白骨之后才被人发现。（《南方都市报》2005年9月15日）这就是所谓的信息时代、网络社会，对远在天边的事情可以夸夸其谈，对身边该管的事情却漠不关心。这也是现代人感情稀释的典型表现：防着离自己最近的人，越对身边的人和事越冷漠。这还不是过去人们所批评的"娶了媳妇忘了娘"，如今不娶媳妇也可以忘了娘，而且也不只是忘了娘，娶了媳妇的也可以忘了媳妇，或忘了丈夫。

网上有个段子形象地刻画了这种情感稀释的过程："两千年

代，爱情太快，从爱到崩，一个礼拜。周一放电，周二表态，周三同床，周四腻歪，周五小闹，周六开端，周日寻找新爱。"现代人的情感甚至不只是被稀释了，还感染了"情感溃疡"，流脓渗水，破破烂烂，自己的不珍惜，也不拿别人的当回事，动不动就卖情卖肉。成都一女大学生当街叫卖自己的"情爱日记"，广东一男青年举着"出租处男"的牌子沿街兜售，北京一大学在《爱情婚姻家庭社会学》的课堂上，一百多名学生跟着老师齐声高喊："性，性，性！"像搞传销，真不知道这是在鼓励自己，还是吓唬自己？是示威，还是胆怯？

你说这不是"溃疡"是什么？到处滴答，滴答的到处都是腥味儿。所以，社会学家根据各种各样的调查，为现代人的情感总结出一系列的"定律"。比如《男女定律》：聪明的男人＋聪明的女人＝浪漫；聪明的男人＋愚蠢的女人＝怀孕；愚蠢的男人＋聪明的女人＝绯闻；愚蠢的男人＋愚蠢的女人＝结婚。而《情人定律》是：1. 情人迟早会变心，只是时间长短的问题；2. 情人若不变心，则你会变心；3. 无论谁先变心，变心的一方必先指责对方变心；4. 如果两人都变心，则会有其他变心人来插足其间。

男女之情尚且如此，对待父母、兄弟、朋友、邻里的感情已经被"稀释"或"溃疡"到什么程度不是可想而知了吗？过年过节本来可以治疗这种"稀释"和"溃疡"，现在似乎恰恰相反，加剧情感的"稀释"和"溃疡"，年节过后人们变得更疲倦，更隔膜。那么，人类发明年节的本质和意义岂不是变了？

五台山车祸

　　1987 年的夏天，山西省作家协会组织"黄河文学笔会"，30多位作家云集太原，乘一辆大轿车直发五台山。车一开起来响声颇大，摇荡感强烈，且椅背上没有扶手，人被颠起来没地方抓，无法固定身体，只能随着车厢的摆动摇来荡去。我的脑子里立即闪过一个念头：这个车跑山道保险吗？遇有紧急刹车抓哪儿呢？我看到前面的椅背高而窄，两个椅背之间缝隙很大，心想遇到特殊情况就抱紧前面的椅子背。天地良心，当时就只是脑子胡乱走了那么一点神儿，对那次出行并无不祥之感，更不会想到以后真会出车祸。

　　大家一路上说说笑笑，兴致很高，到下午就轻轻松松地上了五台山，迫不及待地去参观寺院，作家们忽然异常活跃起来，一时间叽叽嘎嘎，高声喧闹，在肃静的庙堂里颇为招摇。傍晚，僧人们聚集到一个大殿里做法事。由于天热，抑或就是为了让俗人观摩，大殿门窗大开。难得赶上这样的机会，游客们都站在外面静静地看，静静地听。忽然又有人指指画画起来，自然还是参加笔会的人，他们发现一位尼姑相貌娟美，便无所顾忌地议论和评点起来，这难免搅扰大殿里庄严的法事活动。后来那尼姑不知是受不了这种指指点点，还是为了不影响法事进行，竟只身退出大殿，急匆匆跑到后面去了。

　　就这样，文人们无拘无束地度过了色彩丰富的"黄河笔会"的头一天。第二天，天气阴沉，山峦草木间水气弥漫。笔会安排的第一个活动是参观"佛母洞"，大轿车载着所有参加笔会的人爬上了一座不算太高的山峰，山顶有个很小的洞口，据说谁若能钻进去再出来，就像被佛母再造，获得了新生，因此也就具备了大德大量大智慧，百病皆消。一位知名的评论家首先钻了进去，不巧这时候下起了小雨，如烟如雾，随风乱飘，隐没了四野的群峰，打湿了地面的泥土，人们或许担心会弄脏衣服，便不再钻洞。评论家可能在洞里感到孤单，就向洞外喊话，极力怂恿人们再往里钻，于是就信口开河：我真的看到了佛母的心肝五脏……上海一位评论家在洞外问：你怎知那就是佛母的心肝？他说：跟人的一个样。上海人又问：你见过人的心肝五脏吗？他说：我没见过人的还没见过猪的吗！

　　任他怎样鼓动，也没有人再往洞里钻，他只好又钻了出来，领队见时间已到就让大家上车，奔下一个景点。别看大家对登山钻洞积极性不高，一坐进汽车精神头立刻就上来了，文人们喜欢聊天，似乎借笔会看风景是次要的，大家聚在一起聊个昏天黑地一逞口舌之快，才是最过瘾的。车厢里如同开了锅，分成几个小区域，各有自己谈笑的中心话题，每个人都想把自己的话清晰地送进别人的耳朵，在闹哄哄的车厢里就得提高音量，大家都努力在提高音量，结果想听清谁的话都很困难，车内嗡嗡山响，车外叽里咣当……忽然，车厢里安静下来，静得像没有一个人！

震耳欲聋的声响是汽车自身发出来的，轰轰隆隆，稀里哗啦……由于车闸失灵，手闸拉断，失控的大轿车头朝下如飞机俯冲一般向山下飞掠，车厢剧烈摇荡，座位像散了架，我觉得自己的身体有了悬空的感觉，心里却是一片死样的沉静。车上没有一个人出声，不是因为恐惧，实际也来不及恐惧，来不及紧张，脑子像短路一样失去了思维。大轿车突然发出了更猛烈的撞击声，然后就是一阵接一阵的稀里哗啦，我感到自己真的变成一个圆的东西，在摇滚器里被抛扔，被摔打，最后静下来了……人和车都没有动静了，山野一片死寂！

隔了许久，也许只是短短的几秒钟，打破死寂第一个发出声响的是司机的儿子，他先是哭，跟着就骂他爸爸。这时候我也知道自己还活着，脑袋和四肢都在，并无疼痛感，这说明没有事，而且双手还在紧紧抱着前面的椅背，我完全不记得是在什么时候完成了这样一个搂抱自救的动作。我再回想刚才车祸发生时的感受，还是一片空白，什么感觉都找不到，由此可见影视作品在表现车祸发生时让人们大呼小叫、哭喊一片，是不真实的，只证明创作人员没有经历过车祸。车祸使大家感到每个人的生不再是个体，死也不再是个体，这时候车厢内有了响动，有人满脸是血，一位女编辑前额翻着一道大口子，有人还在昏迷，不知是死是活……但没有人哭叫咒骂、哼哼咧咧。这时我才看清刚才发生了什么事情：大客车翻倒在左侧的山沟里，幸好山沟不深，但汽车也报废了，车内车外都成了一堆烂铁。钢铁制造的汽车摔成了一堆破烂，我们这些由碳水化合物组成的肉体竟绝大多数完好无损，这不能不说是个奇迹。

刚才在山上曾钻进"佛母洞"的那位评论家，没有伤到别处却唯独撞伤了嘴巴，肿得老高，让人一下子联想到猪的长嘴，显得异常滑稽好笑，却没有一个人笑得出来，直觉得毛骨悚然。有看热闹的人开始向车祸现场聚拢，他们先看到被摔烂了的汽车，问的第一句话是：还有活着的吗？其实我们都在道边站着哪。有人见这么大的车祸竟没有死人，触景生智开始大发别的感慨：去年有三十多个北京的万元户（那时候在人们的眼里万元户就是富翁了），集体来游览五台山，在另一个山道上也出了车祸，全部遇难，没留下一个活的。看来五台山喜欢惩罚名利场中人！其实这也许只是俗人的想法，在佛眼里众生平等，分什么名利高低。如果世间有个名利场，那非名利场中又是些什么人呢？现代人无不生活在市场经济的竞争之中，难道都该受到惩罚？

"黄河笔会"很难再继续下去了，我们换了新的大客车，直奔大同，并安排大同第一人民医院给每个人做详细检查。笔会组织者要我给大同的文学爱好者和一部分机关干部讲课，我们给大同添了很多麻烦，主人的这个要求无论如何都不能推托。主人领我先去透视，然后就上了台，待到傍晚讲完课回到住处，所有参加笔会的人都用一种古怪的似同情似疑惑的眼光盯着我看，原来所有人检查完内脏和骨头都没有事，个别人血流满面也只是皮肉伤，缝合几针就解决问题了，独我，"右边第九根肋骨轻微骨折"！说也怪，从接过诊断书的那一刻起，我感到右侧的肋条真的有点疼。主人已经为我们买好了当晚回北京的火车票，第二天上午9点多钟，一辆早就准备好的小车等在北京站台，拉上我就往天津跑。天津的朋友圈里已经轰动，碰上这种事大家都喜欢尽情地发挥想象力，五台山上的车祸还能小得了吗？说是肋条断了，那是怕家里人着急，实际还不知怎么样了……将近中午我回到天津，作协的人不让我进家先去骨科医院检查，结果是："未见骨折。"

　　这就有点意思了，此后的两天我又跑了四家医院，两家说是骨折，两家说没有骨折，正好是一半对一半。这太怪异了，完全没有道理……或许这是一种警示，想告诉我点什么？世间能说出的道理都是有局限的，狭隘的。唯有讲不出的道理，才是最庞大最广阔的，没有道理就是最大的道理。我仔细回想那场车祸，事故发生后曾觉得人离死很近，生命极其脆弱，灾难会在你没有感觉的时候突然降临，喉管里的这口气说断就断。随着人们渐渐地缓过劲来，健康地将车祸看成了一次惊险而富有刺激的经历，又会觉得人离死很远，出了那么大的车祸都没有死一个人，可见死也不是一件容易的事情。

　　这时一位高人得到消息打电话安慰我说：你的肋骨没有骨折，不信就立刻下楼跑十圈，没有一个断了肋骨的人能够跑得起来。这不过是五台山跟你们开了个玩笑，佛不怪人人自怪，要谨防自己的心啊！我放下电话就下楼，围着住宅楼跑了十圈，刚开始感到右肋有些不自在，渐渐地就浑身发热，酣畅淋漓起来。从此便不再理会"第九根肋条"，它也就真的没有再给我添麻烦，却至今无法淡忘那次车祸。不幸是伟大的教师，祸福相贯，生死为邻，"祸必以罪降，福必以善来"。守住心先要守住嘴，对自己不了解的东西不可妄加评断。人很难不被生死祸福累其心，渐渐我觉得对世间诸多人和事的看法改变了许多，心境越来越平和，有时竟感到活出了一份轻松和舒缓。故此要感谢五台山，感谢那次车祸。

梦里乡关

故乡是每一个人的伊甸园，给了你生命的源头，知道自己是从哪儿来的。故乡滋养着一个人的精神，留有童年的全部欢乐和记忆。故乡也只属于童年，人稍一长大，就开始苦恋天涯，梦想远走高飞做舍家游，如同鸟儿翅膀一硬就要离窝。青年人满脑子都是"好男儿志在四方"，"读万卷书，行万里路"，"天涯何处无芳草，青山处处埋忠骨"……在我的家乡甚至形成这样一种风气，能闯出去才叫有出息，无论上（北）京下（天津）卫，都是本事。而一旦上了年纪，就开始恭敬桑梓，"露从今夜白，月是故乡明"。

于是也就有了"乡心"——"思心昼夜起"。离乡越久，思乡越切，万般滋味，尽作思归鸣。

我是 1955 年夏天，考到天津读中学。离开了家，才知道什么叫想家。出门在外反把家乡的千般好万般妙都想起来了，却已没有退路，半途而废，将无颜见家乡父老。特别是后来的"遣送回乡"，变成一种严酷的政治惩罚，形同罪犯。久而久之，一般人跟故乡的感情被异化，或严重扭曲，一旦离开就很难再回去了。正由于此，至今已 60 多年来，我做梦大都还是故乡的情景，特别是做好梦的时候，当然那背景和色彩是我童年时故乡的样子。不仅故乡的形貌像刀刻般印在我脑子里，就连我们家那几块好地的形状和方位，也还记得清清楚楚……

我的老家是个大村子，南北狭长，村子中间有一条贯穿南北的主街，东西两侧各有一条辅街，每隔五天有集。即便不是赶集的日子，一到晚上，羊杂碎汤、烤烧饼、豆腐脑、煎焖子的香味便从主街弥散开来，犒劳着所有村民的鼻子。如果我表现得好，比如在全区的会考中拿了第一，或者在秋凉草败的时节还能给牲口割回一筐嫩草，老娘就会给我3分钱和一个大巴掌形的棒子面饼子，到主街上或喝羊汤，或吃焖子，任由我意。现在想起来还觉得齿颊生香。

在村西有一片茂密的松树林，那就是我心目中的"野猪林"，虽然没碰到过野猪，却不只一次见到过拳头般粗的大蛇，有人放羊躲到林子里乘凉，盘在树上的巨蟒竟明目张胆地就吸走了羊羔。村东一片深水，人们称它为"东坑"，据村里老人讲，几辈子没有见过它干坑，大家都相信坑底一定有王八精。村北还有一片水域，那才是孩子们的乐园，夏天在里面洗澡、摸鱼捉虾，冬天在冰上玩耍。只有在干旱的年月，才会缩小成一个水坑，然而水面一小又容易"翻坑"，鱼把水搅混，混水又把鱼虾呛得动弹不得，将嘴伸到水面上喘气，这时人们下坑就跟捡鱼一样。有一回我下洼割草回来，正赶上翻坑，把筐里的草卸下来，下坑不一会儿就捞了多半筐头子鱼。

还有瓜地、果园、枣林、满洼的庄稼、一年四季变化丰富的色彩……如果世上有天堂，就该是自己的家乡。有一年暑期因贪玩误了回天津的火车，只好沿着南运河堤走到沧州站赶快车。河堤上下是遮天蔽日的参天大树，清风习习，十分凉爽。这古老的林带从沧州一直铺展到天津，于是想好一个主意，来年暑假提前备好干粮，豁出去两三天时间，顺着森林走回老家。可惜第二年全国"大跃进"，我也要勤工俭学，不能再回家了。隔了许多年之后才有机会还乡，竟见识了真实版的"家乡巨变"：满眼光秃秃，护卫着南运河堤的千年老林消失了，我站在天津的站台上似乎就能看到沧州城。南运河在我的记忆中是一条童话般的长河，竟然只剩下了一条干河床，里边长满野草，中间还可以跑拖拉机。

我的村子也秃了、矮了、干了，村头道边的大树都没了，几个滋润了我整个童年的大水坑也消失了……这让我失去了方位感，不知该从哪儿进村，甚至怀疑这还是我梦牵魂绕的老家吗？最恐怖的是紧靠着村子西边修了个飞机场，把村里最好的一片土地变成白晃晃的跑道，像一刀砍掉了半个村子。自那次回家后，我的思乡梦里就有了一条抹不掉的伤痕。

在我的记忆里老家是很干净的，冬天一片洁白，到春天大雪融化后麦苗就开始泛绿，夏天葱绿，秋天金黄……那个年代人们没有垃圾的概念，生活中也几乎没有垃圾，无论春夏秋冬乡村人都起得很早，而清晨起来第一件事就是先将自己庭院和大门外面打扫干净，清扫出来的脏东西铲到粪堆上沤肥。家家都有自己的茅厕，对庄稼人来说粪便是好东西，没有人舍得胡乱丢弃，即便是牲口在路上拉的屎，都要捡起来带回家，或扔到自家地里。而今还没进村子却先看到垃圾，村外的树枝上挂着丝丝缕缕、花花

第一辑 世路悠悠

113

绿绿的脏东西，凡沟沟坎坎的地方都堆积着跟城市里的垃圾一样的废弃物……我无法相信村子里怎么能产生这么多垃圾，抑或也是沾了飞机场和沧州市的光？

这还是那个 60 多年来让我梦魂萦绕的故乡吗？如今似乎只剩下一个村名，其余的都变了，苍凉、麻木，无法触摸到故乡的心房，却让我觉得自己的所有思恋都是一种愚蠢。让我感到心里刺痛的还有家乡人的变化，有热情没有亲情，热情中有太多客气，客气里有拒绝、有算计。我有一发了财的同乡，跟我商量要回乡投资，回报老家。我大喜，欢欣鼓舞地陪着他见老乡，商谈具体事宜，待到真正付诸实现，始知抬脚动步都是麻烦，已经谈好的事情说变就变，一变就是多要钱，乡里乡亲又恼不得也气不得，比他在别处上项目成本高得多，效率慢得多，而且估计最终难有好结果，便擦干净屁股，带着失望乃至绝望逃离了故乡。

自那件事情之后我也很少再回老家了，才知"家山万里梦依稀"，不只是空间上的距离，更重要的是心理距离。"不是不归归不得，梦里乡关春复秋。"每到清明和除夕，夜深人静之后，到一偏僻十字路口，给父母和蒋家的列祖列宗烧些纸钱，口中念叨一些不孝子孙道歉该说的话。有时话说得多了难免心生悲凉，今夕为何夕，何乡说故乡？

其实故乡就是爹娘，有爹娘在就有故乡，无论故乡变成什么样子。没有爹娘了，故乡就只能留在梦里啦。但故乡是一定要回去的。活着回不去，死了也得回去。西方人死后愿意见上帝，中国人死后希望能认祖归宗。屈原唱道："鸟飞反故乡兮，狐死必首丘。"连狐狸死的时候，也要把头朝向它出生的土丘。有一天晚上读向未神游的诗:"生我的人死了,养我的人死了,埋葬了父亲等于埋葬了故乡!处处他乡处处异乡,从此我一个人背着故乡,走啊走啊看不到前面的路,蓦然回首也找不到来时的方向。"

忽然眼泪就下来了,情不自禁冲着故乡的方向跪倒,心里呼唤着爹娘脑袋磕了下去……

喜　丧

罪

我接到大哥去世的消息好半天没有缓过神来，倒不完全是悲伤，还有震惊。一个多月前我回老家看他，他的状态还非常好，赶集、下地噔噔的，中午吃捞面比我吃得还多。三天前侄女打电话来，还说她父亲的身板儿忒好了，整个麦秋没闲着，刚帮着老儿子收完场。怎么会说没就没了呢？

生死的转换难道可以如此迅捷、突兀？平时听到什么人猝死的消息，虽然也要惋惜一番，但跟自己的亲兄弟突然故去大不一样。骨肉连心，疼到深处，于是生出许多疑问……

一个人可以毫无缘由地就出生到这个世界上来，要死去则必须有原因。如果没有原因、没有预兆就撒手走了，会把亲属坑一下。但那也许正是几辈子才能修来的福，叫"善终"。"善终"比"善始"更难得。

"善终"是有条件的，要活到了一定的年龄。就是俗话说的已经"活够了本儿"。死的时候要干净利索，没有受罪。

对许多人来说，死可不是简单的事，更不容易。按现代医学的解释，人的死亡"不是一个自然的过程，要忍受极大的痛苦才能最后告别这个世界"。"善终"就是没有这种痛苦，或极大地缩短了这种痛苦的过程。

于是人们把活到古稀之年再去世称为"喜丧"——把"丧"和"喜"联系起来，是中国文化的高明。办"喜丧"和一般的治丧感情的投入不一样，表面上是办丧事，心里却把它当喜事来办。明明是死了人，又喜从何来呢？喜的是生命已经不亏，到该结束的时候就结束，自己不再受罪，也不会给活着的人添罪了。

这几年我可真是见过几位受够了大罪之后才闭眼的人，他们被病痛折磨得生不如死，家属的亲情、孝心也被折腾得到了最后的临界点，嘴里不说，心里恨不得快点解脱，病人解脱，别人也跟着解脱。人人都希望能健康长寿，但肉体凡胎是由碳水化合物构成，活的年头太长了，怎么能够健康？最常见的是没有力气控制屎尿，干净了一辈子最后却陷于屎尿阵之中，失去了排泄的快感和做人的尊严。让人很容易联想到有些宗教里关于"原罪"的理论……死是对一个人所有罪愆的总惩罚。

所以能够预测自己圆寂日期的高僧，提前许多天就不吃饭了，或者喝一点能清理肠胃、让肉身不坏的草药，让自己干干净净地脱离尘俗。

大哥走得这么干脆利落，自然不会受罪。他活了 77 岁，不算长，也不算短。我们的祖父活了 74 岁，父亲是 77 岁，他们临离开这个世界的时候都很清醒，走得干干净净。看来我们蒋家的男人大体都是这样的寿命了——正因为寿命不是很长，所以受的罪也少。我算了一下，自己还有 20 多年的阳寿。突然间对自己最后的结局看得清清楚楚，心里一阵轻松，感到欣慰，竟没有丝毫的恐惧或遗憾。这要感谢大哥，是他的去世提示了我……

有生必有死，人从一出生开始就被死亡追赶，或者说是追赶死亡。人应惧生，而不是惧死。村里蒋姓一族，长一辈的人已经没有了，我想大哥对死早有准备，也许等待好几年了。特别是一年多前大嫂去世后，对大哥来说，死就变得真切和迫近了……感到意外的只是我们。意外的理由就是他的身体还很好，这其实是很盲目的。

在身体很好的时候离世是不失尊严地自己走，身体被彻底拖垮后再去世是被动无奈地被拉走。

礼

我们共有弟兄四个，二哥死得最早。天津还有一个70岁的三哥，他对家乡对大哥乃至对乡亲们的感情是我这个最小的弟弟所无法比的，他坚持要回沧州亲自为大哥送行，让我暗松一口气。我原来还担心，三嫂或侄子们怕他年纪大吃不住奔丧的辛苦，不让他回去。那样我就成了家中唯一的长辈，一个长辈在丧礼上应该怎么做我可是一窍不通。

老家治丧有严格的程式，极尽烦琐和铺陈，一切都得按规矩和乡俗进行。你说你有真情，很悲痛，但乱哭乱闹也不行，那叫"闹丧"；"闹丧"所表达的意思是对丧事办得不满意，对帮忙的人或侄子侄女们有意见，想找茬闹事。会说你在天津待了几年，故意狗长犄角——羊（洋）式的。我可不想叫本家的晚辈和村里的乡亲们说闲话，最好是一切都做得中规中矩。哭要会哭，说要会说，站要会站，跪要会跪，走要会走……在治丧的全过程中，每一项程序都有许多人在围着观看，你做错一点就会惹得议论纷纷或被指指戳戳。举个最简单的例子，奔到兄长的灵堂前，是该跪着哭呢，还是弯着腰哭？

有三哥在，我就省心了，一切按着他的样子做就行。偏我有个毛病，性情急躁，说话快，动作快，走路快。到了大哥生前居住的屋门口，一大群乡亲在盯着我们，不说话，不打招呼，连做棺材的也停了手直瞪瞪地看我们怎样哭，有人扭头跑进院子，想必是给侄子们送信儿，院子里立刻传出爆炸性的哭声。这一紧张我就忘记等三哥了，也许是急于想见到大哥的遗容，自己腿长脚快地先进了院子，这时候侄子们哭着迎了出来，我的眼泪控制不住，先于哭声而流出来了。奔到堂屋，见大哥的身上罩着黄布，躺在一个玻璃棺材里。心里"咯噔"一下，难道是水晶棺材？没听说哪个侄子发了大财能给大哥买得起水晶棺材？门外边不是正在赶做木头棺材吗？怎么不让我们见大哥最后一面就入殓了？就在我走神发愣、手足无措的时候，两个侄子扶架着三哥号啕着进了屋，我赶紧小声请示：

"要不要跪下哭？"

"不要。"

"咱得见见大哥的面儿吧？"

"得见"，三哥发了令，"打开冰柜。"

原来那是冰柜，为了镇着大哥的遗体不会变坏。麦收季节，正是五黄六月天上下火的日子，没有生命的肉体很快就会腐烂。我怎么就没想到呢？一碰上事就犯傻，常常露出一股呆气。

冰柜是两半儿的，有人开始撕揭封住连接处的胶布。要和大哥见面了，屋子里掀起一个痛哭的高潮，极富感染力，当时即便是木头人也会随着掉泪。侄女婿大声提醒哭泣者，他的声音高出所有的哭声："不要把眼泪掉在死人身上！"这小子就这么称他岳父为"死人"……我又赶紧提醒自己，这种时候你就别挑字眼儿了。

冰柜掀开了，黄布拿掉了，我见到了大哥的脸。我对这张脸是非常熟悉的，现在却失去了生气，显得发黄、僵硬、怪异。嘴张着，眼也半睁着……莫非因走得匆忙，有些心事未了？小侄子用手掌帮着他父亲合眼、闭嘴，口中还念叨着："爸爸，我三伯伯、老伯伯都回来了，你老牵挂着的人都在这儿守着哪，放心地走吧。把眼闭上吧，把嘴闭上吧，别吓着你的小孙女……"

小侄子的话又把满屋子的哭声催动得更为悲切凄厉。但大哥的眼和嘴仍不肯痛快地紧闭上，小侄子的手掌仍然极有耐心地在大哥脸上摩挲。人死了就该闭眼，所以人们把死亡又通称"闭眼"。死而不闭眼，是死得不安，也让生者不安。这时候哭已经不是主要的了，每个人都希望大哥快点把眼和嘴闭上。于是知道大哥心思的人，或者边哭边加以解劝，或者在心里默默地跟大哥对话，就仿佛大哥还能听得到大家的话一样。

我在清明节回来的时候，知道大哥有两件心事，一件是大侄子的儿子买房缺一点钱，另一件是二侄子的大小子还没有说上媳妇。其实这都不是大事，大侄子全家在天津，他是铸造业的能人，兼职很多，收入颇丰，他们既然想买房就一定会有办法弄到钱。二侄子的大小子才 20 岁出头，长得精精神神，身体健壮，尽管读书不多，在农村还能打一辈子光棍吗？我也暗暗地劝慰大哥，该闭眼时就得闭眼，该撒手的就得撒手。儿女都已长大成人，儿女的儿女就更用不着你操心了。

人死是高潮，所有的人都围着你转，哭你，想着你，念叨你，在三天的治丧期里你是全村人关注的中心，一个普通人不就是到死的时候才被人发现你是多么的重要、多么的不可缺少吗？是死成就了一生的辉煌，你已问心无愧，赶快高高兴兴地去找祖宗们和大嫂团聚去吧。

大哥的双眼终于慢慢地闭上了，嘴还微微地有点张着，似乎还想说点什么……主事的人张罗着又用黄布把大哥盖上，把冰柜合拢，重新粘好胶布。我们从天津赶回来为大哥治丧的第一个程序就算完成了，大侄子把三哥和我让进里屋，要进行第二步：全家人商议丧事应该怎么办。

大侄子说："我爸爸不在了，三伯伯、老伯伯就是我们的老人，丧事该怎么办得听您二老的。"这话说得我鼻子又有点发酸，大哥的丧事该怎么办，主要得看大哥儿女们的意思，我相信在我和三哥回来之前他们兄弟姐妹肯定已经商议过了。尽管大侄子说得很动情、很客气，表现了对还活着的长辈的尊重，但我和三哥却不该轻易发号施令。我让大侄子先说说他们的想法，他说："我和三伯伯、老伯伯在天津生活，丧事怎么办都好说，村里还有三个兄弟，丧事要办得合他们的心意，该有的程序一样也不能少。"

大侄子说得合情合理，他的情绪也很冷静，到底是喜丧，哭归哭，哭过就算。我请三哥表态，他对侄子们的想法表示赞成，我也觉得我们没有理由反对或另外再提出一些要求——除非我们是想挑刺儿。

三哥提了个我也很想知道的问题："你们的爸爸到底是怎么没的?"

在老家的侄子们必须对他们父亲的两个亲弟弟有个交代。大哥和三侄子住在一起，就由老三来说："昨天晚上，我爸爸到二哥家吃面条，前些日子有人给二哥的大小子介绍了个对象，媒人回信儿说，基本就算成了，大后天正式定亲。我爸爸高兴，吃了快两大碗，9点多钟回来先去了茅房，大概是想解完手就上炕睡觉。隔了一会儿狗叫起来了，我以为有外人来串门，出去看了看没有人，等我一回到屋里，狗就又叫个没完，我第二次出去把它喝唬了几嗓子。等我一回到屋，它叫得更凶了，我突然意识到不好，赶紧往外跑，我爸爸已经堆糊在茅房外边的墙根底下了。我喊您侄媳妇把我爸爸抬到屋里，赶紧叫孩子去把我二哥和老兄弟叫来，我去请大夫。大夫来了又打针又灌药，我爸爸就始终没有醒过来，到凌晨4点咽的气。"

如此说来大哥真的是"喜丧"——因喜而丧。成了他一块心病的孙子谈成了对象，一高兴就吃了那么多面条，老家的那种大碗，有一碗就够他那已经工作了77年的老胃对付的……大哥应该是死而瞑目的了!

吃

亲属将治丧的大原则一经确定，帮忙的人就开始忙乎了。其实就在我们一大家子人还在东屋商量的时候，治丧的领导核心已经自然形成并开始工作了。以我本家的一位兄弟为首，他在村里是个说说道道的人物，还有一位负责记账的，一位守着一个黑人造革提兜专管钱的出纳，一位掌握治丧进程、指挥和调度一切的"总理"，另外还有两个侄子辈的人当跑腿的，负责采买。他们占据了三侄子家最好的一间屋子，那间屋子就成了"治丧大队"的队部，治丧工作也就热火朝天地开展起来了。

在当街一拉溜搭起了三个大棚，都是租来的，铁管一支一架，用印了治丧图案的白布一罩，里面摆上了几十张饭桌，大出殡的架势就出来了。这几十张饭桌非常重要，它标志着丧事的规格。主家想办多大场面，就看有多少张饭桌，将饭桌摆多少天。

治丧过程中的一个重要内容就是吃，根据你的家底儿，你想把丧事办到什么规模，桌上的菜应该上几个碟几个碗，约定俗成是有惯例的，你太寒碜了就让村里人和亲戚们笑话，甚至会怪罪。大哥的两个兄弟和长子都在天津卫做事，侄子们又想把丧事办得好看，那就得豁得出去让人吃。再说人家来吊唁都不会空着手来，烧纸是必带的，同时还要随礼，少则 10 元，多则几十元不等，不交钱的也会送一块幛子（布料）。

在民间深入人心的"吃绝户"最早就是由治丧引起的：没有儿子的人死了，在办丧事的时候人们就会拼命地吃，主家如果不大大方方地让村里人张开肚皮大吃几天，就会犯众怒，遭到唾骂。因为他继承了绝户的家产，也是白捡来的。以后演化成凡是丧事都要吃，从吃的规模看丧事办得排场不排场。吃是给死者减罪，到阴间少受苦，也是给死者的后人免灾。

兵马未动粮草先行，随着"治丧大队"的成立，火头军立刻行动，在院子里和大门口两边垒灶埋锅，一笸箩一笸箩的馒头蒸出来了，一大盆一大盆的菜炒出来了，一箱箱的白酒、啤酒从供销社搬来了……本家兄弟以及为丧事帮忙的人，理所当然要在丧事上吃，外村来吊唁的人随到随吃，流水的筵席就算开张了。所谓"流水席"就是指吃饭的人像流水一样哗哗流不断，前边的人刚吃完，后边的人又接上来。或者前边的人还没有吃完，后来的人已经在等着了。

但是孝子们——也就是我的侄子、侄女、侄孙子、侄孙女、外侄孙子、外侄孙女们以及我们从天津去的一帮人，吃饭要自己想办法，或者见缝插针地从灶上摸个馒头盛碗菜，找个地方三下五除二地划拉到肚子里去，或者到哪个侄子的家里让侄媳妇抽空给做碗汤喝。所有参与办丧事的人都是在帮我们家的忙，从情理上说我们应该照顾人家，人家没有义务还要照顾我们。可是整个丧事有自己的领导机构，一切活动安排都是听从"治丧大队部"的号令，我们倒成了局外人。

"治丧大队部"的几位核心人物，他们坐在炕上天南地北，家长里短，说得开心，笑得痛快。三天里他们很少下炕，更难得出屋，灶上炒出了菜先端给大队部的领导，他们喝的酒也比外面那几十桌上的酒高一个档次，丧事操办过程中的大事小事都得请示他们以后才能办——办丧事尚且如此，可以想见平时农村干部的权威性了。

其实，大哥也被冷落在一边了。这些人并不悲伤，无非是想借他的死热闹一下，大吃大喝，猜拳斗嘴，过过酒瘾，而且吃喝完了还不会感谢他。因为谁都知道，很会过日子的大哥，在他活着的时候是绝不会请这么多人到家里来十个碟八个碗地吃喝一通的。如此看来，与其死后被动地挨吃，真不如活着的时候主动请人来吃……

三天里我大部分时间都坐在寂寞的大哥的棺材旁边，和认识的乡亲说话，回想我在村里度过的童年生活，好奇地看着丧事乱糟糟地以吃为中心地在向前推进。

烧

第二天的主要程序是火化——这令我大为不解，已经拉开架势要把丧事办得热闹、堂皇，还做成了那么结实壮观的棺材，为什么还要火化呢？"治丧大队部"的头头儿向我解释：现在农村不许土葬，谁家死了人偷着埋了，让村委会知道后不仅要把人挖出来照样送到炉子里去烧，还要罚款。没有人敢惹那个麻烦，于是农民们想出了这么一招儿，死一次葬两回，先火化，后土葬。只要火化完了，你再折腾多热闹政府也不管了。

这才是农民的幽默，是无数"你有政策我有对策"中的一"策"。

人们之所以惧怕火化，是因为火化完了人就彻底地消失了。因此有些老人临死前只留下一句话："千万不要把我烧了！"现在先把人烧了，还要埋什么呢？

外面阳光很毒，热风烫人。孝子们哭着把大哥抬出来放到灵车上。沧州火化场的这种灵车却令人难以忍受，它是在普通的面包车底盘下面开了个长抽屉，把死人往里面一塞，然后让孝子们坐到上面，把死了的老人踩在脚下……这时候已经没有人顾及这些了，好像火化就是这种规矩，既然不得不火化也就不得不遵守火化的规矩。

火化场在沧州市的西南角，离村子很远，正好可以让一群半大小子尽情地耍把。他们坐着一辆拖拉机在前面开道，喀嘟嘟开得很快，鞭炮挂在拖拉机的后尾巴上，一路上噼里啪啦炸得烟尘滚滚，同时趁风把纸钱撒得漫天飘舞。

在烈阳下，这支奇怪的车队把气温搅得更加燥热了，引得路两旁的行人都捂着口鼻看热闹。好像走了近一个小时才到达火葬场。火葬场空旷而简陋，但生意不错，在大哥的前面还有两个人，大哥排在了上午的最后一炉。空荡荡的大院子里没有荫凉处，大家挤在火化炉外面的墙根下，有一位老太太在卖汽水，身边还跟着一个五六岁的小姑娘，小姑娘可以自由进入到火化炉跟前，在停放于炉口外面的死人跟前走来走去，不躲不怕，熟视无睹。这个姑娘长大了若分配当火化工，一定不需要别人再给她做思想工作……

在漫长的等待中，孝子们都躲到凉快的墙根底下去聊天，只有大哥自己孤单单地躺在火化炉前，排队等着化为灰烬的时刻快点到来。一送进火化炉，大哥就彻底消失了，这一刻应该是孝子们痛哭的时候，生离死别嘛。对死者多看一眼是一眼，多留一会儿是一会儿，希望尽量延缓把亲人送进火化炉的时间。可是，这时候所有的人都希望快一点烧，烧完了快一点回去。天也实在太热，年轻人的肚子大概早就饿了。

我默默地对大哥说：你不要怪哟，现代年轻人的孝心做做表面文章还可以，却经不住大的考验。为你的死这样大操大办，看似奔着你来的，吃的是你，花的是你，折腾的也是你。其实是你的死折腾了活着的人，吃的是活着的人，花的也是活着的人，这些花样一概与你无关，是为了活人的面子，是折腾给活人看的，归根结底还是活人折腾活人。

唱

三哥还是发了脾气。不是闹丧，是冲着乐队。

三哥年轻的时候是村里的吹笙高手，逢年过节或赶上庙会，为唱戏的伴奏，谁家有了红白事儿，少不了也会被请去吹奏一番。那个时候他们在丧事上吹奏的是《无量佛》《坐经曲》《行经曲》，还有几支哀怨伤痛的悲调，乐器一响，沉痛悲伤的沮丧气氛立刻笼罩了治丧现场，也笼罩了全村。亲的热的会悲从中来，想起诸多死者的优点和好处，即使是八竿子打不着的人，也会被音乐感染，心生同情，悲怜人世，都变得宽和友善了。

在那种乐队的伴奏下，孝子哭得格外悲痛，来吊孝的人也哭得自然。特别是到夜晚，《无量佛》的乐曲还让人生出一种庄严沉静的感觉，梵音圣号，送死者的魂灵升天。

谁料今天花钱请来的吹鼓手们，竟在大哥的棺材旁边吹奏起现代流行歌曲，一首接一首，《纤夫的爱》《九妹》《大花轿》……

乐曲一响，年轻人就跟着唱，其实是一种喊叫："妹妹你看着我一个劲地笑，我知道你在等我的大花轿……"叽叽嘎嘎，打打闹闹，叫孝子们还怎么哭？叫来吊孝的人想做个哭的样子都困难。乐曲与治丧的气氛格格不入，让人感到极不舒服，难怪三哥会发火。

他老人家是我们这一支蒋姓人家的权威，吹鼓手们怎敢不听，立刻改奏治丧的曲子，围观的老老少少也都跟着散了。二侄子找到我，悄悄地说："别人不敢张嘴，您得劝劝我三伯，不能管这种事。"

"为什么？这是办丧事，还是办喜事？"

"现在办丧事都是这个样，光吹丧曲子大家不爱听，不爱听来的人就少。咱花钱请乐队不就是图个热闹吗？就得多吹人们喜欢听的，等一会儿还要点歌儿，还要跳舞呐……"

"还要跳舞？在你爹的棺材旁边？"

"对啊，怎么啦？改革开放嘛，怎么城里人倒成了老赶？既然想大办，就要求来的人越多越好，也显得我大舅一家人缘好。"

"不，你爹现在需要的是鬼缘，这样瞎折腾把丧事办成狂欢节，叫你爹的灵魂怎么安息？倒好像是活着的人在庆祝他的死，就不怕他的惩罚吗？"话可以这样说，但侄子们想把他们父亲的丧事办得漂亮、圆满，我和三哥只能成事不能搅事。我对侄子说："你三伯管得对，你的道理也不错，我把你三伯拉到一个地方去休息，我们一走你就去告诉乐队，随他们的便！"

我把三哥安顿到距治丧现场还有老远的小侄子家歇着，把侄子的话去掉棱角向他学了一遍，劝他眼不见不心烦，耳不听不生气，随他们爱怎么折腾就怎么折腾吧，有大事需要他出面的时候我会来叫他。

等我再回到大哥身边的时候，乐队前面又围了不少人。围观者这回不是要求乐队吹奏什么歌曲，而是让一个手拿竹板，像女人一样忸怩作态、飞眼吊膀的男人给表演节目。直到有人从"治

岁月侵人不留痕

丧大队部"领来 10 元钱交到那人手里，他才给自己报幕：

"那我就给老少爷们儿唱一段《奴家十八恨》……"

四周响起了嘻嘻的笑声和拍掌叫好声。我心里骂了一句，这叫什么玩意儿，带色儿也开始上了。

哭

在办丧事的整个过程中，最不可缺少的就是哭。无哭不为丧。

现在的农村虽然爱赶时髦，把丧事办成了喜怒哀乐的大杂烩，唯独还缺一项——花钱雇人哭丧。因此大哥的丧事自始至终都得靠大哥的亲属们自己哭。

死了亲人要哭，这是很正常的。在亲人刚刚咽气的时候，你怎样哭都不要紧，却不外乎古人在《方言》里所归纳出来的三种方式：哭泣不止、无泪之哭和泣极无声。私人的悲哭一旦有别人介入，有了解劝者和观看者，或者进入正式的治丧程序，哭就变成一种责任，一种必不可少的形式。更多的是一种艺术，一种表演。

记得 1977 年春天，一向身体很好的父亲突然无疾而终。从天津回家奔丧的人一下火车就开始哭，从火车站到村子还有 7 里地，中途被接站的人劝住了一会儿，到了村边上又开始哭。那是真哭，是大哭，因为心疼——父亲活得厚道，死得仁义，没有给儿女们添一点麻烦，自己悄没声地干干净净地走了，让儿女们觉得像欠了老人什么。哭起来就动真情，眼泪止不住，见到父亲的遗容会哭，想起跟父亲有关的事情会哭，听任何一个人谈起父亲也会哭……

到了第二天，我和妻子的嗓子都哑了，无论再怎样用力也哭不出声音来。但丧事要办好几天，孝子们无论白天黑夜都要跪在父亲灵前，一有来吊孝的就要陪着大哭，每天早、中、晚，要三次从村北头哭到村南头去报庙。

是孝子们的哭声支撑着治丧的全过程，治丧的悲哀氛围也要靠孝子们的哭声来营造。眼泪流干了还可以遮掩，没有声音可是非常难堪的事，甚至会被乡亲们误会为不孝。如果都像我和妻子，干流泪，干张嘴，不出声，那丧礼就变成了一幕幕哑剧，难免会被外人讥笑。

幸好大哥大嫂，三哥三嫂，侄子侄女，还有一大帮叔伯的兄弟姐妹、孙男娣女，他们能哭会哭，哭声沉重动情，哭词滔滔不绝。直到治丧的最后高潮，出殡、下葬，他们仍能哭得撕心裂肺，惊天动地，让帮忙的人和村里看热闹的人无不动容。哭声是一种宣告，宣告死者生前有人疼，死后有人想，生得体面，死得也体面，生得功德圆满，死得无愧无悔。

转眼间就轮到哭我的同辈人了，一年多以前刚哭完了大嫂，现在又哭大哥。第一天哭得挺好，尤其是大哥的两个女儿，"焦肺枯肝，抽肠裂膈"，哭的时间长，且伴有形体动作，或扑天抢地，或捶胸撞头。她们的哭不是干号，是有内容的，一边哭一边说，诸如"我那苦命的爸爸""不会享福的爸爸""不知道疼自己的爸爸"等等。总之是将大哥的种种长处当作缺点来抱怨，即便是不相干的人听到两个侄女的哭也会鼻子发酸，陪着掉泪。人要死得风光，就得有女儿。丧事要想办得感人，不能少了女人的哭。

或许由于先火化的缘故，再加上吹鼓手们制造的嘻嘻哈哈的气氛冲淡了应有的哀恸，到第三天出殡的时候，正需要大哭特哭了，孝子们却哭不上去了。或有声无泪，或只摆摆架势走个过场。

　　现代人是越来越不会哭了。特别是城里人，有些死者儿女一大帮，到需要高潮的时候，却哭不出效果。效果又是给谁看的呢？把内心的悲痛表演给外人看，这悲痛的味道就变了。哭是个人的事情，应该是动于中发乎情，自然放声。

　　但是，既生而为人，还要讲究"做人"。"做"——就有了表演给别人看的意思，哭也不能不讲究技巧了。

第二辑

人生感意气

人生感意气，结交在相知。

梦游国庆节

"游行"这个词不知从什么时候起有点变味了，一提起它就让人敏感，神经兮兮。从前一说到游行，那可是让人立刻就想到解放军进城、开国大典……恢宏，壮观，热烈，振奋，荣耀……

1959 年 10 月 1 日，天津市要在海河东侧的中心广场举行建国十周年大游行。市里提前好几个月就下通知，有头有脸的大单位为了能够争取到参加游行的资格，抢破了脑袋。我们厂是全市重型机械行业的老大，最后争取到出一辆彩车参加游行，彩车上要载着我们厂最拿手的产品，除司机以外还可以再跟一个人。于是，在我们厂内又展开了激烈竞争，各车间都希望拿自己的产品去参加游行……

那时我刚从中技校毕业不久，学的是热处理，分配到水压车间，业余爱好是写小说。但对什么是小说却又搞不太清楚，唯一的特点是胆子大，敢写。当时全国重工业的热点是造万吨轮和大型内燃机车，无论是巨轮或内燃机车，其心脏是发动机，发动机的脊梁是一根大型的六拐曲轴。锻造这种曲轴的任务就交给了我们车间，在当时这可是尖端产品，几次试锻都没有成功……

产品的实验失败却给了我写作的"灵感"，便根据曲轴试锻的情况写了一篇自认为是小说的东西。由于不懂投稿的规矩，没有寄给文艺部，信封上只写了《天津日报》。到9月下旬的一天，市委机关报居然在头版头条把我的小说当通讯给登了出来，那是我的名字第一次印成铅字，却着实地把我给害惨了。稿子里提到的厂名、车间名以及曲轴的名称都是真的，而车间主任、工程师、厂长的名字都是虚构的，我在小说里还"颠倒黑白"地大写特写曲轴试锻取得了多么辉煌的成功……

可想而知这篇东西在工厂引起大哗，友好一点的说我"真能写"，刻薄一点的说我是"吃铁丝尿笊篱——瞎编"！我尽等着领导找我谈话呢，岂料厂长冯文彬，竟将错就错地决定到国庆节的时候让我跟着彩车去参加游行，彩车上就要放六拐曲轴，如果实验还不成功，宁可放弃参加游行的机会。

这下更惹得全厂的人都在骂我，外车间的人出于妒忌大说怪话：光是在厂里低头干活没有用，要想出头还得会到报纸上乱吹。本车间的人也怪我瞎吹招祸，到国庆那一天若拿不出曲轴怎么办？这时候有厂部的人告诉我，那篇稿子的发表并不像我想象的那么简单，我可以乱投稿，报纸却不会乱发表，报社将稿子打出清样后寄给工厂审核，是冯厂长签了同意并让办公室盖上工厂的大印。

冯文彬毕竟是参加过长征的人物，指挥攻坚战确有一套，离国庆节还有三天的时候，他来到我们车间的2500吨水压机跟前，搬了把椅子一坐。很快，厂部分管生产的副厂长、生产科长、设备科长、总工程师……凡跟曲轴有关的各路人马都跑到现场来了，曲轴试锻真是要风得风，要雨有雨。在此后的三天三夜里，冯厂长一步也没有离开过水压机，他说话不多，就在那儿稳稳地坐着，我没见他吃过东西，更没见他打过哈欠，老是那么精气神十足。其他人却忙得脚丫子朝天，到 10 月 1 日的凌晨 2 点多钟，六拐曲轴锻造成功，放凉以后吊上彩车，用铁丝固定好，参加试锻的全体人员站在车间大门口送我护着曲轴出发。

一个刚进厂不久的年轻人享此殊荣，可算出足了风头。我坐在驾驶楼子里兴奋异常，是第一次尝受虚构带来的荣誉，可谓因祸得福……我们赶到游行的集合地点才刚刚 5 点钟，司机叫郭启厚，人称"郭傻子"，其实他能说会道，比谁都精。他说我编瞎话露了脸，应该请客给他买早点。我心里高兴，还答应中午回厂后送给他一个高温车间的保健菜条。我下车按郭傻子的要求给他买了两个馒头一包炒花生仁，我给自己买了四两大饼夹炸糕。回到车上香香甜甜地吞下去之后，眼皮可就睁不开了，我告诉郭傻子，游行开始的时候喊醒我，脑袋舒舒服服地往后一靠就没有意识了……

到我被喊醒的时候，已经是中午回到厂子里了。我想郭傻子如果不是惦记着我答应给他一个高温菜，说不定他还不会喊醒我。这时候轮上我犯傻了，用当时的话说，能参加国庆游行是极大的荣誉，押彩车的任务本应该是厂级干部的事，顶不济也得是车间主任去，歪打正着地轮上了我，全厂职工都盯着哪，我却既没"游"也没"行"，整整睡了一上午，什么都没看到。自己遗憾不用说，怎么跟厂部和车间交代？

心里恼怒就怪罪郭傻子，他说：我喊你了，喊不醒你能怪谁？不信我有证据，每喊你一次就用钢笔在你脸上画一道……他把我拉到镜子跟前一照，左脸颊上果然被画了好几条蓝道道儿。我仍旧埋怨他：这怎么向厂部汇报呢？郭傻子幸灾乐祸：你不是能胡编吗？

被他这一骂我又有了灵感：你把游行的全过程跟我说一遍，否则我就不给你买菜。

最后我还是如实向厂部汇报了游行睡觉的事，冯厂长哈哈大笑，一摆手给了我三天假。到底是大人物，处理问题的方式就是不一般。

怀念工厂

人总要怀旧，有"旧"可怀是一种美好，甚至连过去的灾难，回想起来都是愉快的。

1976年——是我命运中最富戏剧性的一年。年初发表了自鸣得意的小说《机电局长的一天》，两个月后这篇小说就成了大毒草，开始"在全国范围内批倒批臭"。工厂专为我组织了七千人的批斗大会，而且是用纱布蒙着半边脸站在批判台上，因为在被监督劳动时，一造反派用砖头砍破了我的右脸，当时他的砖头如果再上移一韭菜叶，我就成独眼龙了……

看来所有倒霉的事都叫我赶上了，可到了12月份又突然被恢复车间主任的职务。工人们私下里传，是因为积压完不成的生产任务太多了，全厂各车间都不得不起用一批生产骨干。

我是学热处理的，毕业后却一直干锻造。重型机械厂的锻压车间有职工1000多人，分水压机、锻造、热处理、粗加工四大工段，一万多平方米一跨的厂房共有四跨。我战战兢兢地一坐到主任的位子上，立即就明白厂部这么急急忙忙让我出来的意图了，说白了就是让我干活。前些年工厂以"革命"为主，生产断断续续，订单压了一大摞，有许多十万火急的任务排不下去。

如：12.5 万千瓦发电机的转子、大型柴油机的六拐曲轴、火车轴、巨型轮箍……真是"百废待兴"啊！

"兴"就得干，干就要有机器，我们是生产工作母机的，重型机械这一行不先干起来，整个工业就难"兴"。我被闲置了几年，正渴望干活，渴望站到 6000 吨水压机的指挥台上一展拳脚——那是一个锻工最风光的时候，只要你手指动一动，立刻便轰轰隆隆，势如奔雷，火星迸射，天上地下一片通红，仿佛是创世纪的大爆炸即将发生，你将感到自己力大无比，无坚不摧。

275 吨天车的长臂就像是你自己的手臂一样，轻松灵活地伸进 1200 摄氏度高温的炉膛，钳出烧得通红的几十吨乃至几百吨重的大钢锭，像挟着一座火红的小山，放到水压机的锤头下面，而后任你击打、锻压、揉搓，坚硬的钢锭变得像面团一样，随着你的心意不停地变换形状，直至成为一件合格的锻件。这时候，你脸被烤得生疼，工作服被烤得冒烟，安全帽下面大汗蒸腾，却也痛快淋漓。

不喜欢钢铁、不热爱锻造的人，是不可能体会得到那份劳动的快乐。锻打也是一种创造，我怀着刚被起用的兴奋和紧张，倾全部精力投入工作。能自己干的就不指挥别人，能动手的就不动口，哪儿缺人就顶到哪儿去，我成了"全天候"的机动工，常常是日班连夜班，下了夜班上日班，一周一周的回不了家。唯一感到欣慰的是生产越来越正规，多少年积压下来的订货合同在逐一兑现……

每到月底，全厂的生产计划如果还差个几十万元没完成，厂部就拍给我，对我来说多创造几十万元的产值不过是小菜一碟。

当许多年后我被调到作家协会，看到机关的人天天为经费犯愁，为三五万元，乃至三五千元就到处去求爷爷告奶奶，很后悔离开了工厂。倘是还当着锻压车间的主任，每月加一两个班就足够养活作家协会的。

随着生产的不断提高，我们车间的名气也越来越大，当时长江以北就只有我们这一台6000吨水压机，大型锻件都要拿到我的车间里来干，国家领导人也轮番到车间里来视察，有外国要人到北京访问，只要是想看工厂的，也大都会到我们车间来感受一番大型锻造的场面，这使我原本已经够紧张的神经绷得更紧了。

可越怕出事就越容易出事，一次是柬埔寨的西哈努克亲王来参观，赶上那天刮大风，车间顶部的天窗被打碎，一块大玻璃斜楞着从天劈下，只差一点儿没有把亲王随从的脑袋给开了，我真是被吓出了一身冷汗。事后爬上30多米高的车间顶部，亲自一块一块地检查玻璃。

另一次是国务院副总理纪登奎来，6000吨水压机正在锻造一个170吨的钢锭，干得正紧张的时候锻造天车的兜链断了，通红的大钢锭就晾在砧子上。幸好当班的工人都是技术高手，只用了几分钟就换上了新链子，正围着看热闹的头头儿们都没有看出有什么不妥，想不到当过洛阳矿山机械厂厂长的纪登奎倒很内行，当场问了一句让厂部头头儿下不来台的话："你们的设备有定期检修制度吗？"

厂部领导满脸怒气地转身看着我，这是转嫁责任，我知道自己的车间主任大概是当到头了，就索性实话实说："检修制度是有，三年一大修，一年一中修，由于生产任务太重，大修计划一推再推。"

纪登奎摇头："这么大的厂子，这么好的设备，管理要有制度，一味地硬拼要把设备都拼坏了呢？"纪登奎走后厂部没有马上追究我的责任，却让我把急活赶完了就安排大修。

在大修的时候由于连续多日睡眠不足，我在空中检查加热炉的烧嘴时一脚踏空，从十几米高的炉墙上倒栽下来，登时就死过去了。据说人在死亡的一刹那是非常美妙的，身体飞扬，灵魂喜悦，见到了活着时想见而见不到的人……我却没有体验到一点有关死亡的美妙，当时似乎只闪过一个意识："坏了！"后面就什么都不记得了。

生命说脆弱还真脆弱，碰上偶然事件眨眼工夫一条性命就丢掉了。说强大也很强大，一个小时以后我又恢复了知觉，是在疾驶的救护车上，赤身裸体躺在担架上，旁边坐着厂部卫生所的医生。我动动腿脚晃晃脑袋，不疼不晕，知道自己没事，就希望救护车能掉头回厂，不然我身上只穿着一条短裤，怎么见人？医生却坚持要把我送到当时全市最权威的总医院检查一下……

那个时候，城里人少见多怪，爱看热闹，救护车鸣叫着一进总医院，后边就有一大帮人跟在车后面跑，救护车停住后，这一大帮人便立即围了上来。里面也有救护人员抬着担架跑出来，车门一开见我穿着裤衩自己从车上走下来了，围观的人开始七嘴八舌地指指戳戳，他们大多把我当成踢足球的了……

我红着脸不敢抬头，真比刚才被摔死还难受。厂医领着我出这个门，进那个屋，从头到脚检查了一番，最后只给了我四粒止痛片。厂医的家在市里，他说要回家，就从口袋里掏出三毛钱让我自己坐公共汽车回厂。厂子在北郊区，回去需要倒三次车，我赤身裸体怎么去挤公共汽车？只好躲进总医院的厕所，隔窗盯着大门口，等待车间来人给我带衣服来。我了解自己的工人，他们不会不管我的。

也许就因为那次我为厂子贡献出了一个多小时的生命，人都死过一遭了，可以既往不咎，厂部没有为掉玻璃和断链子的事处分我，让我风风火火地一直干到1982年夏天，市里下令把我调到作家协会。

但，至今我仍然怀疑那次调动是否值得？也许工厂更适合我，我也更适合工厂。

国家的投影

国家不是一个空洞的概念，每个人一想起自己国家，脑子里就自然会出现一个形状——这是地图告诉你的。你将终生熟记这个形状，热爱这个形状，保卫这个形状，因为这个形状就是祖国的投影。

我此生有幸，曾把自己最美好的一段青春岁月贡献出来，绘制祖国的投影……

那是 1960 年，经过一场严格的考试，我舍弃了在工厂很有前途的一份工作，穿上了海军军服。几个月的新兵训练结束以后又经历了一次考试，被送到海军制图学校上学。这时候我才明白，别人当兵一次次地检查身体，为什么我当兵要一次次地考数学。我国刚刚发布了 12 海里领海的规定，国家急需要一批海军绘图员，把祖国海洋的形状画出来，让中国人、让全世界认识我们国家的投影，并尊重这个投影。

一个人一生总是要做过一些事后会后悔和永不会后悔的事情。我当过兵，这是我做过的最不后悔的事情。你想，20 岁上下，正是生命的黄金时期，将最美好的青春年华给了部队，完全可以说是对祖国的初恋。能不珍惜、能不怀念吗？只有当过兵的人才相信这样一句话："一个男人没有当过兵，他的人生就不能算是完满的。"

我从制图学校毕业后成为海军制图员，当时的世界正处于"冷战"时期，唯我国的沿海边疆"热战"的火星不断，且不断升级，大有一触即发之势。首先是美国不承认我们的 12 海里领海权，三天两头派军舰侵犯我们的领海，我国政府便一次次地向美国政府提出严重警告，并出动军舰一次次地把美国人从我国的领海逼出去。摩擦时有发生，从小规模的海战到空战……战斗英雄麦贤得就是我们海军的骄傲。

有时一天可以发生几次摩擦，只几年的工夫我们就向美国政府提出 200 多次严重警告，打落他们几十架高空侦察机。到以后，美国的军舰干脆就耍二皮脸了，你一个没看到，他就闯进来了，你追过去，他就又退回到 12 海里以外，等你一个不留神，他就又溜回来了……紧张的时候我一连几个月出不了绘图室。

在中华人民共和国成立之前我们没有像样的海图，那时的中国人并不了解自己的海洋，只有一些外国海军丢弃的当初为侵略中国绘制的港口资料，既不精确，又不系统。中国人民海军如果没有自己的海图，在海上就一动也不敢动。我们的任务就是根据自己的测量成果，精确地绘制出完备的各种比例尺的中国海洋图。也许可以说是美国人激发了我的爱国热情，强化了我关于祖国的概念。

其实，兵的意识就是国的意识，当兵的不能没有祖国而存在。以前在学校里培养的国家概念空洞而美好，一进部队，国家概念就变得具体、严酷、神圣，与自己息息相关，且责任重大。

那时候我们的吃喝拉撒睡一言一行都和国家的利益连在一起，充分体验到关系国家的安危就是最高命令，没有国家的力量就没有个人的存在。

爱国是一种高贵的情感，"胸怀祖国"不再是一句口号。至少是祖国的海洋，从南到北，哪儿有港，哪儿有湾，哪儿有岛，哪儿是石，哪儿是泥，都烂熟于胸，分毫不差。那时，不管夜里是否能回宿舍躺一会儿，或趴在图板上打过盹儿，每天早晨都格外警醒，先要知道我国政府有没有向美国提出新的警告，在什么海域？然后收听广播，中央和"苏修"论战的文章……

现在50多岁的人都能记得那个年代的氛围。天上、海上、北边、南边、思想、物质，我们受到来自四面八方的逼迫和侵犯，却培养起一种昂扬的情感。爱国是人类最高的道德。当时我把自己生命的热力和理想全都凝注到海图上了，海图上有我，我心里有海，有海才有国家。

有一次我随测量小组登上虎口礁，天地不同方觉远，共天无别始知宽，周流乾坤混茫，远眺海天无垠。那是中国黄海最外面的一块陆地，从虎口礁再向外量12海里都是中国领海，站在礁石的高处能亲眼看得到中美军舰剑拔弩张的对峙局面。领海不仅仅是水，除去国家的尊严还有海洋资源，海权之争是政治之争，更是资源之争。只要拥有了岛屿（包括礁石），就有了海域，有了海域就有海洋资源。哪个国家拥有范围更大的海洋面积，哪个国家就拥有更多的海洋资源所有权。海洋意识既是生命意识，又是国土意识。因之，争夺海洋成了现代战争的根源和动力。一个国家只有海军强大，海权牢固，国家才会兴盛。海军弱，则海权弱，国家衰。美国远在太平洋对岸，为什么要跑到我们的家门口捣乱？它不是吃饱撑得没事干才这样的……

然而，拿破仑有言："一切帝国皆因吞噬过多，无法消化而告崩溃。"罗马帝国、拿破仑王朝、大英帝国以及希特勒无不如此。可没有一个后来的帝国会吸取前朝帝国崩溃的教训，一旦强盛起来就会遏制不住地要向外扩充，贪得无厌地吞噬……

落日惊涛，浮天骇浪，我在远离大陆的孤礁上待了几天，看日月吞吐，受大风围困，越孤单就越想念亲友，越远离祖国心里就越有祖国。连茫茫海面上奔腾的波涛也都是翘首向大陆张望，然后一排接一排锲而不舍地向岸边涌扑，直至回到祖国的怀抱，发出一阵阵兴奋的喧哗。那时真希望自己能变成一片海浪，不屈不挠地扑回营房、扑回战友身边，一种对家对国的向往便立刻像大雾一样在我四周弥漫开来。

大风一停，我被急急地接回大队，原来，美国人把对我们没有发出来的邪火撒到了越南人的头上，发动了北部湾战争。我们要援助越南，又要加班加点了……我在绘图室里除去绘制中国海图，还要绘制世界海图，感到一种自豪、一种信心。你只有有国家，才有世界。一个没有强大国家的人，世界也不属于你。

至今，我一想到中国军舰的舰长们使用的海图中有一些就是我绘的，心里还格外滋润和欣慰，这种感觉是出版几本著作甚或受到读者好评都无法替代的。已活到知天命的年纪，人前人后从心里敢大大方方为之骄傲的，就是曾经当过海军制图员——心里永远印下了祖国的投影。

战友情论

在人类各式各样的感情中，战友情是很特殊的——我所说的战友情是指真正在部队里结下的友情，不是泛指一切"共同战斗过的人"的那种感情。"文化大革命"中，如同将阶级敌人扩大化一样，将战友的含义也扩大化了，除去敌人，剩下的都是"战友"。人们也确实处处、时时、事事在与天斗，与地斗，与人斗，全民皆兵嘛！那时候连江青都穿上了绿军装，无论走到哪里第一句话总是："无产阶级革命派的战友们……"

就是在那个时候，有一天在大街上碰到了部队上来天津办事的战友，因我的日子正不好过，相互只把万千感慨用到眼睛上，行了个注目礼。未能握手便又分手了，心里却格外亲，格外热，真想把他拉到家里倒上酒好好喝一顿，说它一天一夜的话儿。此后许多年都为那次没有请战友到家里吃顿饭而懊悔。这几年战友间有了联系，每年聚会一次，每聚会一次我都要兴奋几天。我看大家也是如此，其快乐程度胜过任何一个节日。

这让我不能不思索：战友情到底是怎么一回事？为什么让人这么留恋、这么珍惜？战友之情是在生命的黄金时期、生活的浪漫时期、社会的特殊需要时期结下的。有生死之交，有血溶于血。不是爱情却有爱情的真，不是亲情有胜似亲情的热，有男人的刚，也有女人的柔。有豪情，有烈性，有无数难忘的故事和美好的记忆。我是60年代第一个春天当上了海军制图员。赶上了我国界定自己的领海，美国军舰不停地侵犯我国领海，我们不停地发出警告，一次又一次打下敌人无人驾驶高空侦察机；赶上了北部湾战争，这都跟我的业务有关，经常要连续很多天不能离开绘图室；还赶上了著名的"度荒"，我人高饭量大，有个战友每顿饭都要省出一个馒头让给我吃。夏天我们支农，看见能吃的马荠菜就采下来，没带装菜的家伙，就脱下水兵裤，塞满了放在肩头扛回营房，像装备了新式救生设备。

战友聚会之所以迷人，就因为它像一条倒流的时光隧道，让我们重回当年，重温青春时期的种种梦想和碰碎梦想的命运……平的变奇，淡的变浓，甚至连受到的挫折和打击也变成一种有味道的东西。一个人当几年兵，就足够受用一生，感悟一生，回味一生。打上兵的印记，就永远是兵，刚当兵是新兵，三年后是老兵，退役后是大兵——无论城市和农村，任何一个单位，人们对新来的复员转业军人统称大兵。不管他以前是工程师、学生、工人、农民，军装把他以前的色彩都遮盖了。

5年的制图员生活培养了我终生对海、对图的亲情。海图上有我，我心里有海，眼里有图。生命中怀有和享受过战友情是幸运的。否则，我会以为人生不够完美。有人说战争是艺术永恒的主题之一，表现战争中最动人的部分是歌颂战友之情。想想反映第二次世界大战的文艺作品，哪一部里没有战友情？甚至在古代被中国人奉为友情典范的，是刘备、关羽、张飞的桃园三结义。

其实就因为他们是战友，在漫长的战乱年代中，生死相依，祸福与共，所以友情才那么亲密，那么牢固。

在好莱坞的反战片、动作片和警探片里，也要有战友情的支撑。有一个套子是：某老兵退役后或某杀手金盆洗手后，过着安定幸福的生活，忽然有人来报信，他的战友被杀或被困，立刻重披战袍，冒九死一生、家破人亡的危险，去救战友，演绎出无数惊天动地、感人肺腑的故事。就连傻乎乎的阿甘，在战火中不也舍死忘生地抢救他的战友吗？没有战友情，就无法支持一场战争。战友情在任何一个国家的政权和军队中都起着重要作用，谁是西点军校几期的，谁是黄埔几期的，谁是哪个兵团的，谁是哪个军的，只要知道谁跟谁是战友，别的就不用说了！当然，古今中外战友反目为仇乃至相互残杀的也很多，就像爱情有结合有离异，友情也有忠诚有背叛，但人们还是不能没有爱情和友情。

但，生活中当过兵的人终究是少数。有幸能成为这少数中的一员，有战友也是别人的战友，终生享受战友之情，不能不说是命运的厚赐。而且战友情像酒，时间越长，越是离开了部队，越纯、越香、越珍贵。

于是，在战友们聚会之后，乘兴写下此文，权作纪念。

颖 影

倏忽，唐山大地震已经过去 30 年了！

南京的丛军女士私人出资，准备拍一部六集纪录片《最后的女兵》，纪念她在唐山大地震中死去的六位女战友。其中年纪最小的只有 19 岁，年纪最大的甄颖影也不过才 23 岁，摄制组来天津采访我，就希望能谈谈她的故事。

30 年来我从未写过关于颖影的一个字，太过痛惜便不敢轻易触碰。这次面对她的战友，忽然发觉 30 年来竟什么也没有淹没、没有消逝，颖影的美丽和聪慧依然清晰地印在每个人心里，大家一直都在想着她。她的死仿佛是生的一部分，而且是最重要的一部分，30 年来留下的痛，益发显示了她生命的分量。真正被改变了的倒是活着的人，当年逃脱了地震的灾难，却未能逃脱衰老。美丽也是冷酷的杀手，它要追杀的就是活着的人，在美丽时死去的人凝固了美丽，从而逃脱了美丽的追杀。

我该讲出她的故事了……

20 世纪 70 年代初，在天津市举办的一个文艺学习班上我结识了甄颖影。她身材高挑，眉目修长，脸上焕发着摄人心魄的清纯，漂亮得像一种文化，凝结了那个时代的美：军装、少女、率真、阳光。那个年代常有意想不到的事情发生，我本来是被叫来"掺沙子的工人作者"，突然变成"炮制大毒草的反面典型"，"兵的代表"甄颖影却公开表态看不出我的小说有什么大问题……她说得那样轻盈随意，一派单纯和善良，却并未给我帮上忙，反而给她自己惹了麻烦。这使我感激、感动和愧疚，便一直保持着联系。

她在唐山当兵，家却远在新疆，以后她每次回家或探亲归来，都以我的家做中转站落一下脚。有时她的父亲也直接给我来信，托付一些诸如购买《鲁迅全集》等我能办的事情。甄颖影的父亲原是中国军事科学院的高级干部，1969年为林彪迫害，发配到新疆。颖影当年只有16岁，却陷于"三无"境地：无学可上，无工可做，无农可务。晃荡了近一年才弄明白一个道理，像她这种受排挤的部队干部子女，唯一的也是最好的出路还得去当兵。她的两个哥哥早已入伍，父母身边只有她和弟弟，弟弟尚小，父母自然对她这个聪颖漂亮的女儿格外珍爱，也觉得她年龄尚小，并未把她要当兵的事放在心上。况且他们刚到新疆，人地两生，也真没有办法能让她进入部队。

事情拖到1970年初，颖影突然急迫起来，不想无所事事地再继续晃悠下去。既然父母不管，就只有自己出去闯了，那天外面风沙很大，冷彻骨髓，她跑出去不一会儿就又回来了，说是拿帽子和手套。母亲笑了，就你这么娇气，还能去当兵？正是这句话成了母亲永远的痛，让她后悔大半生。颖影听母亲这样说就甩掉帽子和手套，返身又冲进风沙。她直接跑到乌鲁木齐火车站，掏出身上所有的钱买了一张到北京的车票。一上车就是四天四夜，由于她没有钱买吃的东西，就一直饿到北京，看着别人都下车她却从座位上站不起来了。好心的列车员把她架下车，还扶着她在站台上溜达了一会儿，为她买了点吃的东西，她才慢慢地能够自己走路了。出站后就去找父亲在京的一位老战友，那位老首长看见她的样子，听了她的叙述，没有犹豫，没有推辞，很快就想办法让她穿上了军装，到唐山255医院当了一名战士。

部队上的一切在她的眼里都是新鲜的，叫她干什么都行，在伙房做过饭，在病房做过护理员……然而就是这样一个还不够入伍年龄的新兵，却很快成了医院的名人。她有着少见的开朗和自信，性格狷介，富有灵性，小小年纪竟写得一笔好字，还写一手好文章，很快被政治部发现，经常抽出去为医院撰写各类在那个时期不能不写的文章。逢年过节或部队发生重大事情，还要为医院编写文艺节目，如快板书、小话剧等，有些还能在报纸上公开发表，这也正是被选送到天津市参加文艺学习班的原因。她打篮球也相当不错，从科里打到医院，又代表医院到外地跟兄弟部队比赛……她是如此的多才多艺，却又有一种无邪的气质，她的生命仿佛是在自然地流露着令人心醉的芬芳。

有天晚上，她下班后和另一名女战士结伴回宿舍，在草木繁茂的小路上，一位领导干部跟上她们，像说暗语一样念了句自以为甄颖影一定能理解的古诗："窈窕淑女，君子好逑。"在那个年代上级对女兵说这种话至少是很不得体，偏是那个时候社会上有种风气，上边的人可以很随便，乃至放肆，下边的人则要拘谨和紧张。女兵面对这种情况一般会有两种选择，接受领导的暗示，或装作听不见赶快跑开。另一个女兵正要这么做，却被颖影拉住了，她自恃见过世面，比这位"君子"领导不知高多少级的干部也见过，便理所当然地采取了第三种态度——顶撞："这里没有君子和淑女，只有领导和女战士，而且你是有老婆孩子的领导，还想求什么？"

她的话随即被夜风吹散，医院的大院子里像什么事情都没有发生过。可从此以后甄颖影当兵的生活却变得艰难了，一切都是在不知不觉中改变的，她的处境掉转一百八十度成了医院落后的典型……上业务课，医生讲人的聪明和愚笨决定于大脑沟回，沟回多而深的人聪明，少而浅的人愚笨。那个时候全军都在学习马克思主义，谁都可以张口就能背诵几段，甄颖影下课后去请教医生，沟回的深浅和后天的实践，对决定一个人聪明与否各占多大比例？因为毛主席说过实践出真知的话，马克思也说过搬运夫和哲学家之间的原始差别，要比家犬和猎犬之间的差别小得多……这可不得了，甄颖影难为老师，酿成了一场震动全院的风波。甚至在篮球场上，领队要求队员发扬"友谊第一，比赛第二"的精神，主动让球。甄颖影没有吭声，没有以任何形式表示反对，只是投球投顺了手，又将球投进自己的篮筐，那位"君子领导"便当众指责她顶撞领导，不准她加入共青团。

入伍三年，其他许多人早就是共产党员了，可甄颖影连团都入不了。1973年的春节，她给我来过一信，信上有这样一段话："有人老找我的碴儿，都是鸡毛蒜皮，我的一举一动后面都有眼睛盯着。因此我有一点小事处理不当，马上就传得全院都知道，直接影响入团、提干，比如衣服泡在盆里没有洗。我被抓了典型以后，天天挨批，大会小会都点我的名，搞得我大脑十分紧张。

算啦，不费这个脑筋了，最近传说京津唐一带有地震，说不定什么时候就给震死了，省得啰唆。不过今天是大年初一，好像不该说这种不吉利的话。"

一个曾经那么阳光灿烂的女孩儿，几年的工夫竟变得如此消沉。她那么单纯，竟不能为环境所吸纳。然而，她的生命正因为沉重才有分量，医院的主要领导和她的科主任又非常赏识她，每年都有一种声音嚷嚷着要叫她复员，可每年她都走不了。批评她很容易，好像谁都可以对她说三道四。要表扬她可就难了，医院里因她的业绩突出要给个嘉奖，头头儿们竟会为此而争论起来，争一次不行就再争，最后她还是得到了这个嘉奖，可就是不让她痛快。

到她超期服役的第三个年头上，共青团终于加入了，提拔干部的命令也下来了，尚未公布她就接到家里电报，父亲病倒，希望她能回去一趟。正好还有探亲假没用，部队便批准她立刻起身。我在天津站接她，然后带她到劝业场买了些带给父母的东西，随即又赶到北京，买了当晚 11 时由北京发往乌鲁木齐的车票。

这是 1976 年的 7 月中旬，限令她归队的时间是 7 月 29 日。

她以往回新疆探亲都是坐火车，光在路上来回就需要一个星期。这次她的父母为了让她在家里多待两天——实实在在的就是两天，自己花钱为她买了 26 号下午的飞机票。她当天晚上到天津，住在部队的一个招待所。第二天上午，也就是 27 号，抱着一个哈密瓜到我家来，那时的哈密瓜还是新鲜物，我儿子兴高采烈地又喊她姐姐。颖影就继续纠正他，小孩子管解放军要叫叔叔，跟叔叔平辈的是姑姑，哪有管解放军叫哥哥姐姐的？儿子的理由很简单，你那么小怎么能当姑姑？因为他的姑姑年纪都很大。吃过中饭她就要回唐山，我说你的归队时间不是 29 号吗？我是老兵，对部队的规矩很清楚，她只要在 29 号晚点名之前归队就行。

她说自己现在的压力很大，父母之所以给她买了 26 号的机票，而不是 27 号或 28 号的，就是同意她提前一天回到医院，28 号休整一下，29 号一早就上班。我纠正她说，这不是提前一天，而是提前了两天。但没有再详细问她哪来那么大的压力，到底是什么原因让她的神经这么紧张？这个话题太沉重了，一谈开来免不了要发牢骚，而多年来我跟她的交往一直都很谨慎，怕自己身上消极的东西影响了她。何况我当时的日子也很难过，1976 年初在《人民文学》上发表的小说《机电局长的一天》，正在"全国范围内批倒批臭"。实际上我也真没有太多的心思管她的事，就直接送她去天津站，为她买了当天下午到唐山的车票。

也就在颖影回到唐山的当天夜里，唐山发生了 7.8 级大地震！

一场毁灭性的大灾难，人们念叨它好几年都没有发生，却在人们忘记它的时候降临了。跟唐山的通信联络陷于瘫痪，只有谣传在满天飞……到震后的第四天，在亲戚和同事的帮助下，我用苫布在马路边搭起一个抗震棚，将妻儿安顿好，就进工厂打听消息。在那种乱糟糟的情势下，只有找到"组织"才能得到确切的消息。车间有人告诉我，交换台有我的长途电话，我跑到交换台，电话早就挂断了，我问是哪儿来的，接线员说这么乱谁还记那个，反正挺生的一个地方，平常不记得接到过那儿的电话。我

岁月侵人不留痕

一下子就猜到是谁的电话了，必是新疆甄颖影的父母……我即刻去求助一位熟识的火车司机，两天后的一个清晨，他带我搭上运送救灾物资的火车到了唐山。

作为一个城市的唐山确实已经不存在了，满眼瓦砾，空气中有刺鼻的臭味，大道边还摆放着许多尸体，解放军战士正用汽车将尸体运到郊外掩埋，天空偶尔会有飞机喷药……我一见这场面心就抽紧了，赶忙打听255医院。找到医院后又有点发傻，哪里还有颖影曾在信中描绘过的大医院，只有几间歪歪斜斜的破房子……我像疯了一样在废墟上东撞一头，西撞一头，见人就打听，最后竟幸运地问到了跟颖影同宿舍的一名战友。她告诉我颖影刚被扒出来的时候还活着，只是脾被砸裂了，跟着一大车伤员送天津抢救，车到汉沽因大桥震断无法过河，所有伤员都被安置在汉沽一个中学里，颖影因出血过多三天前已经死了……她还告诉我负责掩埋颖影的战士叫周黑子，以及他的部队番号。

我甚至没有来得及感谢颖影的战友，掉头就往回跑，跑到铁道边火车还是开走了。当时铁道没有完全修好，只能靠一条轨道单来单去，每天只能往唐山送两次物资，下一次就得到晚上了。人被逼急眼，就敢想敢干了，我掉头去到救灾部队的指挥部，到指挥部以后再找负责宣传的新闻干事，他叫马贵民。我报上姓名，幸好正在全国被批倒批臭的经历，竟使他知道我的名字。我简单地讲了颖影的事情……马贵民没有多说话，为我拦了一辆去汉沽的军车，临上车时还塞给我两个馒头。

到汉沽很容易就找到了周黑子，这个战士很朴实，曾在255住院做过手术，正是甄颖影护理的他。我说既然是你埋的她，可记得她最后的情形，留下过什么话？周黑子说，她就是老说累，到最后不行的时候说不能告诉她的家里，父母一定受不了，天津有个朋友姓蒋，让他想办法……这时候我的眼泪下来了，颖影啊，我若真有办法就不会让你出这样的事了！

眼看天快黑了，我让周黑子领着来到颖影的坟前。这是一片盐碱滩的高埂，蒿草荒烟，四顾阒然。颖影的坟堆不大，没有任何标志，周围零零落落的还堆着不少新坟。我再三叮问周黑子：你可记准了，这确实是甄颖影的坟？他说绝对没错，是我选的地方，我挖的坑，你看，这坟头上的一掀土里有马鞭草。甄护士非常漂亮，病号们都喜欢她，有人就为了她而泡病号，她的头发也很好……其实只要能做手术，有人给输血，她就不会有事……周黑子说着说着嗓子里也有了哭音。

将颖影入土为安，是一件恩德，我说了许多感谢的话，让他先走了。

盐碱滩上植物很少，附近有稀稀拉拉的几蓬蒿子和黄蓿，都没有花，远处倒有几墩红柳，柳梢上正顶着白色小花。我走过去折了一大把，口袋里还留着一个馒头，一并献在颖影的坟前。随后自己也在坟边坐下来，心想应该好好陪陪她了，有些事情也还要跟她商量。我相信这时候我说什么话，她都能听得到。我怎么都感觉颖影的死是不真实的，很像一种艺术虚构。我讨厌这种阴毒丑恶的虚构，想还给颖影一个真实。

我很想大声在她的坟前致一番悼词，不能这么悄无声息地把她埋在这儿就算啦！我说，颖影，这里很安静，不会再有人来打搅你了，这个世界上也没有任何人能够再为难你和伤害你了。你

岁月侵人不留痕

也终于跟命运与环境和解了，不再有任何压力，又回到了生命的初始，而不是终结。你知道我有多么后悔吗？真恨不得撞你的坟头啊！不该呀，27号我就不该放你走，再多留你几个小时，你就逃过了这一劫。你的父母也不该让你坐飞机回来……你的命运中有着太多的不应该！但，我不认为你当兵当错了，生命本身就是一场充满意外的历险，以前你不是老在追求意义、制定目标吗？却没有等到能更多地了解这个世界，就匆匆告别了它。你救护过很多人，轮到自己需要救护时却没有人能帮你……咳，人的成长就是付出，没有付出的人生是苍白和浅薄的。所以，这个世界会记住你，所有跟你有过交往的人绝不会忘了你，你将永远活在美丽之中。颖影，你心质很特别，是个令人回味无穷的姑娘，你不仅容貌漂亮，心也漂亮，活得也漂亮。你的人生虽短，却饱满纯良，充满生机。只是对你来说，这儿太荒凉，太孤单了。但这儿的土质中盐碱成分很高，对你是一种保护，一时半会儿不会受损坏。相信我，我绝不会把你一个人丢在这荒滩上，我会选一个适当的时候把你送回你父母的身边，但不是眼下，眼下我没有这个能力，你的父母也未必会受得了……

不知不觉，身上有了潮乎乎的感觉，是夜里的露水下来了。天已经彻底黑透，荒滩上反不如白天安静，叽叽咕咕，闪闪烁烁，各种说不清的叫声和亮光都出来了，我起身跟颖影告别，答应明天一早再来看她。

我回到汉沽镇，汉沽盐场的工人作家崔椿蕃是我朋友，我敲开他家的门，人家都准备睡觉了。崔大嫂赶紧为我做饭，干的稀的有现成的，加热即可，然后切葱花炒鸡蛋，端到桌上一看，三个鸡蛋竟炒成了三张滚圆的鸡蛋饼，看着很精致，我舍不得动筷子碰它。老崔要往我碗里夹，被我拦住了，说这个炒鸡蛋太好了，留着明天上坟用。

第二天，老崔给我找出一块很厚实的长木板，怕墨水被雨水冲掉，特意又从别处借来白油漆，我用毛笔蘸着白漆写成了颖影的墓牌：

"中国人民解放军战士甄颖影之墓。"

旁边再加上一行小字："1953—1976。"

崔大嫂准备好了一兜子供品，除去那三张精致的鸡蛋饼，还有水果和一包蛋糕。老崔陪着我一人扛着一把铁锹，来到颖影的坟边，先给坟堆培土，把坟堆加大、做规矩，再将那块木牌竖在坟前，摆好供品。

这时，我站在颖影的坟前才可以说出那句话："颖影，安息吧！"

慈祥的火

——忆秦兆阳先生

秦兆阳先生走了，悄悄地走了，没有惊动任何人，甚至没有惊动他自己——他还没有想到自己会走得这么急。前不久，他还对女儿说："我的文章没有做够，书没有读够，画没有画够，字没有写够，人没有做够哇。"

和他住在同一间大病房里的 20 多个普通老百姓，也没有想到他是一位将会被中国当代文学史记住的重要作家，是早在半个多世纪前就投身革命的"高干"，更没想到他会死在普通百姓中间，死得这么仁义，不吵不闹，不兴师动众，静静的默默的温慈的告别了大家，让人感到生死就在呼吸之间。

——这就是秦兆阳的风格。

七八年前，在北京召开全国作家代表大会，秦兆阳没有出席这许多年一度的"文坛盛会"，选举的时候却得票很高，在前几名之列。当时没有人公开说破这一现象，但有相当多的人记住了这件事，并生出许多感触……

因为秦先生自 1978 年复出文坛以来，不"炒"别人，也不被人"炒"，但他从不对别人使用的各种"炒"术发议论。我不知道出于什么原因，他用什么办法，使自己成功地躲开了文坛的热闹，几十年来在所有著名的会议上、在电视上，绝对找不到他的影子。

可他本来是一个无处可躲的人。50年代初，先以长篇小说《在田野上，前进!》向世人证明了他是一个深刻有力、大气磅礴的作家，继而以《现实主义——广阔的道路》为题，发出雄浑的强音，震惊文坛，被批判了20年，被摘引了20年。无论批判者或称颂者都无法超过他，这篇文章成了中国当代现实主义文学的理论巨石。在他担任《人民文学》副主编期间，披坚执锐，扶植新人，当代许多知名作家的处女作或成名作是经他的手问世的。

此后到广西过了20年"右派分子"的生活，"文化大革命"结束两年之后重新回到北京，出任人民文学出版社副总编兼《当代》杂志主编。用冯牧先生的话说，秦兆阳是大作家、大编辑家、大评论家。这样一个人物能往哪儿躲呢？

况且他又多才多艺，早年毕业于延安鲁迅艺术学院美术系，我见过先生为我画的墨荷翠鸟，笔风飒飒，墨浪滔滔，荷杆高二尺，一笔贯到底，挺直灵逸，雄健质朴。时下正是"全才"走红的时候，先生却默默地躲开了时尚。他并不轻视时尚，也不鄙视喜欢热闹的人，有热闹才叫文坛，才叫社会。直到去世他没有出过一次国，当然也不是因为没有机会。我不想以出国与否论雅俗得失，我就出过国，到国外看看是我所希望的。提起此事只想印证秦兆阳的性格，想知道他是怎样消除了生活中各种各样的诱惑？

他，隐逸而不逃避，沉博而不孤傲，超拔清脱而不落落寡合，清雅而不闲适，热忱而不偏激，深邃而不沉郁，旷达而不圆滑。所以他不参加各种各样的活动，组织活动的人并不记恨他。人们习惯了他，但没有忘记他，且越发尊敬他。

当今文坛被人爆炒、被人议论、被人艳羡的人不少，被人尊敬或者说值得尊敬的人不是很多。提起秦兆阳，人们很容易生出一种敬意。他躲开热闹却没有躲开人们的尊敬，这简直是现代社会的一个奇迹。他的突然去世同样也使许多人对他的生命生出一种崇高感。

历来文坛上少不了恩恩怨怨、是是非非。秦兆阳以前是否和人结过恩怨不太清楚。应该说，他被打成"右派"就是搅入一场大的是非当中去了。他为文个性雄强，喜欢创设新说，以他的为文揣度他的为人，大概也相当锋利。曾取笔名"何直"，这样的性格可能容易得罪人。但是，"经过'文化大革命'的战斗洗礼"，近 20 年来，谁能说得出文坛上的哪一件是非和秦兆阳有关系？谁能说得出秦兆阳和什么人结过怨？

他并不是老好人。一位还健在的文学大家说过这样的话："只有秦兆阳改过我的稿子，他敢提意见，敢改任何人的稿子。"这不是责怪，语气里带着敬意。既不当老好人，又不得罪人，该怎样掌控这种火候呢？

他爱自己的国家，却并未因这种爱没有得到回报而变为恨。他长期情绪负重、愤世嫉俗，并未转化成牢骚和叫骂，也不以嬉笑怒骂表达自己的机智和清高。自己挨过大整，并未因此而报复别人以泄怨愤。有一句很流行的话："谁没有挨过整，谁没有整过人。"对秦兆阳不合适。他关心现实又襟怀高淡，洞彻人事对生活又充满热情，厚重耿介又平正清穆，为文几近炉火纯青，为人宽展谦和、气度从容，人品与文品相契合，相映照，高标当世。

先生是文坛一团慈祥的火，温暖着人心、文心，净化着当代人文精神。他的去世使文坛又失去了一片洁净的天空。然而，他并非不食人间烟火的"世外高人"。先生是我和陈国凯在北京文学讲习所读书期间的导师，有一次我们俩到家里去看望老人，正赶上当时的第一机械工业部副部长孙友余在座，听两人纵论天下大势，得益殊深。原来先生对社会状况、对国家的经济文化形势了解得相当多，相当透彻，外和中介，壮怀不已。

一个多月前先生发病住进首都医院，由于不是部级干部，不能进高干病房，只能住进30人的普通病房。先生安之若素，自己本来就很普通，理应住普通病房，心里坦然。这境界真的是很普通吗？去年冬季先生突然发病，人们把他送进了海军医院小病房，他显得不安定、不自然，向家人唠叨："出版社没有钱，我的级别又不够，只要能治病何必非待在这高干病房里！"

危机一过就坚决逃出了医院。他有肺心病，最怕冷，最怕过冬季，一冷就感冒，一感冒就引发肺炎，剧咳不止，继而引发心肌梗死，这次就是这样丢了性命。几年前医生就千叮咛万嘱咐，不可受凉，不能感冒。然而每到冬季他总是要不断地受凉，反复地感冒，因为他住在阴面的旧平房里，没有暖气，到冬天阴冷阴冷。去年冬天他为了不感冒，只好穿着棉衣棉裤、戴着棉帽子睡觉，起夜也方便。从这一点看他又不普通了——北京市最普通的住宅楼里都有暖气，然而没有一间是属于他的。也许因为他有自己的老房子，单位便不再给他新房，他不属于那种能给自己搞好几套房子的人。也许他对这所早已被房管所下了危房通知单的老平房怀有特殊的感情，舍不得丢弃它，或拿它去换一间暖和的房子——1957年他被划成"右派分子"后，知道自己前途黑暗，在中国作家协会肯定待不住了，便拿出全部积蓄匆匆买下这房子，安置家属。

岂知，当时一个"右派分子"的家属，有了房子也难以安置得住，很快就被赶出了北京，20多年后才得以房归原主。秦兆阳又怎会对这所房子没有感情呢？房子问题——这是中国老百姓最容易碰到的难题。正是这个难题，葬送了一位老作家的性命。

如果说秦兆阳先生是"高人"，恰恰因为他普通，他真实。1990年8月29日先生给我一信："……数月前你给我的复信，至今记忆犹新，原因是你把我看得太好，使我惭意难消。近几年渐入衰老之境，不免常对自己的一生有所回顾，深觉自己各方面都很平常，其所以有点'名气'，是20余年被当作批判的典型造成的，这连我自己也出乎意外。从本心说，我对自己是颇失望的，再加上经历多了，对许多事情易于看透，故不争不求不扩张，极少参加各种热闹场面，且不通世故，迂阔成性，不善处事，只是时常逃避世事。这样可能就显得与人有些不同，不同就不同，听任自然过自己的日子，求得内心安静而已。因此，请你把我当作一个忘年之交的平常朋友吧。"

平朴，坦诚，宽厚，自然。先生不希望我把他看得太好。读了此信我仍然无法把他看得平常，听了别人几句真诚的好话，一定要直来直去地还自己以本来的面目，眼下这样的人就不多，单凭这一点也可看出先生是大好人。

其实，对他的任何赞美都没有必要，他的一生就是对自己最好的赞美。

57年前，一个刚刚从师范学校毕业的少年，提着一个旧皮箱，告别亲人热土投奔延安。他走出了很远，再回头，看见母亲依然站在湖边望着他，形神清肃，目光灼热。从此这目光就再也没有离开他。前不久秦先生还对大女儿说："原来母亲的眼光盯了我一辈子。"

一辈子生活在母亲的注视下是幸运的，是充实而强大的。

这母亲也是他的大地，他的民族。

所以，他的内在稳健专一，树立了一种精严凝重的风格，不为当世的浮嚣所动，使淫丽夸饰的风气也难以近身，保持了大家的严格和恬淡。这是秦先生能获得普遍尊敬的主要原因。虽然他走得太匆忙，但他走得气度超拔，神风卓荦。

1983年秋天，先生写完长篇小说《大地》之后，曾即兴向我念了一首打油诗：

> 莫道人生易老，苦辣酸甜味好；
> 且喜大地多情，天涯处处芳草；
> 若无酷暑严寒，哪得绿溶春草；
> 白头犹自繁忙，只因吐丝未了；
> 回头无愧于心，始可安然定稿。

秦兆阳先生安息。

国凯师兄

我一向称呼陈国凯先生为大师兄。1980 年，我到北京文学讲习所进修，秦兆阳先生只带两个学员，选中了陈国凯和我，他比我年长两岁，自然是师兄。其时他已经是广东省作家协会主席，我仍在工厂里卖大力气。他进工厂的时间也比我早，只不过他干的是令人艳羡的电工，我干的是"特重体"锻工。1978 年他以《我该怎么办?》摘得全国优秀短篇小说奖，到第二年这个奖才落到我的头上……无论从哪个角度说，他都是我的大师兄。

从文讲所毕业后，国凯师兄的创作进入井喷状态。《代价》《文坛志异》《好人阿通》《大风起兮》等长篇小说相继问世，还有数十本中短篇小说集，获奖无数。就在他正处于人生和创作的高峰时期，于 20 世纪末突发脑溢血。这是大病，十分凶险，但师兄福大命大，硬是挺了过来，我得到消息便立刻启程去看他。以往我们每次见面，都有不少话题要谈，交换各种信息，询问或讨论一些两个人都关心的事情……我只要南下广东，一个必不可少的程序就是看望国凯，有时纯粹是为了看望他才寻机南下的。他经历过生死挣扎，终于大难不死，师兄弟再次重逢，自然都装着一肚子的话要说。他表达的欲望也很强烈，但每次张口都急半天才能吐出一两个字……我为他难受，从包里翻出纸和笔递给他，他吭哧瘪肚地又说又画，却仍旧不能将自己要说的话表达清楚，便愤怒地丢掉笔，闭上眼睛，不再出声。

我在旁边更着急，不敢再向他提任何问题，也不知该怎样自话自说，只能默默地看着，心里难过，百感交集。想想国凯师兄的语言智慧，以前在文坛上是有一号的。在一般情况下他绝不会主动说话，总是一副心不在焉的样子，正是这副沉默的样子，反而让人感到亲切，觉得他离你很近。当他必须开口讲话的时候，却突然会令人感到一种陌生，一种神秘，明明是近在眼前的他反而离你很遥远了。有很多时候他的话令北方人听不懂，也可以让南方人听不懂，口若悬河，滔滔乎其来，却没有人能知道他在说什么。只听到从他的嘴里发出一串串的音调、音节，以及富有节奏感的抑扬顿挫……有人说他讲的是古汉语，有人说他讲的是正宗客家话。这也正是国凯的大幽默。

我跟他相交几十年，却从来没有语言交流上的困难。我们一起去过许多地方，记不得和当地的作家以及文学爱好者们举行过多少座谈会，也从没有发生过语言交流上的困难，即便有个别的词语别人听不清，我在旁边还可以做翻译。他在国外也曾一本正经地讲演过几次，莫非是依仗上帝的帮助才博得了理解和喝彩？那么奥妙在哪里呢？他想叫人听懂，别人就能听得懂。他若不在意别人是否听得懂，便会自然发挥，随自己的方便把客家话、广州话、普通话混成一团，似说似吟，半吞半吐，时而如水声潺潺，时而若拔丝山药……不要说别人听不懂他在说什么，就是他本人那一刻也未必真正闹得清自己在讲些什么。这可以说是国凯师兄的绝活，朋友们都格外喜欢他这个特长，一碰到会场上沉闷难捱的时候就鼓动他讲话。

一个有着这般出神入化的语言能力的人，真的从此就不再发言了？不久，国凯师兄由家人陪同来到北京，住进一家很不错的康复医院。此院有一科，专门训练失语病人恢复说话能力，医生对他做了全面检查后很有信心，认为他的失语状态并不严重，经过训练是可以恢复正常的语言交流功能的。然而谁都没有想到，国凯兄不配合，拒绝接受任何训练。家人劝不动他就求助于我，起初我也相信自己有这个面子。许多年来我们彼此尊重，遇事都是先替对方想，何况这是好事，我想他对这种训练比我们任何人都更迫切，绝没有理由驳我的面子。

但真正一谈到这件事，才知并不如我想象的那般容易。任我磨破了嘴皮子，他始终一声不吭，我把能想到的关于语言对于一个作家的重要性，重复了一遍又一遍，最后归结到要开始训练时，他却毫不犹豫地摇头拒绝。最后逼得我不得不央求他："国凯呀，我可以想象你心里一定经历了别人没法理解的创痛，或者叫悲苦，甚至是绝望。可吉人自有天相，大灾大难不是都被你挺过来了吗？现在只不过是学学说话，医生都打了包票，你又何必不配合？即使你不想说话，别人还想跟你说话、听你说话哪，你也要替家人替朋友们想想呵！你我兄弟几十年，从来都客客气气，不驳对方的面子，就算我求你了行不行？为了我们老哥俩今后还能像过去那样海阔天空地瞎聊，还能一起去参加活动，开会发言，说说笑笑……"我越说越急，不知怎么声调中竟有了哭音儿。国凯猛地站了起来，嘴唇动了动却没有出声，反倒闭上了眼睛，有泪珠从眼角溢出，并坚决地冲我摆了摆手。我起身抱住了他。从那以后，就再也没有劝过一句让国凯师兄接受训练的话，并经常用一句"顺其自然"的话，解劝国凯夫人。既然不接受语言训练，国凯在北京康复医院再住下去就意义不大了，没过多久他们便回到广州。

一晃又是几年过去了，国凯师兄如今"自然"到了什么程度呢？我很想念他，这种想念是被一个人的魅力所吸引。人的谜一样的魅力取决于精神世界的丰富。师兄陈国凯正是具备这种魅力的人，有一个现象或许能说明这一点。他身材比我矮小，体格比我瘦弱，眼睛又高度近视，总给人以迷迷瞪瞪的感觉。可我们两个人下饭馆，服务员总是把他当老板，把我当成他的部下或保镖一类的人物。足见他骨子里有一种东西，或者可以叫作气质，天生就是我大师兄。去年初冬，我借去珠海公干的机会，专门绕道广州看望了他，可用四个字形容我刚见到他时的惊讶："焕然一新。"

过去他有两样标志性的东西，一是满头蓬乱的浓发，因其身材瘦弱，总给人以头重脚轻之感。如今剃掉了满头的"烦恼丝"，以光头招摇，透出一种短平快的飒利劲，整个人都显得匀称而精干了。他的另一个标志，是两个厚瓶子底般的黑框眼镜，把脸也衬得又黑又窄，棱角嶙峋，显得过于老气。现在摘掉了那个大眼镜，脸被凸显出来，变得白净、圆润了许多，看上去倒年轻了。以前那个邋邋遢遢、迷迷糊糊的大师兄，今天变得干干净净、清清爽爽，脸上洋溢着喜悦。我由衷地为师兄高兴，心里却不无惊诧，总觉得这不再是过去的那个陈国凯。我们之间表达相见的喜悦，不再需要语言，有音乐就足够了。国凯走过去，熟练地打开一道道开关，房间里立刻弥漫开美妙的乐声，从四面八方、从脑后向你的心里钻，向你的灵魂里渗透……

家人说他在听音乐上花的钱，足可以买辆宝马汽车。一排复杂而气派的音响设备占据了大半个客厅，后面垂挂着各种型号、各种颜色的电线，粗粗细细，结成发辫，扭成一团。国凯夫人告诉我，这都是他自己到商店里选购的，大件东西商店里管送，小件就自己拎回来，然后自己组装、调试。我甚是好奇："他不说话又怎么能做到这一点呢？"他的夫人含笑摇头："我也不知道他是怎么办到的，因为他从来不运动，所以我就不干涉他逛商店，就权当锻炼呗。他现在奉行'三不'主义，第一是不运动，第二是不忌口，想吃什么就吃什么，以前不爱吃肉，现在却专爱吃肥肉，第三是不听话，不管好话坏话全不听，只听音乐。"

如此说来国凯师兄倒是活出味道来了，这未尝不是一种强大。音乐和旋律既能把生命引向深奥，又可以让人的感觉和理解力变得奇妙而迅捷，我忽然觉得国凯师兄仍然有一个豪华的精神世界。听着曼妙的西方古典音乐，我走进他的书房，见写字台上摊着一堆稿子，原来他正在校改十卷本《陈国凯文集》的书稿。地板上铺着一幅大字："人书俱老"，运笔流畅，苍劲有致，上款题字是"子龙弟一笑"。这是提前就为我写好了，我果真笑了。对他说："能写出这句的人至少智慧不老，你到底是我的大师兄呀！"

2010年底在《南方日报》头版看到消息，广东省人民政府授予陈国凯先生终身成就奖。真为他高兴，为他祝福！

怀念杨干华

新世纪元年的 3 月 29 日晚上 10 点多钟，我的老友、广东省作家协会主席陈国凯先生的夫人打来电话，声音沉郁，劈头盖脸就是一串质问："子龙，你写的那是什么文章？怎么可以用这么刺激的标题?!（我那篇短文的题目是《作家，你为什么不自杀?》，在《今晚报》发表后被《作家文摘》转载，使有些南方的朋友也见到了。）杨干华今天凌晨就自杀了哇!"

我猛地被打蒙了，简直无法相信："杨干华是何等的机智诙谐，凡有聚会，他总是大家最喜欢的角色，男男女女都爱凑到他跟前说笑。应该说他是个有大智慧的人，怎么会走上这一步呢？我就是相信自己干了这种事，也不会相信他会做这件事!"老大嫂还是抓住我的文章不依不饶："你的文章里不是说自杀的都是大作家和有大成就的人吗？"

好像杨干华是读了我的文章才走上这一步的，令我震惊不安，赶紧转移话题："国凯知道了吗？""他哭了哇，不知有多少年没见过他掉眼泪了，现在刚平静一会儿，你就不要跟他说话了，否则两个人再发上一通感慨，今天夜里还怎么睡啊？"

不发上一通感慨今夜就能睡得着吗？我仍不愿意相信这个消

息，希望它是讹传，或是杨干华的恶作剧——要知道他向来就是个爱开玩笑的人。于是又拨通了广东作协的另一位驻会副主席伊始的电话，电话里声音杂乱，伊始语调惆怅地证实了我不想相信的事实。放下电话我半天缓不过神来，心情极沮丧，愣愣地坐在写字台前想杨干华，想所有跟杨干华有关的事情，想找出让他非这样做的原因……

觉得跟他相识二十多年却并不真正地了解他。1980 年的春天，北京的文学讲习所开班授学，当时文坛上一些风头强劲的人物也成了学员，但杨干华在班上仍然显得十分奇特。因为他身上有一种不协调：装束是城里人，却让人一见之下便立刻想到《绿竹村风云》里的农民。他从广东带来一个像迫击炮一般粗大的绿竹水烟袋，没事的时候就蹲在宿舍门口，抱着那个大竹筒子呼噜呼噜地深吸慢吐。这成了讲习所的一道风景，会吸烟的人都轮流尝试他的水烟袋。他平时说话不多，一张嘴必有特殊的味道，他的幽默自然自信，带着浓郁的农民式的智慧。他面色黑红，年龄比我还小一点，却顶着一头漂亮的白发，根根见肉，丝丝透风，头一次见他的时候让我一下子想起李何林老先生，在南开大学的校园里，李老先生那一头洁净润亮的白发，仿佛就是中文系的旗帜。一个抱着水烟袋的农民，怎么会有这样一头富有权威性的白发呢？这种种的不协调都集中在杨干华的身上，就变成了一种奇特的协调，构成了他的性格特点。

文学讲习所毕业后大家都各奔东西，许多同学间都失去了联系，我跟杨干华却一直没有断了联系。也许因为陈国凯是我大师兄，我去广东的次数比较多，每次南下都要见一见杨干华。1986

年的秋天，他陪我们从珠海出发去白藤湖，走到半路在等摆渡的时候，看到江边有卖甘蔗的，干华问我："想不想吃根甘蔗?"我说："想是想，恐怕牙齿降不住了。"他买了甘蔗，给我的那一根让小贩用刀把皮削掉，他拿着一根带皮的甘蔗到江边用水洗干净，然后就连皮一块嚼，咔吧咔吧，轻松清脆，满口甜汁。我看得眼馋："从表面看你的牙齿让水烟洗得很白净，但没有想到还会这么牢固和坚硬。"

蹲在我旁边的一位当地的作家插嘴说："这不算什么，他吃鸡都可以不吐骨头。"

我以为是开玩笑，没有往心里去。到晚上吃饭的时候真有一道菜叫"白斩鸡"，有人就哄干华，让他表演嚼鸡骨。他不逞能，也不拒绝，只是轻描淡写地说："人一过45岁，一般都会缺钙，我劝你们平时也多吃一点骨头。"他说着话就挑选了一块带骨头的鸡肉放进嘴里，眼睛看着大家，嘴像嚼其他的东西一样，缓慢而有力，嘎嘣嘎嘣地就连肉带骨头都嚼烂咽下去了。我在一边看着都感到腮帮子发酸发疼，真是厉害!

怎么能让我相信，这样一个生命里充满力道、活得有情有趣的人会自寻短见呢? 以后听说他得了抑郁症，我感到不可思议，将信将疑。去年冬天在广州见到了他，白了，也胖了一些，满头白发越发地有风度了。照旧吃鸡不吐骨头，照旧谈吐诙谐，并大讲他抑郁症发作时的感觉，如何地想入非非，如何地想从楼上纵身而下，体验一番飘飘欲仙的感觉……我放心了，醉鬼绝不承认自己喝多了，疯子从不说自己不正常，杨干华像讲故事一样拿自己的抑郁症开玩笑，就证明他没有抑郁症。

倘若不是这种病作怪，又怎么解释他的死呢？28日他在作家协会的机关里开了一天会，发言一如既往地条理分明、生动多趣，没有丝毫的异常迹象。第二天继续开会，他奇怪地缺席了，等到人们无法忍受这种奇怪而打开他房门的时候，他早已经去了。许多天来家里只有他一个人，妻子到珠海去照看生产的女儿，儿子另有住处。他走的时候是凌晨2点钟，非常地清醒和理智，留下了条理明晰的遗嘱：让儿子要记住偿还干华还健在的老娘五千块钱，和同会作家吕雷的四千块钱……这是前年他买房时借的。还有关于供楼的诸多琐事，最后也没忘了申明自己的死与政治和经济无关，他解释之所以要走这一步的原因是被病痛折磨得太累太烦了……他并不是受了我那篇谈作家自杀的文章的刺激，或许他根本就没有看到那篇文章，即便看到了也没有在意。我那篇文章的主旨本来就不是鼓动作家自杀的，只是题目太过直白了。尽管这样开脱自己，心却依然发沉，有一团冰冷而阴郁的东西堵在胸口无法排遣。

死者为大，干华已走，便不能再对他抱怨什么。可他实在是不该走这一步哇，让老娘晚年丧子，让妻子中年丧夫，让儿女们青年丧父，让朋友们惋惜痛哉、心变冷了……后来国凯兄告诉我，杨干华的抑郁症是"文化大革命"留下的。从那个年代走过来的人谁敢说自己的精神上没有点疾患？所谓"精神正常"，按西方哲学家的观点不过是给自己的心里加了一把锁。毫无精神疾患或许叫健康，但却不是生命了。在杨干华一贯机智乐天的背后，是长久的深切的痛楚。也许正是抑郁，使他更接近自己的灵魂。

他竟然是带着九千元的债务撒手而去的，这可能会让许多人震惊。其实，论经济收入杨干华在当今作家群中是很有代表性的。他不是畅销书作家，收入不是最高的，但也绝不是最低的。他出版过至少三部有影响的长篇小说，一大批中短篇小说和散文，多年担任广东作家协会的机关文学刊物《作品》的主编，每期都要亲自写一篇刊头语，赢得了诸多好评。这样一位勤奋的作家，居然临死还欠下了一屁股债！他买的房子实际是广东作协自己建的宿舍，比社会上的商品房要便宜得多……

我知道自己今夜是无法入睡了，想排遣心中的伤感，就从书架上抽出杨干华的长篇小说《天堂启示录》，打开来亮出他的照片，立在写字台中间，然后在他面前点上一支蜡烛，开始诵读《心经》："……不生不灭，不垢不净，不增不减。是故空中无色，无受想行识，无眼耳鼻舌身意，无色声香味触法，无眼界，乃至无意识界，无无明，亦无无明尽，乃至无老死，亦无老死尽，无苦集灭道，无智亦无得，以无所得故……"

恍惚间我似有所悟，能让灵魂和肉体分家的并不一定就是死，也许还是生。此时，干华说不定在天堂正看着我笑呐，笑我浅，笑我愚，笑我不明白死的真正含义。前不久我在报纸上看到一则消息，河北邯郸东柳村有位在当地非常著名的"笑话篓子"，经常被人们包围着讲笑话。有一天午后，他临时现编的笑话把大家逗得大笑不止，就在众人笑得前仰后合的时候他倏而含笑仙逝。这是极大的遗憾，不也是一种很大的福报吗？我虽然曾经讲过一通关于作家自杀的事情，又哪里能真正理解自杀者？即使眼下因干华自杀而产生的感伤和震撼，也都是俗人的表现，与死者又有何干？

干华匆匆远行，莫如打点精神祝他一路珍重！

剑桥的节日

幽静的剑桥，城市以大学成名，大学就是一座城市，城市就是一所大学。

2001年5月19日，可称得上是这座著名大学城的一个特别的节日。此时，剑桥的名人英秀聚集于已有400多年历史的三一学院大教堂，还有从美国、中国香港、欧洲等世界各地专程赶来的近300名来宾。人文繁华，声采灿然，等待着参加詹姆斯·莫里斯（James A.Mirrlees）和白霞（Patricia Wilson）的结婚典礼。

——这对新人可称得上是朋友遍天下了。婚礼有了国际色彩，不可谓不盛大。

但不是随便什么剑桥人结婚都可以使用这座大教堂的。皆因新郎莫里斯教授，是三一学院的资深院士、英国财政部政策最优委员会委员、英国皇家经济学会会长、英国科学院院士，同时还是美国艺术与科学院院士、国际计量经济学会会长，是1996年的诺贝尔经济学奖得主，被英国女王赐封为爵士。这样一个人物的结婚大典，自然就使整个剑桥都有了一种节日的氛围。连巍峨壮观的大教堂也平添了几分柔和，在阳光中越发地色彩灿烂，气势辉煌。教堂前厅里的老剑桥人牛顿、培根、桂冠诗人丁尼生等的玉石雕像，也显得神情生动，洋溢着热情和喜气。

尽管新郎名高位重，可来参加婚礼的大多数外国或外地来宾却大都是新娘的朋友，是冲着白霞来的。其中有不少中国学者，大家议论着眼前这一轰动剑桥、甚至可以说是美妙的结合，由衷地为白霞高兴，有人说了一句中国的老俗话："好人有好报呵！"

好人，当然就是指白霞。

话得从1981年说起，由当时的中国文化部副部长英若诚主婚，似乎是杨宪益、戴乃迭夫妇证婚，在北京首都剧场也曾为白霞主办过一次盛大的"艺术婚礼"。导演凌子风给白霞穿上了电影《骆驼祥子》里虎妞结婚时的那身行头，插花戴朵，红布蒙头，身上撒满五彩花瓣。新郎是在中国工作的德人，长袍马褂，披红挂彩，按着北京传统的礼俗当躬则躬，当跪则跪。剧场内笑语喧哗，鼓乐悠扬，如同在进行着一场别开生面的演出。首都文化界的诸多名人和北京人艺的艺术家们，怀着一种友好的谐谑之情，参加了这一对"洋新人"的婚礼，一时曾传为佳话。

——因为白霞在中国文化界的人缘儿特别好。这倒并不因为她的特殊身份或是性格特别的随和。甚至恰恰相反，她常常会忘记自己的身份，把自己当成中国人，该着急的事比中国人还着急，该投入的时候既舍得花钱又舍得精力，只要是她认为对中国有好处的事情，就上边跑下边颠，调动国内外一切可以调动的朋友和力量。她热情专注，记忆力惊人，精力更是旺盛得不可思议，行动起来，纤细的腰身像鹿一般灵活柔韧。她外出带着中国人办事，常常把中国的大老爷们儿累得吃不消。明明见她是个身材娇小的女子，也看不出她的双腿倒扯得有多么快，就是让后边的人跟不上，不得不经常在她后面一溜小跑。

有时她不懂得区分国情，不理解敏感的政治形势，撞了头还不知道被什么撞的。但她周围的中国朋友看在眼里，感动在心里，不能不对她生出敬意。敬重她是个真心想为了中国好的外国人，她的骨子里有股"中国意识"，或者叫"平民意识"。她为什么会这样呢？按着中国人的习惯就不能不查查她的出身和经历了……

她是苏格兰人。苏格兰论面积占了英国的将近三分之一，人口却不足十分之一，在英国大概就算是"少数民族"了。她少年时期曾随着家人到澳大利亚生活过许多年，后来搬到伦敦，几年以后又返回苏格兰，这给她的印象非常深刻：活着就是移动，到处都可为家。白霞从苏格兰最好的大学——爱丁堡大学毕业后，到非洲工作了八年，为世界上的贫富差异之大感到震惊，真切地见识和体会到了什么是贫穷。她的特别之处是没有厌恶和躲开，反倒培养出真诚的同情心和责任感，并由此对世界上另一块古老而神秘的土地——中国，开始心向往之。在非洲工作期满后，经戴乃迭先生推荐，便应聘成了中国"文化大革命"之后的第一批外国专家中的一员。

我认识她是在1979年，我的一篇小说引起了大范围的争论，其中一家地方上的党的机关报连续发表了14块版的批判文章，白霞却组织人将它翻译成英文，并在英文版的《中国文学》上发表。受她的影响，法文版、日文版也相继问世，我自然是心存感激。在北京的一次活动上见到了她，想不到她竟是那么的年轻，一头金发，留着个普通中国妇女的发式，脸像婴儿一样细白、润泽，身材苗条、柔软，待人自然、热情。她用开玩笑的口吻请我放心，说英语世界大概是不会对我搞大规模的批判的。几年后她又主编了我的英文小说集，我们也就成了朋友。

但，她在结婚后的第二年就离婚了。原因是曾参加过他们婚礼的一位中国电影界的名人，后来将一名中国女演员介绍认识了白霞的丈夫，不想这名女演员和白霞的丈夫相爱了，白霞便主动退出。为此，中国文艺界的有些朋友总觉得对不住白霞。等我再去北京看她，她已经有了一个刚会走路的儿子，取名罗瑞。白霞非常直率地问我能不能陪着她的儿子玩一会儿，她担心只跟着母亲而没有父亲的孩子在心理发育上会出偏差。因此利用男性朋友去看她的机会，让罗瑞多接触成年男人。我无法拒绝一个母亲的这个请求，以后每次去看她，谈完正事后就带着她的儿子在北京友谊宾馆的花园里折腾几个小时。后来还接他们母子到天津的少年活动中心来玩过……中国人形容白霞这样的境况爱用一句话："既当娘又当爹。"

此后她为了儿子就再没有想过结婚的事。在中国工作了十二年，有两个原因让她不能不又回到英国，一是母亲年事已高无人照顾，二是为了儿子的教育。白霞虽然离开了中国，在她的身边却总有一群中国学者或留学生，凡初到剑桥的中国学子有困难找到她，她没有不帮忙的。这就又得谈到她的性格，虽然她只是剑桥大学剑桥管理学院的一名研究员，由于热情爽利，"交友三千"，其活动能量就非同一般。只要她答应的事似乎就准能办成，而她拒绝人的时候又很少，特别是对中国人。

等到罗瑞一懂事，能够自己乘飞机了，白霞就让他回中国认父，利用每年的假期跟他父亲在一起生活一段时间。这一点让所有朋友都为她挑大拇指，一个曾受过伤害、看似娇弱的女子，却有这般宽阔的胸襟。当今年春天我在剑桥看到罗瑞时，完全不认识他了，高大、英俊，全部功课都是 A，却将小时候学的满嘴北京话忘得一干二净。他好像成了白霞的保护神，搂着比自己矮一头的母亲走进了婚姻登记处，在整个婚礼进行过程中，他总是不离母亲左右，说话不多，却显得成熟、懂事——白霞终于盼到了这一天，而且她这个自由的精灵，也找到了适合自己的港湾……

来宾们在教堂里都坐好了，静静地等待着。10 点钟整，新郎和新娘手牵着手缓缓地走进来了，伴郎、伴娘和亲属们在后面簇拥着。64 岁的莫里斯，身材颀长，才气内敛，穿一身浅灰色的礼服，左胸别着一朵白色玫瑰。端重沉实，坚稳自信，有一种难以名状的气度风韵，令人称羡。白霞也已 50 岁出头，谢绝了蓬松拖地的婚纱，身着一袭白色衣裙，显得清丽典雅，仪态高贵。平时是那么活泼机俏的她，此时略显拘谨——恐怕没有哪个女人，踏上结婚的红地毯会不紧张！

婚礼在庄重的圣歌中开始，"圣哉，圣哉，圣哉！慈悲与全能，荣耀与赞美，归三一妙身……"然后由前面的神职人员率领大家共同祈祷。每个参加婚礼的人在进门的时候都领到了两本书：一本是参加婚礼者的名单；一本是婚礼的程序，上面印有圣歌的歌词和祈祷词以及新人的誓词。随后是诵经，接下来又是唱圣歌、交换戒指、新人宣誓……白霞语调轻细，一种发自女性的温柔和信任，却立刻在极为安静的大教堂里弥漫开来。

圣歌再一次响起："新郎新妇，今日成婚，同宣海誓，共证山盟。终身偕老，喜乐充盈……"最后，婚礼在祈祷声中结束。新郎、新娘先退场，站到教堂外面的草地上，准备和所有来参加婚礼的人握手或拥抱，以表达谢意。来宾在草地上排起了长队，像等待着首长接见一样，或者说像过海关一样——他们两个孤零零地站在草地中央，一次只能接见一个或两个人，其他人要等在十步以外。大家都很有风度，很有耐性，这种仪式本身就又增加了婚礼的神秘感。我当时有一种感觉，在这样的教堂里按照这样的仪式结婚，气氛太过清肃，最适合功成名就的中老年人。若是新郎新娘太年轻了，恐怕压不住阵脚。

以后的程序就比较轻松了，来宾们可以自由组合，在草地上在剑河边一边聊天，一边喝葡萄酒、吃小点心。凡参加婚礼的人，有个共同的好奇心，想知道一对新人的恋爱过程，特别是莫里斯和白霞这两个都有点传奇色彩的人，是怎么走到一起的？但来宾中竟很少有人能说得清楚，大家又碍于身份不能去追问新郎新娘——英国似乎不兴"闹喜"，人人都彬彬有礼，男的唯恐不绅士，女的唯恐不淑女，使整个婚礼就显得隆重有余，喜庆热烈不足。

白霞和丈夫去苏格兰度了半个月蜜月就回来了，他们太忙了。周末请了三四位平时难得一见的朋友到莫里斯爵士的乡间别墅去住两天。莫里斯驾车，他一身休闲装，平实而随和。但一坐到方向盘后面却喜欢开飞车。英国的乡间公路很窄，汽车如同一阵旋风，呼啸着掠动两旁的树枝，滚过麦田和草地。真难以相

岁月侵人不留痕

信，他一边风驰电掣，一边仍保持着一副恬淡自若的学者神态。

我趁这个时间赶紧向这位创造了一门学科——"福利经济学"的天才提几个问题。在他送给我的他的著作中，充满深奥的数学公式，我问他，现代经济学家必须都是数学家吗？他回答：是的，数学是一切科学的基础，也是生活的基石，人们在生活中每时每刻都离不开数学。我就是通过数学模式来分析现实，分析这个世界。尽管现实世界是由人的经济行为在支持，可人的经济行为是能够用一系列的数学公式来模拟、来整理的，以便理出头绪和规律。人只有一个大脑和两只眼睛，观察是有限的。而用数学公式归纳、提炼和推导，则更准确，更接近真实。

我请他尽量用通俗的语言解释一下自己的"福利经济学"——这应该是一件很简单的事情，却好像把他给难住了。大概一时找不到能让外行能够听得懂的语言……想了一会儿他开始打比方：经济学就其本质来说是一门致用的学问，比如说税收。任何国家都有税收，但不同的社会制度都有个最优的税收率的问题，税收多了人们没有积极性，税收少了不够维持社会开销，收多少税才是最合适的呢？这次英国大选，工党之所以占了绝对上风，就因为向选民许愿要提供最佳的公共服务，同时又不增加税收。税，关系着所有老百姓的切身利益……他忽然停了下来，可能觉得这样解释并不是自己理论的精髓，便打开汽车上的柜子，从里面拿出一本中文版的《詹姆斯·莫里斯论文精选》交给我。我翻着书，才知道用学术语言给他的学说定义叫"非对称信息下的激励理论"。准确地说，他是因对信息经济学的贡献而获得了诺贝尔奖，信息经济学已成为现代主流经济学的一部分。1996 年 12 月

9日，他在诺贝尔授奖仪式上的讲演题目是《信息与激励：萝卜和大棒的经济学》。我请他用他的"萝卜和大棒的经济学"对中国的经济走势发表点看法。他说这个问题太大，只能简说。中国经济面临许多特殊的问题，需要特殊的分析才能解答。恰如我已经指出的，激励问题是所有经济面临的一个核心问题，中国经济改革要解决的似乎也是个激励问题……

莫里斯的别墅距离剑桥只有半个多小时的路程，我对他的经济学理论的好奇心还没有得到满足就到达目的地了。这是一幢14世纪的建筑，全部木结构，橡木房檩，漆黑的草顶，上面涂着厚厚的沥青，外面又罩了一层细密的钢网，以防被大风掀起。英国人喜欢厚重的历史感，房子越老越值钱。莫里斯的这幢别墅已经列入国家的保护名单，自己不能私自维修或改动。别看房子外表这么古朴拙重，里面的装修和布置却非常豪华、舒适，一切现代贵族能够享受的东西一应俱全。他们喜欢古老，并不是喜欢破旧和陈腐，喜欢的是这幢房子里积累了600多年的舒服！

别墅后面有9公顷的草场，在草场的四周分布着果园、树林、养马场、小湖、河沟，放眼看去，绿色开阔，树木葱郁，层次丰富，气象深远。周围有一种歌咏般的静谧，清晨总是先被鸟的鸣叫声唤醒……我真实地体会到了"爵士"这个贵族头衔的内容。但不要误会，这座别墅不是女王赐的，而是莫里斯自己花钱买的。人需要象征性的东西，房子能使人达到心理上的认同感。住在这种优美而古老的房子里，似乎正和莫里斯爵士的身份相称。

在以后的两天里，我得以近距离地观察这一对新婚夫妇，也和他们有过长时间的交谈，总算知道了一些他们两个人的故事，并征得他们的同意，可以把我所知道的写出来。人间原本没有完美无缺的结合，但在结合中双方却可以渐渐地趋向完美……

　　真是缘分，莫里斯也是苏格兰人，父亲是银行职员，他以第一名的成绩毕业于爱丁堡大学数学系。后来考入牛津大学，改学经济学，并获得经济学博士。32 岁时成了牛津最年轻的经济学教授，以后牛津又给了他许多重要的职位。他在牛津一直任教 28 年，到 1993 年，跟他感情甚笃并共同生活了 33 年的妻子突然病逝，爱成唏嘘，情何以堪，经常睹物伤情。友人劝他，生命的意义很丰富，不可死认一条道。为了转换生活环境，于 1995 年离开牛津，来到剑桥大学任教。同年，白霞也来到剑桥，但两个人并不相识。

　　1996 年他获得诺贝尔奖，白霞根本不重视，她自己的事还忙不过来呐，连莫里斯的名字都不知道——这就是白霞的性格。但，她的朋友遍天下，她可以不知道莫里斯，时间长了莫里斯要想不知道她，可就难了。1997 年，白霞在香港中文大学的一位朋友要来剑桥，这个人以前曾是莫里斯教过的博士生，请她帮助联系自己的老师，希望一聚。白霞便按朋友提供的电子信箱给莫里斯发了一封电子邮件，没有接到回音，只好亲自到三一学院去找他。于是两个人便认识了，并且知道了还是老乡。但他不记得接到过白霞的电子邮件，这让白霞耿耿于怀，一直记到现在。因为白霞是个有着超常记忆力的精怪，她答应的事、她做过的事和准备做的事，是绝不会记错的。

莫里斯渐渐知道了白霞的能量，中国文化部副部长来剑桥，也是通过白霞宴请了二十几个名教授。香港富翁李嘉诚支持的一个基金会，每年要挑四个剑桥的名教授到中国讲演。这是对中国有好处的事，自然少不了白霞，她无偿地出任顾问，协助工作。1999 年，这个基金会第一个选中的人就是莫里斯，他也很高兴。两个人一块儿坐火车去伦敦，在路上白霞想刁难他，问他："你真的值诺贝尔奖吗？"他立刻汗下来了，不知如何作答，一路都局促不安，算是领教了这位女老乡的厉害。她完全坦率，完全自然，在他的生活圈子里真还没有碰上过这样一个女子。但跟着她到了中国，他更深切地体会到她的另一种厉害，精细周到，上下皆通，到哪里都有她的熟人，每个环节都安排得井井有条，非常得体。他深受感动，回到剑桥后便请她吃饭，以示感谢。

通过这段时间的接触，白霞也觉得莫里斯其实很有趣，在许多问题上他们都不会争吵，比如对中国的认识——这很重要，她在关于中国的问题上容易敏感，也容易极端。他随和，热情，还很风趣。虽然他的风趣后面有更多严肃的东西，不过是一种优雅的幽默。在她的印象里，他毕竟像变了一个人。剑桥管理学院的同事们也很好奇，向她打听莫里斯是怎样一个人？白霞回答说："他就是那种女人喜欢嫁的男人，十足的绅士，风度无可挑剔，有很强的意志，价值观坚定，严肃，可靠，又不沉闷，知道怎么使生活有趣。但不浪漫，我对他没有兴趣。他虽然有热情，却不是个可以在一起玩儿的人。"

此后，每逢学校里有活动，他们都能见面，一起吃饭，说说笑话，都觉得很开心，却没有罗曼蒂克。那一年的 11 月，在欢

岁月侵人不留痕

迎一位外国名人的宴会之后，莫里斯突然对白霞发出邀请，希望能在圣诞节之前两人再见一次面。白霞答应了。12月4日，莫里斯请白霞吃晚饭，这一顿饭吃下来，一切都变了，两个人的关系发生了质的变化，白霞觉得自己爱上了他。可她并不为此高兴，自己本来是有准备不想爱上任何人的，等儿子长大后还要再回到中国去。再说离婚17年来她没有让任何一个男人碰过自己，心里对再一次走进婚姻没有把握。

转过年来的2月，白霞的母亲去世了，莫里斯陪她回苏格兰，一直到参加完葬礼。回来后便向她求婚，还郑重其事地写了封求婚的信。因为她一直在埋怨他没有回复她的电子邮件，他便用写信的方式求婚。这的确打动了白霞，她无法拒绝。也许这就是命运的安排，她生活中一扇重要的门已经关上了，那就是对母亲的责任，多年来都是她在照顾老人的生活。但是，她生活中又有一扇门打开了，无论是情感还是理智都要求她不要把已经打开的这扇门再关上。

她只向他提了一个问题："你为什么要选择我？"莫里斯没有想到求婚还要考试，想用一句玩笑话搪塞："这个问题极具挑战性，我需要坐到电脑前认真求证……"白霞没有笑，认真地在等他继续说下去，而且眼光湛湛，毫无畏惧地在他脸上搜寻着自己的希望。他只有严肃地整理自己的感情，并尽量准确地表达出来，让目光凝注着她："你是很特殊的，带给我一种很鲜活的感觉，或者叫快乐。我用了一年多的时间才认识到你的价值，不想错过你……"

这就是说，他接受了白霞的精神世界。在他低下头想亲吻她的时候，她趁机捧住他的头，把他的非常平整和很有风度的头发搞乱，乍撒开来。他一下子显得更潇洒自然，神采飞扬，越益地年轻有活力了。他们相视大笑，然后紧紧相拥。生命有年龄，爱没有年龄，爱情也是可以多次重复的。而且爱得越有个性，这种爱就越有生命力。他们都曾经失去过，目前的生活也不完整，正因为此，才有希冀，才有追求，两个人的结合就是一种完整。由于曾经有过的失去，他们便更加珍惜这种完整。实际上，他们婚后的生活，看上去也像他们房子后面的田野一样，辽阔滋润，生气发越。他内蕴极深，雅健清朗，她成熟又纯真，对生活充满热情。他具备那种能在生活中焕发出光彩的品质，她身上恰好不缺少激发出这种光彩的情感。他们的结合天造地设，真是人间传奇。

　　我观察这位爵士，在家里颇有点田园隐者的恬淡，一切都乐得听从妻子的调遣。白霞叫他去超市买菜，他开上车就出发。白霞想到饭店给大家换换口味，他立刻就给饭店打电话订桌……他胸次悠然，平常而又自在，一切都做得那么智慧舒泰，有情有趣。做饭的时候他喜欢以主人的身份帮忙，吃饭的时候他负责摆盘子，按照英国上层繁复的礼俗，换了一套又一套。他的别墅里有专门的洗衣房，我看他老往里面钻，原来是自己洗衣服，包括客人们撤换下来的被罩和床单……他的别墅里没有雇仆人，他自己就是这幢招待所的所长兼服务员。

　　白霞也和过去一样，嫁了这样一个满意的丈夫，忽然间成了爵士夫人，在丈夫和朋友面前却完全自然、自在，一如既往地说自己想说的话，做自己想做的事，毫不拿捏，也不在朋友面前做幸福状，显示出一种了不起的大气！

　　每到下午，他们夫妇喜欢约上朋友在乡间散步，小路两边杂树如锦，野花绽放，他们两个手牵着手走在前面——似乎把以前丢失的全部握住了，把今后两个人的生活也握在了自己的手里。天空清澈，四周洁净，大树凝烟，碧油油的草场和麦田从脚下向远处延伸，他们两个人的身影投放在草地上，飘飘摇摇，绰约多姿，很快就把我们落下了一大截——白霞散步也走那么快，幸好她的丈夫能跟她同一个节奏。男女之爱更多的时候只是一种心境状态，此时看他们身心融净，圆满和谐，经历过绚烂，也能归于平淡。这平淡中的绚烂，才是生命的亮点。

　　我愿用全部真诚祝福他们！

百年佳话

一个晴朗的早晨，阳光透窗。98 岁的国学大家文怀沙先生，其声其韵也像阳光一样舒展而健朗，通过电话正向我讲述一个沉重的话题：时间无头无尾，空间无边无际。人的一生所占据的时空极其有限，我们不知道的领域却是无限，对"无限"我们理应"敬畏"。生，来自偶然；死，却是必然。偶然有限，必然无限……

把他的句子竖排，就是一首诗。

我听着听着，心里泛起一股温暖，对这个生死的话题不再感到沉重，只觉得优美、深邃。这是一段当世的佳话，百年的传奇。文公口吐莲花，滔滔而出的也确是一首长诗，是写给他 91 岁高龄的"少年老友、老年小友"的林北丽先生。

林先生重病在床，自知来日无多。但病痛折磨，生不如死，便向文公索要悼诗，以求解除病痛，安然西去。八十多年前，作为小姑娘的林北丽，曾在西湖边不慎落水，少年文怀沙冒死救她出水。那是"救生"，救她不死。今日却要"救死"，救度她轻盈驾鹤，死而无痛。

知生知死，死生大矣。刘禹锡说"救生最大"。今日文怀沙公，救死亦不凡！

能否救得，还需把话题拉开，交代一下他们的生死之缘。

1907 年，国贼狷獗，局势险恶，"鉴湖女侠"秋瑾托付盟姐徐自华：倘有不测，希望能埋骨西泠。不想一语成谶，女侠就义后，徐自华多经周折，才按烈士遗愿将墓造好。并在苏、白两堤间，傍秋墓为秋侠建祠，取名"秋社"。1919 年，年方 9 岁的文怀沙，随母亲来到杭州，拜母亲的好友徐自华为师，在"秋社"里学习经史子集、吟诗作赋。

不久，徐自华的小妹徐蕴华，带着女儿林隐由崇德老家来杭州，也住进"秋社"。用柳亚子的话说是"天上降下个林妹妹"。林隐 10 岁便有诗："溪冻冰凝水不流，又携琴剑赴杭州。慈亲多病依年幼，风雪漫天懒上舟。"

文怀沙称其是由诗人父母"嘎嘎独造的小才女……"

由此，文、林两人开始结缘。后来日本侵华，徐自华去世，大家为躲避战乱，各自西东，一时间文怀沙便跟"秋社"的小伙伴以及诸多亲友都失去了联系。直到 1943 年，正在四川教书的文怀沙，从南社领袖、国民党元老柳亚子写给他的信中得知，曾烈烈轰轰嫁给林庚白、并用自己柔美的右臂为丈夫挡过子弹的林北丽，竟是他儿时的小伙伴林隐……

这就又引出一个不能不提的人物——林庚白。其字"众难"，自号"摩登和尚"。依此也可窥视其不同一般的风流才情。高阳曾这样描述他："宽额尖下巴，鼻子很高，皮肤白皙，很有点欧洲人的味道。"辛亥革命后林庚白被推举为众议院议员，帮助孙中山召开"非常国会"，领导护法。后因军法破坏，孙中山愤而辞职，林也随之引退，重操老本行：研究欧美文学和中国古诗词。他本就擅长写诗填词，曾放狂言："十年前，郑孝胥今人第一，余居第二。若近数年，则尚论今古之诗，当推余第一，杜甫第二，孝胥不足道矣！"

最为人津津乐道的是他精于命相学，曾出版相学专著《人鉴》。当时许多名流要人都请他算命，逸闻很多。如徐志摩乘机遇难、汪精卫一过60岁便难逃大厄等，如同神算。当时上流圈里流传一句话："党国要员的命，都握在林庚白、汪公纪（另一位算命大师）二人手中！"

他自然也要反复推算自己的命造，且不隐瞒，公开对友人说他的命中一吉一凶：吉者是必能娶得一位才貌双全的年轻妻子。此后不久，果与年龄小他20岁的林北丽因诗结缘，成为一对烽火鸳鸯。娇妻系同乡老友林景行的女儿，两人气质相投、词曲唱和，取室名"丽白楼"。可以想见，他们的闺中之乐甚于画眉。而他命里的一凶，则是活不过50岁。因此重庆的几次大轰炸，都让他十分紧张。1941年初秋，他发现了一线生机，到南方或可逃过劫数。于是携妻南避香港。不想日军偷袭珍珠港，战火烧到香港。同年12月19日傍晚，日寇的子弹穿过林北丽的右臂，射中林庚白的心脏，年仅45岁的诗人竟真的倒下了。

丈夫下葬时林北丽写了一首祭诗："一束鲜花供冷泉，吊君转差得安眠。中原北去征人远，何日重来扫墓田。"

此后她辗转又回到重庆。文怀沙知道了这些情况，便立刻赶去重庆看望她，两人相聚一个月，分别时文怀沙留诗一首："离绪满怀诗满楼，巴中夜夜计归舟。群星疑是伊人泪，散作江南点点愁。"

中华人民共和国成立后林北丽出任中国科学院上海分院图书馆馆长，编纂校订了与丈夫的合著《丽白楼遗集》23卷。1997年，文怀沙从北京南下上海，为林氏一门三诗人的合集《林景行、徐蕴华、林丽白诗文集》作序。文、林两位白发堆雪的老人再次聚首，细述沧桑。

事隔11年，文老先生突然接到林北丽老人从医院的病床上打来电话，要求在还活着的时候见到他为自己写的悼词……这样一位才女，已经活成了一部传奇，死也必定不俗。所幸知心赖有文怀沙，这恰好也可成全文公的智慧和才情。

心悲易感激，俯仰泪满衿。接近百岁的文公，焦肺枯肝，抽肠裂膈，却压抑着自己的悲怅，寻找着能说透生死的方式。对林北丽这样的奇女子，已经透彻地理解了生的意义，她不会惧怕死亡，只惧怕平淡无奇地死去。

因此靠哄劝没有意义，他的悼诗不是救她不死，而是送她死而不痛，护卫着她的芳魂含笑九泉。这比"把死人说活"还难！文公长歌当哭，当夜一挥而就：

> 老我以生，息我以死
> 生不足喜，死不足悲
> 不必躲避躲不开的事物
> 用欢快的情怀，迎接新生和消逝
> 对于生命来说，死亡是个陈旧的游戏
> 对个体而言，却是十分新鲜的事……
> 生命不能拒绝痛苦

甚至是用痛苦来证明

死亡具备治疗所有痛苦的伟大品质

请你在彼岸等我,我们将会见到生活中一切忘不了的人……

一百年才三万六千天,你我都活过了

三万天,辛苦了,也该休息了

结束这荒诞的"有限"

开始走向神奇的"无限"

我不会死皮赖脸地老是贪生怕死

别忘了,用欢笑迎接我与你们的重逢

……

　　在哲学意义上真正活过的人,曾热烈壮丽地拥抱过生命的人,就会有这种智慧和勇气,从容面对死神,跟生命说"再见"。真正的死,是因死而不死。不是哭天抢地的惧怕,也不是无可奈何地垂死。一般人只意识到死的空虚,所以才惧怕。看透生死的转化,死是今生不可缺少的一部分。"如果死亡是黑暗,可以武断:黑暗后面必然是光明。"还有何惧哉?

　　人在临终时多不流泪,哭泣的是别人。这说明死亡有活人所不知晓的快乐和平和。幸福的人是活到自己喜欢活的岁数,而不是别人希望他活的岁数。死生本天地常理,文怀沙老先生经历百年沧桑,参透了生死,其情其诗足以惊天地而泣鬼神,还愁不能慰藉一个智慧而美丽的灵魂吗?

　　一个月后,林北丽老人怀抱文公的悼词,安然谢世。于是成就了一段百年佳话,生死传奇。

秦征轶事

1937 年 7 月，秦征考取了河北保定育德中学，兴高采烈地回到家，喘息未定，骤然晴空霹雳，传来日寇进攻卢沟桥的隆隆炮声。13 岁的少年激愤难挨，和几个同学一商量便投奔了抗日部队。就这样秦征成了一名"小八路"，却顿时觉得自己长大了。

但，参军后并未立即真刀真枪地跟日本鬼子干一仗，心里有股火憋闷得难受，似要爆炸开来，灵机一动便找到白灰、锅烟、红土，外加一罐坑水，当即在大街的土墙上用刷子和布团绘制了一幅壁画：《大刀向鬼子们的头上砍去》。

不料此画竟成了军民高涨的抗日情绪的燃点，人们在画前宣誓，部队在画前出发……就是这幅画，彻底改变了秦征的人生轨迹。自那以后，部队每到新的驻地，凡写标语、绘壁画、制作宣传材料之类的任务总是指派他去完成。他也总能多姿多彩、花样翻新地完成任务，这无疑极大地激发了他潜质里的绘画天赋，遂和绘画结下不解之缘。他无时无刻不处在一种学习和摸索的状态中，向战争学习，向生活学习，向环境学习，向一切所能遇到的能者学习，其中有民间艺人也有绘画专家。学以致用，举一反三，战争逼着他早熟早悟，大省大悟。

那个年代，人们同仇敌忾，随时处于燃烧或准备燃烧的状态。一幅画、一首诗、一曲歌，都足以激发出现代人难以想象的热情和力量，因此艺术作品就能得天独厚地直接转化为战斗力。秦征的画笔和刻刀也像指向敌阵的枪口一样进入喷射状态。除去行军打仗，连吃饭和睡觉都要服从于创作，在土产毛头纸上，在木板上，在墙上，在队伍经过的大道边……他燃烧着自己，也燃烧着所有见到他的作品的战士和百姓。有些作品能发表在报刊上，就流传得更广，被其他部队的战报所转载，遂得以保存下来。

1943 年初冬，秦征受命参加了一个文艺小分队，每天都要行军百八十里，穿行于敌占区，宣传群众、动员群众，配合大部队的冬季反扫荡。这支小分队的队长是边区群众剧社社长王雪波，队员有五个人：封立三、张利民跟队长一起演一出小话剧《苦肉计》；颜品祥和王莘（后来创作了《歌唱祖国》）负责作词编曲，现场教唱；秦征的节目压大轴，名曰"唱画"。其实就像"拉洋片"，在糊窗户纸上作画，用黑墨勾出线条，点染红、黄、蓝三原色，远看十分醒目。用两根荆条棍一夹，他往台中央一架，敲锣打鼓，连说带唱：

哎——
乡亲们看来这头一篇，
日本鬼子扫荡进了太行山，
人困马乏缺粮又断水，
两眼发黑嗓子要冒烟，

耳听得山泉叮咚叮咚响，

忽啦啦抢水挤成一团，

轰隆隆、轰隆隆，踩响了地雷连环阵，

东洋兵血肉横飞就上了西天！

　　一幅画就是一个故事，通俗好懂，朗朗上口。他连比画带说，说到兴致上来还可以唱上两口，总能博得阵阵笑声和掌声。不知道世界上还有没有第二个画家，曾天天办过这样的"画展"？秦征在唱画说画的过程中，加深了对绘画的理解，也包括对战争和人的理解。

　　他积攒了好几年的速写和木刻作品，心肝宝贝般地随着弹药箱子搬来搬去，却不幸在一次日寇的大扫荡中化为灰烬。对于画家来说，毁画犹如害命，连部队的团首长都心疼得不行，在一次胜仗之后，检查缴获的战利品时发现两本日军的"邮政储金所立账申请册"，觉得背面可以画速写、印木刻，便即刻派人送给秦征，鼓励他从头再来。

　　从此秦征也多了个心眼儿，凡自己的作品，除画在墙上的揭不走、画在路边和麦场上的带不走之外，其余的一律打进背包随身携带，人在画在。日积月累，秦征身上的背包可就有分量了，鼓鼓囊囊，像个小山包。背着这样的小山包行军，那就有他受的了。而战争年代，几乎天天要行军，有时还要急行军、夜行军。那是一个黑沉沉的冬夜，部队向阜平县大黑山方向急速转移，在山道上排成单列鱼贯而行。不断有口令从前面传下来："背包扎紧，不要发出声响！""互相照应，不得掉队！"

天空浓云笼罩，四周漆黑一团，但战士们都能影影绰绰感觉得出来，右侧方是悬崖，须集中精神跟紧前面的脚步，才不会有闪失。而这个时候最难的就是集中精神，除非跟敌人开火。经过长途跋涉，大家已经极度疲乏，再加上连续几天没有正经吃过饭，又渴又饿。累了就容易打盹，过度饥渴则期盼食物和水，容易产生幻想，精神恍惚。秦征身上的分量比别人重得多，两条腿的分量也比别人沉重得多，但他对重量的感觉却越来越模糊，渐渐地仿佛完全由着惯性在往前迈腿，眼皮在打架，心里也在打架："什么叫老兵？老兵就是在行军的时候能够边走道边睡觉，到了目的地一停下来就能精神百倍地立马投入战斗。"秦征自然是个老兵了。但，那是在白天，走的是平地，现在可是夜行军，走的是山路，万不能打盹儿……

世上许多万不能、万万不能的事，最后都变得能了……恍惚间秦征似听到了流水的潺潺之声，前面碧草如茵，难耐的饥渴驱动着他，奋力向前冲去……猛地右脚踩空，身体失去重心，向下摔去。他突然惊醒，双手本能地胡乱抓挠，然而为时已晚，只觉得一阵风声呼啸，身体几度翻滚，最后"砰然"一声落，终于到了实处。

突如其来的坠落，瞬间的剧烈震动，又把他摔蒙了。一时间世界变得非常安静，慢慢地秦征恢复了意识，仿佛听到有人呼喊自己的名字，这时他发觉自己是仰面躺着，身下垫着那个沉重的大背包，这么说是背包救了自己，也就是说是自己的画救了自己一命！

他睁大眼睛努力向上望，依稀能看到高崖上有人影晃动，便急忙应声，并试着用力站起来，一用力便知道身体并无大碍，于是铆足气力双腿一较劲，上身往前一挺，果真站了起来。能站起来就好办了，随即活动一下胳膊和腿脚，确信自己身体的主要部件基本完好，再踩踩脚下，感受一下所处的境地。脚下是松软的沙滩，他判断这是一道干涸的河床，正是这些流沙缓解了他下跌的重力。这时，崖壁上的战友们将绑腿带连接成一根长绳垂递下来，他双手抓紧绑腿带，脚蹬石壁，被崖上的战友重新拉回队伍。

自那以后，秦征的背包越来越重，而且越重越不嫌重，并一律谢绝战友们想替他分担一点重量的好意。打在背包里的那些画作，凝聚了战争的精魂，不仅是他的命，还是他的一种幸运，一种呵护。

美国的"中国作家之家"

中国人的家庭观念重，便习惯于以家来比喻自己的所爱："爱国如家""爱厂如家""爱社如家""爱校如家"……以后发现在这个口号下人们把属于国家的和集体的东西随便往家里拿，或随便糟蹋："厂里有什么家里就有什么"，"队里的东西也就如同自己家里的东西"……这就使"爱××如家"之类的豪言壮语很有些靠不住了。

于是聪明人另外想出主意，利用人们爱家的习性，把公家的单位办成"家"一样的实体，一时间如雨后春笋般地在中国大地上出现了一大批各式各样的"家"：职工之家、干部之家、社员之家、青少年之家……全国的专业作家加在一起也不会超过一千人，竟有十几个"作家之家"和"创作之家"。我有幸去过几个这样的"家"，那也都是"国营单位"，也要讲究经济效益，起码还要"自筹自支"地养着一批人。作家去了无非是少收费或者在有些项目上不收费。想在那种地方找到家的感觉是不可能的，实际上也没有人会把这样那样的"之家"真的当成家！

1998 年夏天，中国作家协会接到了美国耶鲁大学图书馆总馆长写给我的信，他在信上说，数百名中国作家向耶鲁、哈佛、哥伦比亚两所大学赠书的活动已经进行两年多了，希望中国作协派作家赴美举行赠书仪式，并做讲演。这个任务最后落到我和扎西达娃等四个人的头上，在秋末的时候起程了。

作家出国是无须提前做什么准备的，该准备的东西都在自己的脑子里，即使一时想不起来的东西也都存留于自己曾经发表过的作品之中。特别是公派成团地出访，更用不着多操心，在登机前的碰头会上才看到了在美国的行程安排，知道了我们在美国东部活动的时候都住在"中国作家之家"。当时没有多想，只是有一点新奇，是谁有这份热情有这种本事，居然在美国搞了这样一个"中国特色"？想当然地猜测成是将现成的宾馆或招待所改头换面地多挂了一块牌子……

一路无话，当我们搭乘的班机降落在纽约机场的时候，已经是晚上9点多钟了，没有想到在出口处竟有一群人迎候我们，让人感到亲近和温暖。全美中国作家联谊会会长冰凌先生，比我想象的要年轻得多，却已经开始发福，虎背熊腰，热情奔放，一看就是个能在最短的时间内交上朋友、打开局面的人。他先自我介绍，然后为我介绍了中国驻纽约总领事馆的几位参赞和其他来迎接的美国朋友，最后才轮到引见一位静静地站在后边的年轻绅士。不知为什么，我当时一见到这个人脑子里就冒出了"绅士"这个字眼。他在这一群人中美国化的程度最深，有着得体的冷静和礼貌，足见他有很好的定力。不争着向前握手，也不拘谨冷淡，面有静气，身材修长，仪表整洁，透出干练又带几分儒雅。冰凌介绍他是沈世光先生，美国的"中国作家之家"就设在他的家里，作家之家的主任凌文璧女士是他的妻子。

我的心里"咯噔"一下，这就是说我们实际上是住在沈先生的家里。

　　我出国的次数不算多也不算少，不论是公派还是对方邀请，都还没有实实在在地在私人家里住过。何况我们这是一个四人代表团……我这个团长在飞机降落之前都不操心，现在想操心已经有点晚了，只能客随主便先住下来，明天视情况再说。

　　冰凌安排我坐沈先生的车，他驾的是一辆新型宝马，这倒引起我的好奇，根据他的车揣度他的身份和财力……香港人爱说一句话："坐奔驰，开宝马。"有司机给开车就坐奔驰，自己驾车就开宝马。

　　沈先生的家在麦迪逊，从纽约到他的家至少要在高速公路上跑两个半小时。他驾车平稳快捷，很快就把冰凌他们甩在后边看不到了。高速公路两旁的林带高大稠密，如黑森森的围墙。我有过跑夜路的经验，最好是聊天或讲笑话，驱散驾车者的睡意，我们也正好可以相互有个大概的了解。通过交谈，知道沈先生是上海人——这又给我心里增加了一份紧张感，因为上海人公认是最精明的。上海的报纸就公开讨论过上海人的形象问题，什么小男人、小女人、小家子气等等。我对上海人的反感只有一点，就像对广东人的反感一样，在你跟他交谈得正热闹的时候，他突然看见一个老乡，就会当着你的面用你听不懂的话叽叽咕咕，咿哟哇呀，且没完没了地把你冷落在一边。谁碰上这种尴尬的场面，也只能有一种解释，背人没好话，好话不背人。说来也怪，我在文坛上有两个很好的朋友，偏偏一个是上海人（夏康达），一个是广东人（陈国凯）。

沈先生 17 岁到云南盈江县插队落户，一干就是十年。回城后重新规划自己的生活，经过必要的准备，十几年前考进耶鲁大学攻读数学，当然是边读书边打工。他打工的地方是一家日本餐馆，干得认真而刻苦，早来晚走，用当年在云南"土插队"的精神对付今天"洋插队"，多做、勤问、明学、暗记、查书……也是他和"日本料理"有这份机缘，一两年之后居然掌握了日本菜肴和寿司的制作技艺，站到了前厅的寿司吧，成了能支撑餐馆营业额的人物。此时，他的夫人也来到美国读书，到 1992 年他们夫妻和兄嫂共同投资买下了那座名为"武士"的餐馆……

　　我多少知道一点经营一个餐馆该有多忙，他们怕塞车误了接机，7 点多钟就到了纽约机场，在机场整整等了两个多小时。也就是说他们 5 点钟左右就离开了餐馆，耽误了沈光生半天的生意，让我不安。如今为了别人，哪怕是为了朋友，肯耽误自己生意的人已经不多了。我们在路过纽海文市的时候，沈先生绕道回到他的餐馆处理了一些事情。餐馆已经打烊，我在外面等候，得以观察这餐馆的规模，这是一座三层红楼，规模不算小。耶鲁大学同哈佛大学一样，没有围墙、大门之类的阻隔，校园就是城，城就是大学。"武士"餐馆坐落在大学城的中心区，前临大道，后有停车场，位置不错。

　　从沈世光和他夫人的经历中，看不出跟文学有任何瓜葛，无论是现在还是将来他们都没有要当作家的打算，为什么要把自己的家变成"作家之家"呢？我不能问得这么直白，只要绕个圈子打听出他们夫妻和冰凌的关系，剩下的也就能猜个八九不离十了。

原来，冰凌刚来美国的时候在沈世光的餐馆里打工，沈先生给了他足够的自由，来去随意，来了有他的活干，走了给他留着位置，什么时候愿意还可以再回来。在美国到哪里去找这样的老板？沈世光夫妇暴露出一个弱点：同情文人。冰凌则相中了沈世光的厚道，当老板的都精明，这不足为奇，不是精英考不到美国来，当今商品世界原本就没有几个是傻子。但是，当老板仍心存厚道，有了钱仍活得单纯，就难能可贵了。生活中能成大气象者，往往是这些内存宽厚、精明而不失善良和朴诚的人。

这就可理解了。我想大凡认识冰凌的人，或被冰凌看中的人，可能都要被他说服为文学做点什么，有钱的出钱，有力的出力。沈先生夫妇恰好是既能出钱又能出力的人。冰凌既然被选为全美中国作家联谊会的会长，他能放过自己的老板吗？于是沈先生的家就成了冰凌先生文学活动的根据地。设在他家里的"中国作家之家"挂牌开张的时候，总领事邱胜云、正好作客康狄涅格州的中国作协副主席王蒙、家就住在纽海文市的著名学者赵浩生等，为之剪彩。当时年晋八旬、离国 50 年的赵浩生老先生浩叹一声，感动了所有在场的人："有家可归了！"

我们离家之后飞越半个地球，真的也能在这个陌生的美国长岛海滨找到家的感觉吗？

晚上 12 点多钟，我们赶到了沈先生的家。在夜色中，被四周的灯光托浮着一幢崭新的棕色三层小楼，尖顶木结构，飞檐翘脊，造型古朴别致。进到里面却相当豁亮，房间很多，宽敞透亮。由于灯火通明，我们又是刚从外面的黑暗中闯进来，觉得相当富丽，典雅温馨。室内的陈设和装饰非常考究，显示出主人多方面的情趣和不俗的艺术鉴赏品位，每个角落都布置得富有情趣。

俗云："店大欺客。"何况这还不是"店"，我心里有了怯意，也许是歉意。装修这么豪华的带有强烈家庭色彩的私人住宅，而且看得出主人非常喜欢自己的房子和家庭，深更半夜地突然闯进来一群不速之客，会怎么想呢？此时我脑子里没有一点到了"家"的概念，却生平第一次如此深切地体会到"不速之客"这四个字的真正含义。

女主人凌文璧，也提前从餐馆出来，先一步到家为我们准备了丰盛的欢迎酒宴：有中国菜，有美国蛋糕和点心，有日本寿司，考虑到藏族作家扎西达娃爱吃肉食，准备了各式各样的面包、奶油、火腿和香肠，还有高档的法国红葡萄酒……餐厅里红烛高照，餐具铮亮，红木的餐桌、餐椅能照得出人的面孔，就连脚下——在厚厚的纯毛地毯上面又铺上一块珍贵的波斯地毯……这是名副其实的"贵宾厅"！

主人越是热情，我越觉得不好意思。由于时差反应，在飞机上又好歹吃过一顿了，再加上当"不速之客"的尴尬和拘谨，基本没有食欲，一边说着道歉和道谢的话，一边观察沈氏夫妇，特别是女主人，因为她同时还是这个"中国作家之家"的主任。这个既是主人又是主任的凌文璧，看上去似乎更年轻，有着典型的江南女子的清秀，身材娇小轻盈，容貌妩媚精致，通身上下体现着一个"快"字：脑子快，眼神快，动作快，说话快，很快就营造出一种融融的家庭氛围，把我们这群深夜闯入者笼罩其中。我的同伴们渐渐由拘谨变自然，开始大口喝酒，大口吃肉……

作家都是敏感的，这要感谢主人的盛情里没有一丝勉强和客套。主人自然，客人慢慢就会自然起来。沈氏夫妇真是天造地设的一对，一个沉稳厚重，一个活泼欢快，谁也不用看谁的眼色，都是主人，都能做主，和谐而默契。外人看着都觉得舒服和般配。

由于明天一早，实际已经是今天一早，我们还要赶往波士顿。无论这顿欢迎夜宵多么的丰盛也不能吃到天亮。我带头放下碗筷，沈先生便起身带我们到二楼，为大家分配了房间。幸好他家的房子多，确实具备了"作家之家"的规模，每人一间房，房间里洁净舒适，配置高雅，地上铺着厚实的长绒地毯。床很大，崭新的被褥干燥而松软……

冰凌则睡在一楼的客厅里，由于事情多，还要安排明天我们去哈佛大学的赠书和座谈，要忙到凌晨三四点钟才睡。那正是我在楼上豪华卧室里辗转反侧的时候，忽听一阵轰轰隆隆的怪声传来。我的神经原本就够紧张的了，人一紧张对这种奇怪的声音不往好处想，于是翻身下床。好在楼上楼下都铺着地毯，我打赤脚悄没声地循声找去，找来找去，找到了楼下的客厅，原来是冰凌先生的鼾声。这鼾声还是真有点特色，粗细不定，起伏不定，全无抑扬顿挫的规律可循，只是一串串、一阵阵、一嘟噜一挂地从他那雄威体魄里扭结不畅地喷发出来，其鸣响浑厚沉闷，却又极具穿透力。

说也奇怪，见到他那副无节制的大无畏的睡态，我全身心立刻放松了。我们是这家的外人，他也是外人，而且是在他过去的老板家里，竟能睡得这般坦然大方，毫无障碍，我又何虞之有？

回到自己房间，在冰凌鼾声的催促下很快就觉得眼皮沉重，渐渐进入睡乡。

此后的十来天里，冰凌先生一直跟我们同吃、同住、同行，这有助于缓解我们的拘束不安。特别是他的鼾声，简直是大家公认的一种不可没有的景观，每到夜深，大家说该睡觉了，他动手在楼下的客厅里铺被褥，我开始上楼，还没有等我走到房间，他的鼾声已经追上了我。听着他惊天动地的呼噜声，我作客他乡有了一种安全感。他这位全美中国作家联谊会的头头儿，带头把沈氏夫妇的家当成了自己的家，我们又何必见外呢？

冰凌不仅在该睡的时候睡得快，在绝对不该睡的时候也睡得快。他在高速公路上开着车也常常会闭上眼睛打个盹儿。他写过一篇妙趣横生的小说叫《车轮滚滚》，有位留学生告诉我那写的就是他自己的生活。他刚来美国不久，花几百美元买了一辆汽车，兴高采烈地拉上一帮同学去兜风，他不敢开快，那老爷车也开不快，大家一路说说笑笑，高歌慢进，冰凌突然看见自己的车头前面有一只汽车轱辘在滚动，他大叫：快看哪，真是奇迹，马路上凭空跑轱辘，我们今天可以白捡一只轱辘……他的话还没有说完，自己的车趴在路上不动了。原来那只轱辘就是从他的车轴上飞出去的。怎么样？他自己就是个小说人物，能不叫人喜欢吗？

在沈世光夫妇的家里住过几天以后，再想让我们搬出去我们却不愿意了。在纽约活动期间，有位在华尔街美国奥本海默基金公司任副总裁兼基金经理的朋友，就想安排我住在纽约，活动方便，走的时候也方便。我毫不犹豫地谢绝了，宁愿连夜坐两个半小时的车赶回"作家之家",哪怕第二天再跑同样的路程回纽约,当时那种无论如何也要回去住的情状,真有点像回自己家的感觉。不管多么豪华的宾馆也不如回到家里舒服自在。

出门在外三件大事:食、住、行。前面说过了,扎西达娃热衷西餐,希望能顿顿有面包火腿、牛奶咖啡。我虽然能够忍受西餐,如果有条件当然还是喜欢多吃中餐,尤其希望早晨能有一碗热乎乎的糯粥、小菜,或面汤、馒头、包子之类的东西。我们团里还有的爱吃辣,有的爱吃甜……俗话说众口难调。但有一个地方就好调,那就是在家里。每个人在自己的家里都不会拗着自己的口味。在"作家之家"里,这一切也不成问题。主人是开日式餐馆的,却把家里装配得够开一个中餐馆和一个西餐馆,不论谁,只要提出想吃的东西,家里就有,没有的很快就可以买回来。食物配备齐全,如果沈氏夫妇顿顿都把饭菜做好了请我们入席,那就嫌太客气,难免显得生分,那样我们就永远也不会把他们的家当成自己的家。他们夫妇还要兼顾餐馆的业务,餐馆每天上午 11 点钟开门,晚上 11 点钟打烊,他们很忙,每天睡得很晚。于是就把家交给了我们:反正这是你们的家,我们不把你们当外人,你们如果还不把这儿当家,那就是你们的事了。

吕坤有言:"诚则无心,无心则无迹,无迹则人不疑,即疑,久将自消。"沈氏夫妇的诚挚,是心的开放,心的接纳,坦怀待人,表不隐里,明暗同度。作家是观察人体味人吃感觉饭的,纵有千篇著述靠的无非是一个"诚"字,求的也是一个"诚"字。阮籍曾感叹过:"人知结交易,交友诚独难。"作家一旦感到了对方的诚意,又极容易被感动,被感动之后又容易见面熟,不拿自己当外人。我和扎西达娃喜欢动口不动手，吃现成的。我们团里的另外两名成员，是贤淑的女性，喜欢动手不动口或少动口，下厨的事就由她们包了。再加上冰凌，他虽然睡得快，但睡得深，睡得少，每当早晨我一下楼，他已经早就起来了，先让我喝一大杯纯果汁，说是清理肠胃，而且已经把糯粥熬好，他为自己和我找的那两只盛粥的大碗就如同河北农民用的大海碗。不管主人在不在家，都由着这几个作家折腾，再若说"作家之家"不是家就太没有心了！

在那些天里如果有个生人走进来，很有可能会把沈氏夫妇当成这座房子的客人。常常在我们吃到一半或快吃完的时候，他们回来了，有说有笑地跟着大家一块儿吃一点。我们在外面活动，如果嫌专为我们安排的饭不好，就跑回家来吃。在外面没有吃饱，回到家再补足。

这简直就是中国老百姓所说的"吃大户"！

作家的生活是散漫的，甚至是古里古怪的。扎西达娃是夜猫子，每天晚上在沈先生的家庭影院里尽情享受各种好莱坞大片，或者是跟美国的朋友通电话，不折腾到凌晨三四点钟不睡觉。我由于在国内每天早晨游泳，所以不管睡得多晚，早晨五六点钟必醒，要起来跑步，练力量，室内室外地穷折腾。实在也是因为这儿的自然环境太美了，沈先生的小楼离高速公路不足 200 米，有专线通到他的车库，却仿佛坐落在原始林区。房子四周是碧绿的草地，每到清晨，草尖上就顶着一层晶亮的露珠，草地外面是野树林，有高可参天的橡树，也有一片片一蓬蓬已经开始转为深红的枫树，林子中间有一深沟，沟底流淌着一条小溪……我第一天看见这景色就想到了梭罗的《瓦尔登湖》。早晨走在这样的林子里，真感到空气是甜的，带着一种湿润的植物气息。

天空高蓝，有时日、月、星，"天之三曜"同悬一天。我既然有幸住在这儿，倘若不充分利用时间享受这份美，岂不是辜负了大自然的厚赐？常年住在大城市里，满眼乌沉沉，见楼容易见天难，见灰容易见绿难，见小绿容易见大绿难，见树容易见林难……这能怪我每天早早地起来出去活动吗？

这样一来，沈先生的家里一天能安静几个小时呢？想想吧，把自己一个好好的家当成"作家之家"，实在不是一件容易的事。假如不是相互视为家人，怎么能忍受得了这种折腾？将心比心，我们差不多都有过这样的经历：突然有外地的亲戚住到家里来了，你是什么感觉？

何况，我们这几个人对于沈氏夫妇来说是素昧平生的陌生人，他们怎么会有这般明朗的心地和坦阔的容量？既没有丝毫厌烦，也没有意识到自己是在做好事的那种感觉，"友朋验交际，无谄也无傲"，让人感到随意而宽松。这是装不出来的，也无法用意志来克制，只能是性格使然，天生的心地宽厚。因为没有人强迫他们这样做。

再说"行"，只要我们有活动，沈氏夫妇就全力以赴，必有一人为我们驾车，有时我们要兵分两路，他们就放弃餐馆的业务，一人开一辆车拉着我们到处跑。还有冰凌为接待我们特意买了一辆七个座位的面包车，对作家来说这甚至可以说是有点奢侈，有点浪费了。由于他们在做这一切的时候不是刻意而为，自自然然，仿佛是顺理成章的事，这就减轻了我们的心理负担，我

岁月侵人不留痕

们谈得很多，谈得很深，我也有条件仔细地观察他们的生活……

和中国人相比他们是富裕的，在美国他们也算是"中产阶级"，他们的生活却非常干净，甚至称得上是单纯，这一点也许会出乎许多中国人的想象。美国是"中产阶级强大的国家"，富翁是少数，穷人也是少数，中间的人最多，这批人被称为"有理性的大多数"。据美籍学者董鼎山在一篇谈美国"中产阶级"的文章里引用的数字，在美国要维持真正中产阶级的生活，"每年非有九万、十万美元的收入不可"，折合成人民币就是八九十万元。"勤俭的移民家庭，也需要三四万美元的收益。"

沈氏夫妇应该说是成功的老板了，过的也可以算是典型的"中产阶级"生活。他们每天晚上12点钟之前回到家，看看报纸和电视新闻，第二天八九点钟起床，10点钟出发去餐馆。没有节假日，一年中有一两次到印第安人保护区或大西洋城娱乐一下，平时的朋友聚会大都是两个或两个以上的家庭聚会，多是夫妻出双入对，看上去和美、体面。美国社会学家西伦·沃尔夫出版了1998年的调查报告《毕竟还是一致的国家——美国中产阶级对神、国家、家庭、种族偏见、福利、移民、同性恋、工作、右派、左派以及相互间的真正看法》，其结论是："美国中产阶级大部分对家庭价值与社会的看法相似，他们生活有节制，信仰坚定，行为不失检点，同时也保持自己个别的特性。"

就在纽约的一次聚会上，一位华裔的文学中人宣称，人都是自私的，人跟人的关系都是功利的。他发出这样的感慨不是没有根据的，当今世界几乎没有无功利色彩的社交和聚会了，在这种场合你无须打听，只要静静地观察，就能看出谁是做东的，谁是受请的……世上似乎没有人是愿意白花钱的，有钱的或花了钱的人，那种经过巧饰的得意和傲慢，那种居高临下的挥洒自如，侃侃而谈，都让你感到求人的和被求者、施与者和接受布施者心里的暗昧。

沈世光、凌文璧夫妇年纪不过 40 岁上下，我不知道他们是怎样修持的？沈先生直而不激，诚而不浅，有一种可信赖的成熟。他的夫人，清澈洁净，充满灵性，心如晴空朗日，活力充沛。他们都已经无须任何奢华的伪饰，有着一种极为朴素的生活姿态。唯其朴素，所以自然；因为自然，所以自由。他们不像是被吃的"大户"，倒更像是我们中的一员，甚至没有主人的矜持。越是朴素自然，越显出生命的本真状态的健康和强大。

质朴是一种高贵，唯自然才越显出品格的真价值。在商品社会里能结交像沈氏夫妻这样的人，就越发难能可贵。我想问的是，为什么在美国这样一个最发达的商品社会，自重的人竟能洁身自好呢？

我们在异国他乡体验到了无功利、纯友情的愉快，我想沈氏夫妇也感受到了这种轻松。大家都可以面对面地望着眼睛说话。尽管以前不相识，今后也未必还能再相见，却很快由生变熟，由熟而近，近而诚，诚而深。与人以虚，虽近而远。以诚交深，虽远也近。哪怕是拙诚，也远胜过巧伪千百倍。而巧伪是很累人的……

谁都有过外出的体验，即所谓"在家千般好，出门一朝难"。如果出门在外没有感到难，甚至也是"千般好"，自然就会把外边当成家。我们飞渡重洋，能在异国他乡找到了家的感觉，皆因遇到了像家一样的人。家人家人，家是人，只有人才是人的家。中国人把结婚叫作"成家"，就足以说明有人才算有了家。因为有了沈世光夫妇，在美国才有了"中国作家之家"。还是因为有了这一对夫妇，这个不是"官办"的"作家之家"倒真的像个家了。

其实，生活在商品社会的人们尤其需要真挚的友情。如果说"钱可以使鬼推磨"，热诚则可以感动神，这能温暖和滋润人的精神，能净化和升华人的性灵。在人的灵魂日益沙漠化的今天，能够被朋友感动，享受朋友，实在是人生的大幸事、大乐事。结识了沈世光夫妇和冰凌，成为我这次美国之行最重要的收获，与此相比其他的都无足轻重。这话也许说得有点极端了，与我这样的年纪不相称，但我不想修正自己的话。这样说最能表达我真实的感受。人生感意气，结交在相知。"丈夫重知己，万里同一乡"，男人感动男人，是地震式的感动。

我们相聚的时间很短，相交却很深。我确信在美国的麦迪逊市有个地方是我可以当作家的，任何时候我去了都会受到家人般的对待。我渴望再见到他们，更希望能在我的家里像对待家人一样地接待他们。

不掩藏自己的疯狂

——追祭艾伦·金斯伯格

　　一晚辈自恃英语已学得相当可以了，突然闯到我这里来，想找点"有意思的原版书"看看。我有两条理由可以回绝他：一、我的存书历来不外借，这一条看来对他不管用，"他"自认为不属于"外"。我也不好就非说他不是"内"。头一条不行还有第二条：我不懂英文，也不收藏英文的原版书，书架上的外文原版书均是国外朋友送的，对年轻人来说恐怕谈不上"有意思"……我的话还没有说完，他已经从书柜的里层掏出了艾伦·金斯伯格（Allen Ginsberg）的诗集《嚎叫》，嘻嘻叫喊着，这本就很有意思。旋即溜了出去。

　　我情不自禁地重复着孩子的话，现在的年轻人对自己老祖宗留下的经典也未见得会有这般热情，却对一个美国颓废派诗人这么感兴趣？这的确是有意思。从这个现象联想到金斯伯格这个人和诗，都是非常有意思的。我起身关上书房的门，找出艾伦送给我的磁带放进播放机，房间里即刻充满了一种强有力的乐声，浑厚、粗嘎、饱含沧桑……艾伦已经去世一年多了，还没有写一点纪念他的文字，现在听着他的歌声，心里格外怀念他，跟他相识的一些细节像电影镜头般的一个个闪现出来。

1982 年 10 月，第一次中美作家会议在洛杉矶加州大学一个小礼堂里举行，台下坐着自愿来旁听的观众，台上交叉坐着八位中国作家和八位美国作家。艾伦坐在我旁边，中等身材，略胖，但不臃肿，有个格外引人注目的大脑袋，光光的头顶四周长着一圈灰白色的卷发，和浓密的灰白卷须连成一气，蓬蓬勃勃。他的眼睛大而明亮，有一双年轻人的眸子，喜欢凝聚起目光看人。给我的印象极为深刻。开幕式上每个作家可以讲五分钟，在这五分钟里要介绍自己的文学经历、对文学的贡献以及对美国的认识。出于好奇，借助从联合国请来的同声翻译我几乎记录了每个人的发言。

　　艾伦的发言最有趣，用宣言式的口吻上来先宣布："我爱男人不爱女人。诗人的语言不应该分为公开的话和私下的话，我有25 年没有打领带了，为了参加这次美中作家会议，我认真地打上了领带。主观是唯一的事实，我们身体内外六个感官感觉到的东西才是诗。而细节只能是散文的内容。没有空洞的思想，眼睛是可以把所有事物改变的，写诗就像统治国家一样，不要把疯狂掩藏起来！诗——不是人创造出来的客观事物，它是一种精神的变化过程，是一种启发，是人的完整叙述，是自我预言……"

　　我不会写诗，又不懂美国，他的话让我感到新奇精致，别有深意，同时又有些云山雾罩，不知所云。待接触多了，又读了一些关于他的背景资料，就越发地尊敬甚至喜欢上了这个人。无论去哪里他都带着个小手风琴，喜欢喝茅台酒，酒量又不是很大，只要喝上一两杯就进入微醺状态，开始自拉自唱，率直可爱。

　　金斯伯格曾做过各种各样的工作：油船上的厨师、电焊工、洗碟子工和夜间搬运工。以后从纽约迁居到旧金山，据称旧金山吸引他的是"波希米亚—佛教—国际产业工人联合会—神秘—无政府主义等光荣传统"。他在这里结识了加里·斯奈德等一批活跃的美国诗人。当时正值美国的经济不够景气，群众厌战、反战的情绪很强烈，尤其在青年当中，酝酿着一股强烈的对现实不满的浪潮。就在这时候，金斯伯格的成名作《嚎叫》问世，它表达了群众对社会不满的呼声，尤其强烈地表达了青年人精神上的不满，立刻引起轰动。金斯伯格开始到群众集会上、到大学里去朗诵自己的诗作，这样的集会少则几十人、几百人，多至几万人。他的朗诵常常是先从念佛经开始，继而背诵或朗读自己的诗，到了高潮青年们把他抬起来，一起欢呼，高声把他称为"父亲"！有人将他的朗诵和歌声录下来，到处播放，渐渐地他便成了美国"垮掉的一代的父亲"。人们把他第一次朗诵《嚎叫》的那个晚上称为"垮掉的一代诞生时的阵痛"……

　　有一天晚上他带我去一个当地的青年俱乐部，亲身感受到了青年们对他的热爱，周围一片欢呼，还专门为他举行一个欢迎仪式。有人告诉我，是金斯伯格让诗从书本上走出来，走到了美国公众的舞台上，把诗变成一种朗诵的艺术。他不仅在国内朗诵，还到过世界许多国家朗诵诗歌、追寻宗教。他跟我讲，不是所有的国家都欢迎他，古巴就曾把他"驱逐出境"，还有的国家拘留过他。他表示很想到中国来。我告诉他，你如果到天津，我可组织一个诗歌朗诵会，相信你一定会受到欢迎和友好的接待。这样一位浪迹天涯的诗人，心却非常年轻，对生活总是这么坦率、真诚，浓郁的诗人气质并不随境遇而变。那一年，他已经出版了

14 部诗集，14 部散文集，创作了 6 部摄影集，参加过 5 部影片的演出。

1984 年，艾伦·金斯伯格作为美国作家代表团的成员，来北京参加第二次中美作家会议，下榻在竹园宾馆。他喜欢宾馆里迷阵一样的庭院，小巧玲珑，整洁幽美。一有时间就要求我带他去逛大街，还希望能看看北京的青年俱乐部。我请教了许多人，也没有找到一家艾伦心目中的那种青年俱乐部。第二次中美作家会议要共同讨论的题目是"作家创作的源泉"。金斯伯格的发言排得很靠前，中方的会议主席冯牧先生致开幕词之后，就轮到了他。他仍然用固有的坦直语气令与会者耳目一新："我写诗，是因为我把自己的思想看作是外部世界的一部分。我写诗，是因为我的思想在不同的思路上徘徊，一会儿在纽约，一会儿在泰山……我写诗，是因为我终究是要死的，我正在受罪，其他人也在受罪。我写诗，是因为我的愤怒和贪婪是无限的。我写诗，是因为我想和惠特曼谈谈……我写诗，是因为人除了躯壳，没有思想。我写诗，是因为我不喜欢里根、尼克松、基辛格……我写诗，是因为我充满了矛盾，我和自己矛盾吗？那么好吧，就矛盾一下吧！我写诗，是因为我很大，包括了万事万物……"

你可以不同意他的观点，却不能不承认他独特的想象力。在某种意义上说，他整个人就是诗，因此有着很特别的感染力。有一天金斯伯格拿着一本中文的《美国文学丛书》找到我，上面翻译了他的诗《嚎叫》。对我说："我的全部诗集加在一起所得的报酬，相当于美国一个小学教员一年的收入，因此我是很穷的，主要靠朗诵挣钱。我想在中国多旅游一段时间，但带的钱不多，你能不能让这家杂志付给我稿酬？"

　　金斯伯格并不因为来到中国就变得虚伪些，就故意装假，他提出这样的要求是正当的，合情合理的。我向他解释："我们的稿酬比你们的还要低，每二十行诗算一千字，按最高标准给 30 元，你这首《嚎叫》顶多拿 150 元钱，靠这点钱在中国旅游恐怕不够。我有个建议，你向你的团长提，我向我的团长提，请你到天津讲学，可以讲自己的思想，自己的故事，朗诵自己的诗，也可以边拉边唱……我会以讲课费的形式给你一些补偿，让你足够在中国旅游的。"这个建议最终未能实现，美国作家团在中国的全部活动早已经安排好，金斯伯格必须随团集体活动。我是怀着一种无奈跟他道别的，他却信心十足，表示一定要单独再来中国，那时一定会去天津。

　　我认为这对一个美国人来说不是难事，可是一等不来，二等不来，等来等去等到了他仙逝的消息……

权威的随和

如果说我跟文学有缘，其实不如说我跟文学界的一些老作家、编辑和朋友有缘。

在我的创作经历中，有一些人是我永远不会忘记的。荒煤就是其中的一位。我将陆续写出他们对我的帮助和影响。借庆祝荒煤文艺生涯六十年，便先写出这篇《权威的随和》作为开篇。

1975 年第四届全国人民代表大会开过以后，又召开了全国钢铁座谈会和机械行业学大庆大会。我当时以天津重机厂锻压车间主任的身份参加了后一个会议，为一批老干部在危难之中还奋力抓生产的精神所感动。他们的生活和当时的文艺创作模式相比是那样新鲜，那样壮阔感人。会后我便写了短篇小说《机电局长的一天》，在 1976 年复刊后的《人民文学》第一期上发表。当时《人民文学》的编辑周明告诉我，叶圣陶、张光年、陈荒煤等老同志，看了我的小说很高兴，甚至很感动。

对一个工厂的业余作者来说，这个消息的分量是很重的。我不管他们是否被"解放"了，他们是文学界的权威——这一点任何人、任何时候都否定不了。我的小说获得了他们的认可，就是获得了文学的认可。

没有多久，随着"反击右倾翻案风"运动的高涨，《机电局长的一天》成了大毒草，要在全国范围内批倒批臭。周明告诉我，在给老先生们送第二期刊物的时候，有的老先生还问，这一期还有没有"局长"那样的小说？我的日子已经很不好过了，听了这话感到一股温暖。当时的文化部负责人于会泳，在一次会上说，一些死不悔改的反动权威对《机电局长的一天》表示赞赏，难道还不说明这篇小说有问题吗？

我跟文学的缘分是不打不成交的。

四年后我的又一篇小说《乔厂长上任记》在天津引起激烈争议，《天津日报》发表了14块版的批评文章。当时我跟文艺界几乎没有联系，批评我的人我不认识，支持我的人中有许多我也不认识。我原来所想象的文学的神圣感彻底消失了，又一次感受到了文坛的险恶。

北京却是另外一种气候，专门为我的小说召开了讨论会。在会上我第一次见到了荒煤，活脱脱一个寿星老，异常随和。许多人当面或背后都直呼他"荒煤"——有些人是他的同辈，有些人则比他年轻得多，他都答应得很自然，很干脆。这自自然然的两个字带着尊敬和亲切。一个60多岁的人能被人这样称呼，有这样的人缘儿，真是福气！

我读他的文章，击水中流，踔厉风发，语锋犀利。但他的人更像他的散文，宽厚、慈和，有大家气派的人情味。

想不到由于荒煤公开说了赞扬我的小说的话，竟激怒了当时天津市委文教书记，这位书记在一次会议上说，北京的冯牧，还有个叫陈煤荒的人支持蒋子龙……引得哄堂大笑，一时作为奇闻传遍文艺界。他又要批评文学，对文学却又表现得惊人的陌生。

为了我的一篇作品，使亲切近人的荒煤，在大庭广众被人呼为"陈煤荒"，这是一种亵渎，对作家和文学的亵渎。我为此怀着深深的歉意，觉得牵累了荒煤。

1979年，中国青年出版社要出版我的第一本小说集，编辑王玉璋请荒煤作序。荒煤一口答应，并认真地看了全部书稿，有些细节和疑问并请王玉璋打长途电话向我核实。这份权威的严肃和认真，不只让我感动一时，还让我永远记住了。以后也有些朋友请我为他们的书写序，从不敢草率应付。除非不答应，既答应就按照规矩干——这是我从荒煤身上学到的。

我以前在学，今后还会继续学的是他身上那份平静自信的随和，几乎是有求必应。

天津的作家们想请他去讲课，他不推辞。天津一批企业家也很想见见大名鼎鼎的荒煤、冯牧，这两个名字在天津格外有人缘儿。我派人来请，一请就到。因为天津作协没有好车，我想请企业出车，有七家企业争着出车。因为谁出车接的谁就有权接待，就可以把两位老作家拉到他的企业去参观、去炫耀一番。那是一次全市性的企业家的重要聚会，我真想组成一个车队去接荒煤和冯牧。却又担心他们不高兴，倘再给他们惹出点麻烦也不值得。最后规规矩矩地只派了一辆车。

这次我进京参加"荒煤文艺生涯六十年研讨会"，有十几位得到消息的企业家托我向荒煤祝贺，并希望当荒煤庆贺文艺生涯六十五年、七十年、八十年的时候，也通知他们一声，由他们负担费用。

他们是真诚的。

一个作家能获得社会广泛的真诚是难得的，是值得欣慰的。

经历几个时代，度过六十年文艺生涯，实在值得大庆特庆。既有才华又有福气，可喜可贺！

我祝愿荒煤老幸福长寿。

也祝愿中国文坛多有几个像荒煤老这样的福将，使中国文艺界多一份随和，多一些祥瑞之气。

第三辑

得失在心

质朴是文学最可宝贵的品格。

第一篇小说

《北京青年报》的编辑诙谐地给我出了上面这个题目，我却觉得很有意思，想认真地回答这个题目。人活一世该有多少个"第一"？第一次学走路，第一次学说话，第一次坐进课堂，第一次走进工厂，第一次扣动扳机，第一次拿起笔……有了第一，才有第一百，第一万；有了尝试，才有成功和失败。不论成功和失败，"第一"还是值得珍惜的。

60 年代初，我在海军里当制图员。部队上的大练兵、大比武搞得热火朝天，士气昂扬。有两件事格外引起人们的关注，一件是帝国主义不断侵犯我们的领空和领海，我国政府一次又一次地向敌人提出严正警告；另一件事是敌人经常向我们祖国大陆上空派遣高空侦察机。这两件事都和我们海军有关，我们比别人更加焦急和愤怒。陆军老大哥打下了敌人的 U2 高空侦察机，空军兄弟打下了敌人的无人驾驶高空侦察机。陆海空，海军身为老二，却掉在了最后面。

机会终于来了。夏天的一个午后，某基地接到了情报，敌人的无人驾驶高空侦察机要来骚扰。但是，天不作美，空气潮漉漉，天空乌沉沉，眼看一场暴雨就要来临。而下大雨又会影响我们战斗机的起飞和空战。司令员叫设立在海岛上的海军某气象站提供准确的气象预报。这个气象站是连续三年的"四好单位"，平时预报气象很准确，这时候中尉站长可慌神了。他已经测出了准确的数字，两个小时之内不会下雨，可他不敢相信自己，不敢向司令员报告，关系重大呀！如果说没有雨，飞机起飞后下起雨来，出了事故谁负得起责任？倘若说有雨，飞机不起飞，错过战机，那责任就更大。时间一分一分地溜过去，两个小时、一个小时，还剩下最后半个小时了！司令员着急了："你能不能保证在半小时之内不下雨？"气象站长不敢保证。还剩下最后十分钟了，越到最后越紧张，敌机马上就要来了，雨也许立刻就会泼下来，中尉站长连说话的力气都吓没了。司令员当机立断撤掉了他的职务，怒不可遏地自己下令起飞，从开炮到敌机坠毁还没用十秒钟。

这件事给我的震动极大，那个站长只讲花架子，平时千好万好，临到战时却耽误大事，练兵的目的应该为实战。我突然涌起一股冲动，想写点东西。在这以前我只发表过散文和通讯，写的都是真人真事。这件事牵涉到许多保密的东西，不能直截了当地表现事情的内幕。于是，我决定写小说。小说可以概括集中，以假当真，以真当假，只要虚构得像真的一样就行。一打算写小说，我认识的其他一些性格突出的人物也全在我脑子里活起来了，仿佛是催着我快给他们登记，叫着喊着要出生。我也憋得难受，就是没有时间写。

好不容易盼到星期六，吃完晚饭我就躲到三楼楼梯拐角处一个文艺宣传队放乐器的小暗室里，一口气干到深夜两点钟，草稿写完了，心里非常兴奋。偷偷地回到宿舍，躺到床上之后还迷迷糊糊地似睡非睡，老是想着自己小说里的人物和对话，特别是有那么几句自己很得意的话，在心里翻来覆去念叨个没完。

下一个星期六的晚上，连抄清带修改，又干了一个通宵，稿子算完成了。偷偷地拿给一个战友看，他是甘肃人，看过稿子以后鼓励我寄给《甘肃文艺》，我照办了，一个多月以后登了出来。这就是我的第一篇小说——《新站长》。

寻找王家达

　　每个作家都不会忘记自己的编辑，尤其是发表他不会忘记的作品的编辑。比如，我不会忘记自己的第一篇小说，不论它多么幼稚可笑，抑或多么单纯可爱，它毕竟是我小说创作的开端。

　　因此我就永远不会忘记发表它的刊物和编辑，曾为此写过文章，在不同的场合都有不同的人问起过关于我的第一篇小说的情况，我也就多次讲到这件事——刊物是《甘肃文艺》，编辑则不知是谁。

　　那个年代的刊物上是不署编辑的名字的。当时我对任何一个杂志的编辑部都充满了神秘的敬意，是不敢去信打问编辑情况的，以免被误会。

　　后来经历了"文化大革命"，文学杂志纷纷停刊，十年后又纷纷复刊，或沿用老刊名，或改成新名号。一场场运动，一个个事件，聚散离合，倏忽近三十年过去了。

　　近三十年来我并未忘记那位不知名的编辑，也没有消失对他的敬意、谢意，还有好奇……

　　当时我在渤海湾的边上当海军制图员，中国的大海算是见识过了，很想有机会再游历一番中国的大山大河，因此便格外向往西部，写出第一篇小说就想投给西部的刊物。选中《甘肃文艺》是因为喜欢它的开本，大 32 开，像本书，感到很新颖。还有一个原因，我是搞图的，从地图上看兰州又是中国的中心。我不知道那位编辑为什么在许多来稿中相中了我的小说，我向往西部是因为我年轻、浪漫，没去过西部。他见过大海吗？他喜欢我小说里所表现的海军生活吗？他多大年纪……不知为什么我从来没想过这个编辑会不是男的，而且毫无根据地觉得他可能是位老先生。

我决定复员前，瞒着部队和天津军人安置办公室，想到新疆天山勘测大队当测绘员——这是我的专长。路过兰州的时候顺便可以拜见一下那位编辑。不想下车后天未亮，躺在候车室的长凳子上睡着了。直到小偷脱我的鞋才被惊醒，待我坐起来，一只胶鞋已被偷走，另一只脱了一半儿。我身着海军军装，赤着一只脚找到派出所，派出所把我送到兰州军人安置办公室。办公室的人看了我的证件（很庆幸放证件的挎包睡觉的时候套在肩上枕在头下，否则小偷偷包应该比偷脚上的鞋更方便，那我就惨了），给北京海军司令部打了电话，不知从哪里弄来一双又旧又脏的绿胶鞋让我将就着穿上，然后送我上了回北京的火车。海司的一位参谋到北京站接我，对我好一顿批评，将我又送回天津。我的"西征"宣告彻底失败，那位编辑也未见到。

此后再也没有机会去兰州了。对那位编辑的感谢和好奇，变成一个温暖的悬念留在心里。

直到 1993 年 8 月 10 日，我参加敦煌笔会必须先到兰州。在我到达兰州的当天下午，甘肃省文联的一位副主席提着刚从他自家院子里剪下来的新鲜葡萄来宾馆看我们，在交谈中才知道他就是我寻找了近三十年的那位编辑——王家达。

他比我想象的要年轻得多。说话带西部口音，这淳朴的给人以历史感的语调又传达出他身上的现代文化气息，一个典型的到外面上完大学又回到家乡的文人——打住！我这种感觉很可能是受了他小说的影响——我读过他的一些作品，大都是第一人称。小说中的"我"就是一个学成归来的西部人。

早知道我的编辑是王家达，早就给他写信了！大有相见恨晚之意——阴错阳差推迟了近三十年才见面，实在也是够晚的了！他不再当编辑，是甘肃省作协的专业作家。倘若自己的责任编辑是老夫子，终生为别人做嫁衣裳固然可敬可佩；当发觉自己的责任编辑是位有特色的小说家，也很不错。

家达先生的小说正是有一种浓郁的西部韵味。高原天风，黄河水浪，伴着"花儿"婉转的高音，迎面扑来。西部景色的雄阔奇崛，黄河放筏的惊心骇目，筏子客命运的苍凉郁勃，男人的豪健狂野，女人的妖媚刚烈，情与义，血与欲，编织成一个个富有传奇色彩和野趣的故事。

作者是讲故事的高手，浪漫于西部风情的强大魅力之中，追求一种朴素，一种酣畅，一种原始，一种本质。偶尔投以现代意识的辉光，以期折射出人性的美。

读他的小说仿佛听一个现代知识分子哼着渺远的乡调，间或停下来讲一段他家乡古老永恒的爱情传说。唱一段，讲一段。色彩明艳，意境曼妙，情调悱恻动人。这是一种民歌体的小说，字里行间能飞出一种极富感染力的旋律，这旋律带着浓烈的西北情调，充满意象和活趣。我在读完《清凌凌的黄河水》之后，一个人情不自禁地哼了起来，越哼声调越高，最后甚至恨不得放开嗓子任意拔高、喊叫。但这不是瞎唱，不是瞎喊，绝对是西北的民歌调，有点像"花儿"。然而我从来没有唱过"花儿"。不知为什么突然找到了那种感觉，找到了"花儿"的腔调，只是没有词。我当时没有多想，只以为是一时的音乐灵感，一个喜欢音乐的人偶尔爆出一点音乐火花何足为奇。几天后我再想哼哼"花儿"，却无论如何也找不着调儿了。到读完家达先生的《血河》，这种音乐灵感又出现了！真是奇了，他的小说里仿佛藏着一部乐谱……

这就是他的小说里那种西部特色的强大感染力，而西部情调是离不开音乐的。

我也许先是被这西部情调迷住，然后再进入他的故事的；也许我原本就有"西部情结"，再加上家达先生曾做过我的编辑，读他的小说自然感受就更多些。

但西部文化的强大魅力是毋庸置疑的。

我刚从西部归来，"西部情结"不仅没有消失，反而更向往和敬重西部了：西部的风情，西部人的淳朴和善良……

长篇是缘

——重印《人气》前言

50 年代初，我从农村考到天津来上中学，住在哥哥借来的一间"篱笆灯"式的小平房里，那间小屋给我的感觉是除了能挡风和遮露水，没有任何安全感可言。惹急了一脚就能踹个窟窿，甚至连声音都挡不住，或许还能从里向外扩音。

无论我在屋子里做什么，比如说了什么话，哼了什么歌，哪个同学来找过我，乃至夜里起来几次……左邻右舍无不一清二楚，洞若观火。旁边就是我一个同学的家，他经常拿我夜里的活动取笑：昨天晚上你又说梦话了不是？白天你就不能少喝点水，昨儿个夜里起来一趟又一趟，搅得我妈妈一宿没怎么睡！

原来我那位同学的母亲神经衰弱，晚上关了灯就专听着我的动静。当时我正是生龙活虎的年龄，一间小屋子哪够我折腾的，于是就成了她老人家的"好莱坞"。

从那时起，我就体会到在城市里没有安全感，随时都有"小打听""小报告"……

当时我的许多同学都住在这样的平房里，分布在天津西站附近：西域庄、邵公庄、同福庄、西北角……我刚到天津的时候还好生奇怪，这大都市里的地名怎么跟农村一个样，不是这个庄，就是那个角？其实这些地方并不是市郊，而在市区内。

我对城市的同情也是从那个时候开始的。城市里有着繁华的大街、堂皇的商店和大电影院，然而城里人却住在与他们说话的神态和穿着打扮很不相称的地方，说实话还不如他们鄙视的农村人的牲口棚宽敞。

刚开学的时候，天津市的学生往往都瞧不起从农村来的学生，他们根据我说话的口音给我起外号，"小侉子""小沧州"等。我在他们面前却有自己的骄傲，一是入学的考分比他们高，这是老师在开学第一天指派班干部时讲的，因为我的考分最高才让我当班长。另外就是我在老家住的房子比他们好，这就是农村的优势，他们城里的学生又怎么会知道。

就说我们家，有前后两个院子，光是正房就有十几间，高房大炕，随你怎么折腾都要把得开。即便是放粮食、堆柴火、养牲口以及磨面的南房，都比我现在住的这间小破屋强多了。难怪农村学生的考分普遍都比城里的学生高，城里人住在这样的破房子里，你听我的墙根儿，我扒你的窗户眼儿，心里能清静得了吗？心里不清静又哪来的健康心理？

难怪城里人的心眼儿都曲里拐弯的花活那么多，是是非非也特别多。听说谦德庄有条胡同，住着不足百户人家，却有20多个在精神和智力上有缺陷的人：疯子、傻子、抽羊角风的、得撞客的……人的变异，在一定程度上跟居住条件有关系。

当我正年轻、敏感、记忆力最强的时候，却在那间小平房里一住就是三年，给我留下的记忆太深刻了。只有在放寒暑假的时候才能回到农村老家，于是每学期从一开学就盼着放假，放假了则希望永不开学。经常想家就会经常在梦中回家，久而久之竟养成了一个做梦还乡的习惯。不想这个习惯一直陪伴了我大半生，至今我做梦最容易梦到的还是家乡的事情，极少会梦见城里的景象。除非是做噩梦，故事才会发生在城市里。

我想这就是当年住"篱笆灯"的后遗症。但，对个中的缘由却想不透彻。因此，关于那段住平房的生活，我一直封存着没有使用。

一晃40多年过去了，我看到了城市里大面积的平房改造，要拆掉的大片大片的棚户区，正是当年我住过的那种"篱笆灯"。想不到我的感受竟是那么强烈，外部刺激和内心积存的东西相呼应，勾起了对过去住平房的回忆，结合长期以来对城市和城市人的思考，找到了一个使自己迷恋的故事……这就是《人气》。

居住着近百万城市最底层居民的一个个平房区，像一摊摊膏药贴在城市的各个部位上。你不揭它，虽然难看，有时还会难受，由于时间太长了大家就都能忍受，见怪不怪的也都能看得下去。一旦揭下这一贴贴的老膏药，便露出了发炎、发黑、肿胀变形甚至还在流脓流血的地方。一片片几万、几十万平方米的平房，住着人的时候再难看也还是房子，一旦人搬走，偌大的一片住宅区立刻就不再像房子了……这让我无比惊奇：到底是房子护着人，还是人护着房子？

明明是人需要遮风蔽雨才搭建了这些"篱笆灯"，可是人气一散，房子不拆自毁，变成一个个巨大而阴森的垃圾场。这似乎是在证明，人需要房子，但房子更需要人。

人气，人气。我们在生活中，能一场场地度过许多灾难，原来是靠磅礴的人气在支撑。恰恰正是棚户区这些人的生存状态、生存勇气和韧劲儿让我感动，让我看到了最普通人的生命的壮阔和悲怆。

就在那一刻，我获得了一种内在的激情，给自己的小说定名为《人气》。

《人气》，是一种生命的旋律。

我想写一部属于现实、属于生活的小说。实实在在地写点实实在在的东西，有真切可感的情节，有别于当下流行的"软性小说"。倘若虚虚乎乎地编织一些男人和女人的流行故事，恐怕撑不起这样的题材。

这就需以诚恳的态度进入生活，我自己首先要被说服。写作需要想象力，也需要判断力，先要能看得见自己的思想。假如你有思想，并能赋予思想以血肉。

我希望自己的小说能有这样的厚重：有底层群众的至苦至乐，也有各类官员和商人的命运冲撞。他们都有自己的弱点和强大之处，像普通人一样会想些只属于自己的奇奇怪怪的事情，同时还有相当多的人相当困难地干着自己应该干的事情。现代人并非如民谣中所挖苦的那般消极和不可救药。

然而，现实又有其飘忽不定和难以捉摸的一面，从不同的角度和不同的人眼里会看到不同的现实，得出相反的结论。有时还很容易被迷惑，把事实看歪了，看浅了，甚或看不懂。因此我也写了一些自己不理解和不能接受的人物，就像现实生活本身。你既然生活其中，就很难回避一些问题，看明白了要活着，一时看不明白也还得要活着。

现实不像历史那么善恶分明，却有一份切己的意蕴。

于是在小说完成后我郑重声明：《人气》是一部纯虚构小说。我写的是"人物"，而不是生活中的某个人。无论小说中的人物身上有着怎样的缺点乃至罪过，无论他们比生活中的人更坏或更好，他们都是我的创造，骨血和肌肉都是我给的。

小说中的空间是主观的，尽管看起来很像现实的世界，其实它只是作家想象的舞台。

我一向是同情现实的，从不推卸自己对现实的责任。很高兴现实的包容性也在增大，没有腰斩《人气》，让对它有兴趣的人读到了它。我也由衷地对现实生活说声谢谢，谢谢它赐给我创作长篇小说的缘分。

我一直认为，长篇小说不是想写就能写得出来的，是不能靠硬憋而写长篇的。一个作家能否写出长篇小说，能写出几部长篇小说，是命中注定的，要靠命运或者说是生活的恩赐，向他提供了这种缘分。

《人气》是如此，我的另外几部长篇也莫不如此。从触发灵感得到创作启示，直至最后小说完稿，仿佛都得自于一种命运般的机缘。所以，我写长篇从来不强迫自己，有这份缘，写起来顺畅自如，整个过程是一种享受。没有这份缘，便不强求。

面对收割

在我为出版《蒋子龙文集》整理自己的作品时，突然感到我正面对着的是一次人生的收割。

付出了多少心血，收成到底怎样，哪个品种歉收，哪个品种有意想不到的收获，一目了然地全堆在场院里。当初庄稼长在地里的时候，曾是那么花花绿绿的一大片。只有收割后才能一览无余地看见土地的面目，看出自己的真相。

收割是喜悦的，也是严酷的。需要有勇气面对收割后的土地和收获。

回想我和文学的缘分，开始写作纯粹是出于对文学的即兴式的，后来能成为作家，在很大程度上要归于外力的推促——那个年代的青年人，其他的生活理想破灭后往往喜欢投奔文学，靠想象获得一种替代性的满足。一旦被文学收容下来，麻烦就会更多，于是人生变得丰富了。身不由己，欲罢不能，最后被彻底地放逐到文学这个活火山岛上来了。

因此，我的作品关注现实是很自然的。而现实常常并不喜欢太过关心它的文学。于是当代文学和社会现实之间形成了一种奇妙的关系，文学的想象力得益于现实，又不能见容于现实。

我尝过由上边下令，"在全国范围内批倒批臭"的滋味，也知道被报纸一版接一版地批判是怎么回事，因小说引起了一场又一场的风波。不要说有些读者会不理解，连我本人也觉不可思议，翻开不久前出版的《蒋子龙文集》，每一卷中都有相当分量的作品在发表时引起过"争议"。"争议"这两个字在当时的真正含义是被批评乃至被批判。这些批评和批判极少是艺术上的，大都从政治上找茬子，因此具有政治的威慑力，破坏作家的安全感和创作应有的气氛。

　　值得吗？从这个角度说我是个不走运的作家。是现实拖累了文学？还是文学拖累了我？

　　这就是我以及文学无法脱离的时代。

　　说来也怪，正是这一次又一次的批判，像狗一样在追赶着我，我稍有懈怠，后面又响起了狂吠声，只好站起来又跑。没完没了的"争议"，竟增强了我对自己小说的自信心，知道了笔墨的分量，对文学有了敬意。自己再也没有什么可丢失的了，在创作上反而获得了更大的自由。当一个人经常被激怒、被批评所刺激，他的风格自然就偏于沉重和强硬，色彩过浓。经历过被批判的孤独，更觉活出了味道，写出了味道。我的文学结构并非子虚乌有的东西，它向现实提供了另一种形式。

　　当然，我也获得过许多奖励。其实批评和奖励都是一种非常表面的东西，它最大的功能是督促我去追求一种更强有力的叙事方法。

　　无论读者怎样评价我的作品，它都是我的别传，是这段历史时期的一个投影。我唯一能说的是对得住自己的责任和真诚。经

岁月侵人不留痕

历了争争斗斗，七批八判，如同庄稼经历了自然界的干旱、雨涝、风沙、霜冻、冰雹，仍然有所收获，仍然保留了一份坦诚、一份自然，人格文格仍然健全，我忽然又生出了几分欣慰。

艺术说到底，还不就是求真、存真嘛。

面对自己，发现这十几年来对创作的想法有了很大的变化，大致可分为三个阶段。

从 1979 年到 1983 年算一个阶段，这个阶段我写得积极严肃，快而多，我的大部分短篇和中篇小说都是在这个阶段写的。写了以《开拓者》《拜年》为代表的一批工业社会领导层里的人物和以《赤橙黄绿青蓝紫》为代表的年轻人。往往这一篇还没有被"批深批透"，我的新作又出来了，使某些人批不胜批。这个时期我的情感以忧、思、愤为主，文学的责任承载着现实的严峻，视真诚为创作的生命。尽管这真诚有点沉重，有时锋芒直露，对前途倒并未丧失信心，甚至对有些人物还投以理想的光焰。就这样，形成了这一阶段我的创作基调，或者说我已经意识到自己的风格了，并有意强化这一风格，追求沉凝、厚重。跟文学较劲，努力想驾驭文学。

自 1984 年至 1989 年，想摆脱自己的模式，扩大视野。文学不应该以题材划分，作家不应该被题材局限。这个时期写了两部长篇小说和以《收审记》为代表的"饥饿综合征系列小说"。这个时期的情感和创作基调是沉静，沉静中有反思有热望。冷静地观察和思索，并未使我脱离现实，相反倒更重视文学的现实品格了。冲出工业题材的束缚，对工业社会的熟悉更有助于我探索和表现工业人生。我的文学天地开阔了，能够限制我的东西在减少，创作的自由度在增长。

——这个阶段对我是至关紧要的。走出了自己的阴影，也走出了别人的阴影。这很难，但很值得，没有这个阶段的变化就不会有今天的"收割"。我想人的所谓的"昙花一现"（像昙花那样烈烈轰轰、辉煌灿烂地一现也很了不起，不应该受到嘲讽，也没有必要自惭形秽）就是不能突破最初使自己成名的风格和题材的局限，从始至终都是"一段作家"。

自 1990 年以后，我不再跟文学较劲，不想驾驭文学，而是心甘情愿、舒展自如地被文学所驾驭。超脱批判，悟透悲苦，悟出了欢乐，笑对责难和褒奖，写自己想写的东西。自觉正在接近文学的成熟期，进入创作的最佳阶段，各方面的准备都做得差不多了。

这次"收割"实际是在我的播种期进行的，它只占了我很少的一点精力，并不影响正常的耕作。况且，收割后的土地会渴望着新的播种。

春种秋收，乐此不疲。

才胆由识而济

——论夏康达先生

倏忽，结识夏康达教授已经四十年了！

时间考验人，人也考验时间。世象纷披，文坛喧嚣，潮涨潮落，载浮载沉，每当我陷入被批判的困境时，康达总能施以援手。

偏我文运坎坷，自"文革"结束以后我可能是天津挨批最多的作家。从70年代末到整个80年代，几乎一部小说一场风波。1979年的秋天，报纸上曾连续以14块版的篇幅批判《乔厂长上任记》，声势浩大，成围剿之势。是夏康达，给同一份报纸寄去长文，发出不同的声音。虽然报纸百般推诿，不肯发表此文，却使大批判者有所顾及，对我的围剿也终未收到歼灭的效果。

当时"文革"大批判的遗风依然炽盛，在那样一种情势下康达兄这样做所承担的风险可想而知。此后很长的时间，他都或明或暗地受到了这件事情的牵累。我成了"有争议的人物"，他的生活便也常常不得安宁。用当时的市委宣传部长陈冰同志的话说，在相当长的时间里"天津文坛竟以乔厂长划线……"那康达被打入另册，也就不足为奇了。

还好他并不以此为意。因他原是经过大阵仗的。还在读大学的时候就和当时上海文坛的"巨无霸"姚文元公开辩论，并被姚批为"反面典型"，毕业后发配到天津教夜校。不想他很快就北方化了，在他嘴里从来没有听到过对北方生活的抱怨和对上海的向往。落实政策后他也并不谋求想调回上海。他融入了天津，天津也接受了他。北方似乎更喜欢彻底北方化了的上海人。

没有事情我们可以一年半载的不通一声讯息，有事情拿起电话就可以切入正题，对自己在对方和对方在自己心里的位置很有把握。这是经 40 年的友谊积累起来的信任。由天津出去的得道高僧弘一法师，曾撰过一偈："君子之交，其淡如水；执象而求，咫尺千里。"

我虽资质愚钝，对这样的境界却也心向往之。

康达的性格中有一显著特点：是谦和的又是激烈的，笃实谨严又锋芒毕露。谦和的是做人，激烈的是作文；工作笃实谨严，思想锋芒毕露。

他长时间担任曾经更迭频繁的天津师范大学中文系主任，并兼着《天津师范大学学报》的主编，有谦谦君子之风，平易大度，专精博涉。但你读他的文章，或听他在文学会议上的发言，那完全又是另一番气象，从学者的优游从容中会突然燃烧起来，意兴飙举，滔滔汩汩，吟味文坛，激浊扬清，提玄钩隐，切中肯綮。

康达思想活跃，长于论析，治评论和杂文于一炉。于是，造语诙谐恣纵，总有新意隽思迸射而出，清明深湛，振奇拔俗。或慷慨放达，或平淡自然，或辣如老姜，或尖如芒刺……

毛姆说小说家是用故事来思维，那么批评家就是以思维来考量故事。批评家的智慧就在于说出真理，真理的力量就在于给文坛提供新鲜的思想。有好的空间才会有好的思想，夏教授有着非凡的智性，文如其人，论如其品。发乎情，近乎性，不事藻饰，纵意而论，文笔凝练，却有深意存焉。

他的灵魂能自由呼吸，这其实是一种自由的思考方式。所以他得以有资格长期关注着文学的痛苦。而没有痛苦的文学，还有什么价值？他的评论文集，以理论的视角透析了近半个世纪的文坛风云，有趣味又有价值。

我一直在等着他编出这本书，现在这本书就要付梓面世，欣喜之余写下这些话，聊表贺忱。

中国当代产业文学散论

没有大大小小各式各样的产业，就没有一个国家的经济。

而经济总是选择适合自己的文化，不是相反。

现代文学史上许多优秀的作品取材自产业活动。反映产业题材的文学作品，在每个历史阶段都产生过很大的影响，占据一块不可缺少的文学位置。产业界向文学界输送了一批又一批优秀的作家，而产业内部总是不断地会出现一批又一批的文学新军，遍布各地各行各业之中，这是一支庞大的稳健的创作队伍。

《中国当代产业文学大系（1980—1990）》是对这支队伍的一次检阅。

产业文学作家对文学和文学所要表现的生活有着执着的热情。冷寂时不自卑，热闹时不气傲。不标榜新潮，也不抱怨新潮。无论文学潮流怎样起起伏伏、聚聚散散，产业文学仍保持着沉健自信、厚实雄劲的品格和气韵。

产业文学以其强大的理性把握着现实世界的入口处。多采取近距离的表现，辅以长远距离的映照。总之是入世的，而不是玩弄所谓"贵族般枯燥高深的虚无"。

产业文学作家习惯于用自己的眼睛观察世界，不放弃社会感。因之从这些作品中可以看到处于变革时期的社会争搏，人生变换，人的建设和物的建设是如何的错综复杂，真实的人物，真实的情感，真实的情节……

努力使现实更接近于真实。

生活的真实和心灵的真实相联系，便产生了产业文学的美。

这《大系》展示了生活的厚重与质朴。

而质朴又是文学最可宝贵的品格。

产业文学另一不可忽视的特点，或者叫成绩——是站在了当代工业文明的最前沿。

现代科学技术突飞猛进地发展，推动了产业革命，使物质财富成指数地增长，物质文明无止境地发展。也因此使某些现代人产生了对工业文明的恐惧。

他们认为，科学技术使现代世界可怕得复杂和复杂得可怕，技术形成了一种自我长存的势力，技术的方向不可扭转，成了人类靠自身力量控制不了的一种东西。比如：核武器对人类的威胁，现代化立体战争的强大摧毁力，工业技术对生态环境的破坏致使大自然开始对人类实施报复，人类甚至不得不忍受自身许多莫名其妙的无法医治的疾病的残害，等等。科学技术水平的发展不仅和人类生存状态的改进并不总是成正比，相反倒剧烈地影响了人类的生存环境、生活方式、伦理观念、心理状态、生理状态，使人类这个地球的统治陷于被统治的境地。技术不害怕人的干涉，反而限制人的选择。

许多当代作家陷入了这样一种尴尬：享受着现代物质文明，津津乐道于现代物质享受，要表现这个工业社会、这种现代文明，面对现代技术人、城市人，却显得力不从心，只能知难而退，退到"人类蛮荒时代的蒙昧的原始野性中"去寻找灵感、激情和深度。

现代作家却没有能力信任现代文化。

然而，现代工业文明是现代人精神文化的物质载体。不敢直面现代工业生活的文学是不健全的，更谈不上强大。

产业文学在这方面则做出了可喜的努力。文学创作附丽于社会生活环境，这些作家首先是现代工业文明的建设者，被历史和现实的主流所推动，最敏感地触及现代工业社会的得失和困惑，有条件做出权威的表述。

在现代科学技术的本质中可以反映出人的历史命运。

现代人能建设生活，也应该能建设人性。

大可不必做悲天悯人的技术悲观主义者，更不必非要倒回到原始中寻找人性。弗洛姆说："人一旦从自然中分离出来，就再也不能回归自然了……人类只有不断进步，途径是发展自己的理性，寻求新的和谐，即人类的和谐，而不是找回那注定要失去的人类之前的和谐。"

人们称富裕的西方国家为发达国家，他们所以致富是因为科学技术发达。大多数东方人能够吃苦耐劳，由于科学技术落后而贫穷。这贫穷落后并没有成全文学艺术得以繁荣发达。倒是经济发达国家的文学艺术敢于正视现代工业社会，并从中获得了丰富的题材、深刻的创意和取得了多种形式的试验的成功。

产业并不排斥文学。

文学躲避产业，是不成熟和脆弱的表现。《中国当代产业文学大系（1980—1990）》的问世，至少是显示了当代作家的不想愧对当代的勇气和力量。

产业是现代意识的诱惑。对社会精神文化也有着举足轻重的影响力。

产业文化理所当然地是当代文学的一条重要命脉。产业职工大军中多层次、多种样式的文学活动，丰富了产业文化。

文学是产业文化的一部分，不用多说。甚至不可设想，一个优秀的企业，可以不要文学、不培养自己的作家。许多企业里都有自己的文学出版物。有一个现象，早就被人注意到了，但尚未被深刻认识和寻出其中的规律——一些著名的企业，几乎都产生了自己的作家或有著名作家在那里深入生活，写出过优秀的作品；大企业里"业余作者"和文艺爱好者就多，几乎找不到一个没有"业余作者"的大企业；企业的历史、性质、规模、气势，极大地影响着自己作家的创作风格，来自不同企业的作家有着迥然不同的文学个性。

《大系》是流派纷呈的产业文学的大展，也是各种不同类型企业的文化个性的大展。

深知自己的企业，是产业文学作家的优势。这优势也往往麻痹和局限了他们。风格恰恰是在限制中形成的，只要你别被限制死。

现实生活有时比任何虚构都更令人不可思议，给人以强烈的陌生感和震撼力，超越了作家的想象。但不能代替作家的想象。相反反映产业题材需要作家有更大的想象力。

现实生活有时又是枯燥的、漫长的、毫无新意的。人物失去了一种强烈鲜明的外部动作，熟得不能再熟了反而腐蚀了作家的想象力，即所谓"熟极而油""熟视无睹"，这时需要一种能出新的"生"，生花的想象，生分般新奇，生光的视点，生发般彻悟，一股生气，一种生趣，创造有价值的生命的真实。

产业文学属于现实，也属于未来。

因为它是文学，便超越了产业本身，是文学地把握产业。

产业文学作家可以不受文学圈子所围，这是他们的幸运。根基深厚，披坚执锐，莫管别人怎样议论"文学的贫困"或"文学的低谷"，无论世界上发生什么样的危机，产业不会消亡。文学家会死的，文学不会消亡。

《大系》不是"贫困"或"低谷"的产物，它是一种追求、一种理想的表现，有助于强壮文学的筋腱，推动创作的繁荣。

《大系》就应该大，大睨雄谈，大气磅礴。

反省"大师事件"

文坛不可以没有大大小小的一个接一个的"事件"，不可以没有"是是非非"和"飞短流长"。设想一下，若是没有这些东西，文坛该是何等的寂寞、无聊和无趣啊。我对此是有些体会的，在过去相当长的时间里曾一而再、再而三地被困扰其中。

我的好几部小说，总是始料不及地惹出一些"麻烦"，被人没完没了地对号入座。有些事情甚至匪夷所思地以此划线，令人很长时间里都消散不去一会儿疼、一会儿痒的不良感应……这许多年来，层出不穷的"事件"或"风波"就像恶犬一样在追赶我、撕咬我，有时只是撕烂了我的衣服，有时却咬破了皮肉，乃至伤及心情。人生有限，如此内耗有什么意义？我决心调整自己。

在创作上，小说写得少了，主攻随笔类的文章，企望修炼自己。改变跟社会的接触点、转移注意力，看能不能让自己的文字还有另一种面貌和神态。在做人和做事上，采取逐渐淡出文坛的姿态，退回到观众席。俗谚云：巧者言，拙者默；巧者劳，拙者逸。基本坚持"三不"方针：不参加活动，不听信传言，不评断人事。碰上实在拒绝不了的活动，严格要求自己只当"道具"……

"任难任之事要有力而无气，处难处之人要有知而无言"。

人活着也不能什么事情都"不"，在"三不"的基础上又增加一个项目：每天游泳。你有多大劲到水池里比划，游一千米不过瘾就游两千、三千，多咱折腾累了多咱上岸……果然，这两年耳根子清静多了，伏案工作也宁静多了。

不料，到 2002 年 10 月末，许多中文网站同时发表了内容大致相同的消息，惹起了一场不大不小的"事件"。类似的标题比比皆是：

《蒋子龙说，中国文学进入大师时代！》

《请问蒋子龙，文坛大师在哪里？》

《质询蒋子龙乱封大师的资格……》

媒体时代传闻的繁殖率惊人，几乎就在一夜之间，哄得就跟真有那回事一样了，我能见到的还有几家大报也报道了这件事……于是，"大师时代"这个词汇在近两年里算是跟我摽上了，无论我到哪里，记者采访时劈头盖脸的第一问往往是："你说中国文学已经进入大师时代，根据是什么？"

"你说的大师都是指谁？他们也承认自己是大师吗？"

……

直到 2004 年，春天去安徽，夏天去青海，冬天去云南，当地记者还在向我提相同的问题。现代传媒的盲从和武断不能不令人震惊。他们听到别人说我讲了什么话，只要这些话能够做点文章，那就认定是你说的了，然后再尽力从你这里再继续挤兑出一些新鲜作料。从没有一个记者对我提出"大师论"这件事情本身生出疑问，也没有人愿意耐心地问问我为什么要这样说？人们面对传言如火燎油，却毫不在意事情的真相。起初我也曾试着想说明原委，很快就发现没有人对我是否真的说过什么感兴趣，他们只对眼前哄起来的事件本身有兴趣，甚至觉得我想解释点什么的念头都是多余的，只会越描越黑。

看来，我是该主动反省一下，向文坛、向读者作个系统的回答，对"大师"们和自己也好有个交代。但是，想要弄清这个"大师事件"到底是怎么闹腾起来的，请允许我耐着性子从头说。

2002 年的秋天，我们一行五人应邀赴渥太华参加国际作家节。于当地时间 9 月 20 日深夜到达渥太华，加拿大国际作家节主席尼尔·维尔逊先生到机场迎接，甫一见面他就有些沉不住气地告诉我："有一批人知道了你们今天要来的消息，想到机场来游行示威，以表抗议。"这有点"下马威"的意思，我颇感意外，心里不快语气便有些不快："中国作家跟世界上许多国家的作家都有交往，无论到哪里去还从未听说过受到这般严重的关注，我能知道这是为什么吗？"他赶紧解释说："加拿大是自由的国家，有人想要游行谁也没有办法，幸好警察局最后还是劝阻住了。"尼尔先生的口气中不无忧虑。

"那我们的自由呢？我们是你们请来的客人，有你们政府签发的所有合法入境手续，也应该有来参加作家节、以文会友并不受骚扰的权利和自由，那些想游行的人要向我们示一种什么样的威、想抗议我们什么呢？"我尽可能用和缓的口气问他。

主席先生以西方人习惯的表情撇撇嘴，耸耸肩，摊开两手作无奈状，算作回答。

第二天下午，我在加拿大国家图书馆报告厅做专题讲演，题目是《关于文明的对话》（此讲稿发表在同年的香港《大公报》第611期上）。按大会规定，我发言后要留出半个小时的时间回答听众提问。可我的讲演还没有结束，在大厅两条通道中间竖起的麦克风前就排起了队，那是等着向我发问的。在有80多个国家的作家参加的作家节上能有这么多人关心中国文学，着实令我兴奋，甚至感动。可惜这兴奋和感动没有延续多长时间。后来当第一个发问的印度女作家讲出她的问题之后，我就知道她并不是冲着中国文学来的。她一张口就跑题了："蒋先生作为中国知名作家，怎样看待练习气功？你们为什么要迫害练功者？"

我回答说："尽管这不是今天要讨论的话题，而且我对气功也所知甚少，却还是愿意作简短的解释。前不久我还在中国的电视新闻里看到过气功表演，赤脚踩刀刃、走玻璃碴，用木棒和砖头击打头顶等等，却从未听说过有什么部门禁止甚或迫害练武习功者。因为中国有许多人喜欢武术，少林寺的功夫可以说名传天下，还收了一些洋弟子，另外还有武当剑、太极拳等，中国功夫源远流长，派别繁多。借用中国功夫拍成的武打电影行销全世界，创造了一个又一个的票房奇迹，连傲慢的好莱坞也不得不承认曾沾过中国功夫的光。修炼中国功夫，高手有高手的练法，老百姓为了强身健体另有老百姓的一套练法。每天早晨，在公园内，在大道边，都有许多人在演练各式各样的功夫，这已经构成了中国人生活中一道独特的风景……凡此种种，都说明你的问题是不成立的。"

此时又有一男一女站到了话筒前，自报家门是加拿大人，但外表像华人，直截了当地用汉语发问："蒋先生，请您不要转移话题王顾左右而言他，您很清楚她问的不是关于练武功的事，您怎么把话扯到武术上去了？您是作家，应该能够回答中国传统文化的内涵是什么，请问所有的气功练习都算不算是一种传统文化？"

男的火气很冲，这是要激我的火。在这样的场合我只讲理不吵架，何况他把问题拉到文化上，这正是作家的强项。不管我脸上的肌肉听不听使唤、自然不自然，我也强迫自己咧嘴一笑："中国传统文化内容广泛，比如诸子百家，百家争鸣，是中国人对世界文化的巨大贡献。儒家的孔子、孟子，墨家的墨子，道家的老子、庄子，还有阴阳、法、名、纵横、杂、农等家，实际是189家，计4300多篇。到清代乾隆年间，耗时十年，编纂《四库全书》，收书3500余种。这还只是精神文化的一部分，不包含传统的物质文化，比如货币，那真是中国人对世界又一个大贡献，从战国时期到清代末，每有考古发掘总能挖出许多古钱币……"我若是就这个话题发挥下去，会越讲越轻松，可那位在话筒前站了好半天的年轻女子很不礼貌地高声插嘴道："不对，蒋先生您知道我们所指的是什么，不要扯到别处去……"

国际作家节主席尼尔·维尔逊很会把握会场形势，急忙打断了那位女子的话："对不起，这里是作家节，是讨论文学的会场，不是辩论气功或其他问题的地方，我们也不提供这样的时间。今天对话的时间已经延长了很多，感谢蒋先生精彩的讲演，我对他的讲演非常感兴趣。谢谢，散会。"会后维尔逊还向我解释说，另外还有一些人想在作家节期间，组织人在国家图书馆外面示威游行，被他拒绝了。但作家的讲座是公开售票的，人家买票进来听讲是不能被拒绝的。我说这就怪了，他们为什么要跟作家过不去？抗议文学干什么？但实事求是地说，这对我无所谓，我向来不是神经过敏的人，精神也没有那么脆弱，顶多就感到像有个癞蛤蟆趴在脚面上——不咬人恶心人！

　　我们从报告大厅出来又赶赴另一个聚会，等回到宾馆自己的房间，已经是晚上 11 点钟了。我觉得很累，便将"请勿打扰"的牌子挂到门外把手上，然后开始洗澡。澡刚洗了一半，就听到电话铃响，由于洗手间里没有电话，我也就没有出去接。等洗完了澡，却又没有睡意了，这是时差反应，此时在中国是上午，通常正是我精神头最好的工作时间。想想明天还有一场重头戏，国际作家节将把明天的开会时间全部交给中国作家，先由我和另外三位中国作家分别从不同角度介绍中国当代文学，然后跟世界各国的作家进行对话式的交流。鉴于今天会场上发生的事情，我需再准备一下明天的发言，于是坐到写字台前，想把要讲的内容拉一个提纲出来。这时电话又响了，我拿起听筒，耳机里传来中国话，他自称下午听了我的报告，现在就在我的楼下，想到我房间里来坐一会儿。

　　我以时间太晚了予以拒绝。他又邀请我到他家去坐一坐，吃点夜宵。这我就更不能接受了，告诉他我还要工作。他却反而大惊小怪地问："这都什么时候了还要工作？"我说："这都什么时候了，您不是照样还来打搅我吗？何况作家的工作本来也没有什么时间规定，您如果没有什么特别的事情我要放电话了。"他赶忙说："别，别，咱们能不能在电话里聊几句？"我要求他简短一点。他说："从大陆来的人都对我们有许多误解，我们实际是为了拯救人类……"

我说："好啊，人类太需要拯救了，现代世界还有那么多丑恶、败类，比如污染、战争、恐怖、暴力、饥饿等等。如果你们能够阻止'9·11事件'的发生，那该有多好。你们为什么不用行动去证实，赶快拯救那些你们认为正处于水深火热之中的人们，让全世界的人看看。为什么要在这儿说空话，打扰我的工作和休息呢?"他说："您是受了蒙蔽，不了解真实情况。"

我说："我已经活了60多岁，常年生活在国内，如果您认为我反而不如你生活在国外的人更了解中国国内的情况，而且只有你们说的才是真实的，那我们之间还有什么好说的? 不是白白地浪费时间吗?"他又要求："我能不能把材料送到您房间去，等您有空的时候看一看，了解一下我们的立场……"

这样死缠烂打，真让我有点不耐烦了，便断然拒绝："不行! 你们在会场上抢占来自世界各地近百名作家讨论文学的时间，现在已是深夜，几次三番给我打电话，强加于人，置起码礼仪于不顾。我本来对你们这一套并无具体的感性认识，只是通过媒体知道了一些情况，不想这次加拿大之行倒长了见识。现在不管您是什么人，对不起，我要说再见了。"

我说完就把电话挂断了，但一时再也无法集中精神考虑明天的发言。就在这时候门铃响了，我心里的火气腾一下烧起来了，这太过分啦。我气呼呼地打开房门，竟是宾馆服务员，怀里抱着一个黄色的材料袋子，想必是收了什么人的小费，来给我送宣传材料。我没有接他递过来的材料袋子，而是指指门把手上"请勿打扰"的牌子……他弯腰鞠躬道歉，转身离去。

第二天我才知道，与我同行的几位作家也受到了大致相同的骚扰。然而这只是开始，此后在加拿大的十几天里，经常会被散发各种莫名其妙的材料的人纠缠上。当你走出饭店、走下汽车，或者刚进一个风景区，他们会突然冒出来把宣传材料塞到你面前……当地人告诉我，这些人是拿了别人的钱，像打工一样替人家散发宣传品。这种情况锻炼了我们的神经，让习惯于一出国就端起来，"非礼勿视，非礼勿听"的中国人，如今出国后却享受到了只有西方国家领导人才能享受到的待遇：被围攻、堵截、质问，就差扔臭鸡蛋和烂西红柿了。

　　在尼尔先生标榜的这个自由的国家里，我感到很不自在，甚至明显地感受到一股来自我所不了解的从未打过交道的一些人的敌意。在这种状态下，肚子经常是鼓鼓的，该死的时差反应又没有消失，到加拿大的第三天晚上，在宾馆我的房间里接受了《世界日报》的记者采访。记得那是个台湾人，他的文章是怎么写的我没有见到，不知"大师论"是不是这次采访的产品。后来的几天到多伦多、蒙特利尔等城市时我又接受了其他一些中文报刊的采访，如《环球华报》《中华导报》等。他们的采访文章发表后有的给我寄来了样报，有的则没有寄报给我，凡是给我寄报来的都没有"中国大陆文坛进入了大师时代"的字样。我极力回想，可能还是接受《世界日报》记者采访时谈文学创作谈得最多，涉及的作家也最多，或许再加上交流时不可避免的障碍，是在记者整理加工的过程中，还是在其他记者相互传抄的过程中，就将我的许多话概括为："中国文学进入了大师时代"了。

　　因此，我现在就尽量仔细地回忆，当时自己是怎么谈的。

无风不起浪，我现在还清楚记得当时自己的情绪比较激烈。这固然跟遭遇几次围攻有关，但我性格里也有一种农民式的狭隘。农民管这叫"护犊子"——自己家里的事自己怎么说都行，别人横插一杠子指指戳戳便不能忍受。在国内我似乎也属于"批判现实主义"一族，一走出国门，就无法容忍别人当着我的面对我熟知的一些事情肤浅地说三道四，甚至恶意地冷嘲热骂。我必定会利用自己说话的机会还以颜色。尤其厌恶华人当着外国人的面骂华人。为此我还着实地得罪了一些海外华人朋友。其实，文学也好，文坛也好，根本用不着我来给"拔创"。一个连自己都"护"不了的人又焉能"护"得了别人？当时我就该心平气静、实事求是地介绍情况或讲出自己的观点，那就不会闹出个"大师事件"来了。

采访是这样开始的："听了您的讲演，知道您对中国当代文学是很乐观的，可事实上为什么又出不了文学大师呢？您能详细地谈谈自己的看法吗？"我就觉得心里"腾"一家伙，有团东西堵上来了，什么"三不"方针呀，什么"巧者言、拙者默"呀，全丢到脑后，开始旁征博引、夸夸其谈，而无节制了：

你说中国没有文学大师？巴金是不是大师？季羡林算不算大师？即便是一批更年轻的作家，如韩少功、贾平凹、莫言、刘恒、阿来等，也具备了大家的气象和规模。他们以现实的魄力和勇气，精悍深切地表现了现实的品格，并呈现出一种开阔凝重的真实感。谁能否认他们是大作家？更重要的是他们都形成了自己独立的精神风格。文学就应该能给人类提供出类拔萃的精神和情感，任何时代能够流传下去的，也只能是精神和情感。在今天这个物欲极度膨胀的商品时代，人们最缺乏的恰恰还是精神和情感。因此，文学的命运不是将被取代，而是变得更加为人们所必需，无论有没有大师，或承认不承认大师的存在……

你如果对他们不是很熟悉，就看看跟我同来的这几位作家。周大新，实诚而深厚，文字中跳荡着道家的智慧和幽默，是个讲故事的高手。根据他的小说改编的电影《香魂女》，曾获得过柏林电影节的金熊奖。徐小斌，则找到了一种先锋和传统的契合点，四面出击，锐不可当，她创作的电影也获得过莫斯科电影节的一等奖。迟子建，自小生活在中国最北部的北极村，文字中便天生带有一种大自然的灵性，古灵精怪，极具魅力。许多年来，小品和二人转把东北渲染成了一块轻松滑稽的土地，倒是秀婉的迟子建，或清冽或浓重地呈现了东北的深厚、雄阔，以及苍劲的历史感。联想到 20 世纪的黑龙江才女萧红，我真想写一篇文章叫《女人的东北》。因此，迟子建就理所当然地摘取了澳大利亚的"悬念句子文学奖"，和包括鲁迅奖在内多种重要文学奖项。她的 80 万字的长篇小说《伪满洲国》，和周大新三卷本的长篇巨制《第二十幕》，都具备了一种大作家的品质……

现在的社会真是怪了，算卦的有大师，看风水的有大师，做饭的有大师，画画的有大师，写字的有大师，说相声演小品的有大师，唯独搞文学的，谁都敢贬，作家们自己也没有人敢自称是大作家。这是为什么？素来作家给人的印象不是很张扬、很狂傲的吗？特别是当他们相轻、相骂或自吹的时候。为什么对"大师"的头衔这么讳莫如深呢？莫非"大师"真的成了当代作家的诅咒，抑或是当代文学仍保留着起码的自尊自重？

为什么文学圈子外的人对文坛上的大师视而不见，文坛内的人谈起大师也底气不足呢？因为许多年来文学就怀有两大情结：一是呼唤全景式的、史诗般的巨著；二是呼唤人品完美、文品超群的大师级的作家。呼唤声此起彼伏，渐渐地声调就由高变低，或干脆是对这种呼唤本身失去了兴趣。因为文学已经进入了非经典时代，或曰后经典时代。包括世界文坛，也大体如此。因此，如今诺贝尔文学奖发给谁都不足为怪了。举世公认的经典作品和经典作家已经找不到了，作家的成就和文学的规格不再对奖项构成震慑和威压，奖项在某种程度上说，无非是撞大运和一笔意外收入而已。"矬子里面拔将军"或"情人眼里出西施"，就有了很大的偶然性，所以常会惹得议论纷纷。但，文学一直热衷于搂抱经典，经典又是怎么消失的呢？

　　观念逐渐演变，为人所惊讶的事实是一点点发生的。先说文学的经典概念："文学就是人学"——人的概念已经悄悄地变了，"机器人"也叫人，但并不是人。克隆人是人，却让我们觉得比任何妖怪都更可怕，以至于许多国家都纷纷制定法律，禁止克隆人。电脑不是脑，却能代替人脑干许多事，现代世界上离开一些人的脑子没有问题，一旦离开电脑就可能乱套……人的概念的宽泛，带来了文学概念的无限延伸。比如，经典文学著作中都有经典人物形象。经典作家们像门捷列夫制定化学元素周期表一样，发现并创造了人物典型和人物性格的丰富画廊（谢·扎雷金语）——所有读过经典著作的人都能记住并说出几个或几十个经典的文学人物，这些深入人心的形象在很大程度上反映了实际存在的人类多种性格。作家都不愿意写重复的东西，读者也不愿意读重复的东西，而当代文学中塑造人物常常险途重重。即使有谁勉为其难地还在人物上下功夫，也常常是费力不讨好。经典人物出自经典生活，漫长平稳的经典式生活已经为喧哗浮躁的快节奏生活所替代。再比如，经典文学著作中也都有一个经典故事。现代文学写不出好故事，便聪明地逃避故事……一句话，现代文学就是要逃避经典！

接受了这个现实，文学就学会了和时代相处。这主要体现在：重目标、轻意义，重销路、轻经典，心悦诚服地向市场低头，视畅销比经典更重要。或者认为，目标就是意义，畅销就是当代经典。困惑是真实的，无法躲避的。但，这只是事情的一个方面，还有更重要的另一面，无论是热也好，冷也好，捧也好，贬也好，文学是不死的，一茬接一茬，不停地更新换代。纵使一些人甚或一些阶层不喜欢，或很喜欢，都不能阻止其存在和发展。当代中国文坛最突出的特征就是不断涌现新潮流，个性强烈，色彩纷呈，形成了不同特点的作家群落，具备了和历史、和现实、和世界上任何一个民族的文学对话的自信和智慧……像巴金、季羡林等老先生，正在成为文坛奇迹般的人物。在一个非经典时代，大师的存在本身就成了一种活的经典。中国文坛不仅有年逾百岁的老作家，还有几岁、十几岁的娃娃作家，堪称"四世同堂""五世同堂"，队伍壮大，气象可观。这表明中国文坛大体维系着一种自然的生态平衡，年轻的作家都是自生自长出来的，各有自己的生长环境、生长优势和生长姿态，他们有资格也有条件保持着自己的原生态势，也让当代文学园地花团锦簇，丰饶妖冶。因此也可以说中国文学是值得期待的，大师级的人物也是可以期待的。

——我现在能想起来的，酿成了"大师事件"的谈话，大致就是这些。

那么，我有哪些反省呢？

细想媒体在提出这些问题时的语气，"大师事件"本身确有可以玩味的东西。至少可以看出当今媒体，或曰社会舆论，对文学甚为不屑。谁若说现在文坛出了哪位大师，那就是发烧说胡话，或者是故作惊人之语炒作新闻。那么就算我胡吹、乱侃、蒙人，言之凿凿地在海外宣布了"中国文学已经进入大师时代"，又算个什么事？这年头把牛皮吹破的、把人往死里蒙的不有的是吗？为什么其他行当吹牛就吹不出毛病，而文坛有点动静就叫人受不了呢？

这就是我反省出的当今文坛的一大怪现象：文坛可骂不可捧。无论在什么场合你千万别对文坛说好话，一说好话准惹事。相反，你对文坛骂得越狠，骂得越邪乎、越尖刻、越出新，就越令人解气，越能骂出个普天下传扬的轰动效应。

当我意识到这一点之后立即做了个实验：2004年春天在安徽省图书馆讲课时批评现在某些作家太爱惜自己的"家"了，像驮着个乌龟壳一样压得缩头弓背。作家在精神上应该是无家的，永远处在跋涉之中，总在探求和行走。冬天我在云南又大讲当今长篇小说聪明之作多，根据一个不错的"点子"写成一部书的多，大气之作少……这些话至少被四五种报纸发表出来，自然便引起一些人摇头，一些人叫好。

这些话比我在加拿大回答记者提问时说得更有意思吗？我

看不见得，至少我在加拿大答问时更有激情，表情生动，面目真切。可是，人在真切的时候就容易受嘲讽，人在嘲讽别人的时候却容易受到称赞。

——这就是文坛。平时是是非非很多，真碰上事情就不分是非了。没有人情味，你为它做什么事情都是应该的，那都是你愿意的，但你别指望它会知恩图报。它能对你不以怨报德、落井下石就不错了。倘若你为它做了九件好事，第十件事情没有办成，它也会记恨你一辈子。但，不要误会，文坛是文坛，文学是文学，文坛不管是什么德行，都不影响文学的繁荣，甚至有助于文学的发展。这就像农家肥发酵得越臭，越能给庄稼提供养分一样。从某种意义上说，文坛越是没有希望，文学或许越有希望，一个真正意义上的大师时代会在文坛极度弱化的时候出现也未可知。我手边的资料不足，不知中外文学史上是否有这样的例子：文坛越臭，文学越香，果实也越丰硕？

因此，可以完全不必把文坛当回事。文坛既有敏感脆弱的一面，又有死猪不怕开水烫的一面，有点狗屁大的事就闹成个"事件"，你不搭理它、淡着它，它也就知趣罢休。这就是文坛经常遭人诟病的原因。谁都可以骂，不骂白不骂，骂了也白骂，骂比不骂强，强也强不了多少。何况现实生活的波涛翻滚着正欲淹没文坛，人们对生活的感受被一个又一个的事件所取代。世界充满事件，突如其来，层出不穷，霸占了人们的想象力。现实比任何小说都更令人不可思议，更使人有陌生感，自以为结构紧密实际松散而底气不足的文坛又能给文学提供什么？能为当代文学提供精神资源吗？而恰恰是文坛反倒容易误导人们，把精神资源的匮乏或根本没有精神资源当成是文学不需要这种资源，由是造成创作的思想苍白，虚构力贫弱。

没有一个作家在写作的时候会重视文坛的，作家都是在不写作的时候才想起文坛的。文坛是要往一块凑合的领域，而文学最根本的则是寻找差异。差异是最可宝贵的，有差异才有成功的可能。作家发现了与他人不一样的东西，就发现了自己创作的价值。异常活跃的文学景观，总能证实追寻差异的必要，也才能真实地反映出文学和现实的关系。作家的差异表现在对现实生活的孜孜不倦地探索和发现上，它折射出作家对现实的人文关怀和理性思考的深邃程度，以及表达人性要求与灵魂渴望的完美程度。有精神的作家才能信赖自我，不为外物所累，并有责任、有勇气面对一切。作家们若老是扎大堆，天天抱成一团你吹我捧还硬说"文学进入了大师时代"，那就不仅仅是胡吹，而是发烧说昏话了。为此受到什么样的嘲讽都活该！

1979 年的虚构和现实

《乔厂长上任记》作为小说，自然是一种虚构。任何虚构都有背景，即当时的生活环境和虚构者的心理态势。当时我刚"落实政策"不久，在重型机械行业一个大厂里任锻压车间主任。车间有近三万平方米的厂房，一千多名职工，分水压机、热处理和锻造三大工段，差不多相当于一个中型工厂，但缺少一个独立工厂的诸多经营自主权。我憋闷了许多年，可以说攒足了力气，真想好好干点活。而且车间的生产定单积压很多，正可大展手脚。

可是，待你塌下腰真想干点事了，却发现哪儿都不对劲儿：有图纸缺材料，好不容易把材料凑齐，拉开架势要大干了，机器设备又不给坐劲，因年久失修到处都是毛病。等把设备修好了，人又不给使唤，经历了"文化大革命"真像改朝换代一般，人还是那些人但心气不一样了，说话的味道变了，对待工作的态度变了，待你磨破了嘴皮子、连哄带吓唬地把人调度顺了，规章制度又处处掣肘，出了麻烦本该由上边撑着的却撑不起来……我感到自己天天都在"救火"，常常要昼夜连轴转，有时连续干几天几夜都回不了家，身心俱疲。在某些方面甚至还不如蹲牛棚，蹲牛棚期间精神紧张，但身体清闲。

当时给我"落实政策"分两个方面，一方面就是重新担任工厂的中层干部，另一方面还要在我身上落实"文学政策"。在"文革"中我之所以被打成牛鬼蛇神，是因为给厂里"一号走资派"写过报告和总结材料，被称为"修正主义黑笔杆子"，以前在文学期刊上曾发表过小说，凡"文革"前的小说当时大都被认为是"毒草"。而且就在"文革"最激烈的时候我还炮制了"全国知名"并"毒害过全国"的大毒草，那就是1976年初在复刊的《人民文学》第一期上发表的短篇小说《机电局长的一天》。这篇小说很快"在全国批倒批臭"，被定性为"四上桃峰""宣扬唯生产力论""为右倾翻案风制造舆论"等，外地的造反派打上市革命委员会的大门，"强烈要求"把我揪走。市里告诉他们我在工厂，而且当时我就住在工厂的牛棚里，造反派们却始终没有到工厂揪我。我猜他们不是不想，是不敢。所以我至今都感激工厂，当时工厂把我关进牛棚，明着是批我，却起到了保护我的效果。倘若当时被揪到外地，我还能不能活着回来都很难说。

1979年初春，《人民文学》杂志社派人来给我落实"文学政策"，向我讲述了怎样将《一天》打成毒草的过程，当时编辑部的人谁不承认它是大毒草，谁就不能参加毛主席追悼会，将被打入另册。由于想让我做检查遭拒，编辑部不得不派一位副主编执笔，替我写出检查的草稿，先拿给市委领导过目，领导认可后再压我在上面签字……如果我能原谅编辑部就再给他们写篇小说，也就是说若不写这篇小说，就意味着我还不能原谅编辑部。"文革"又不是《人民文学》编辑部发动的，我从来都没怪罪过他们，这篇小说自然是非写不可了，我用三天时间完成了《乔厂长上任记》，写得酣畅淋漓，自己的苦恼和理想一泄而出……

　　不是要将自己的虚构强加给现实，是现实像鞭子一样在抽打着我的想象力。所以我总觉得"乔厂长"是不请自来，是他自己找上了我的门。当时我完全没有接触过现代管理学，也不懂何谓管理，只有一点基层工作的体会，便根据这点体会设计了"乔厂长的管理模式"，想不到竟引起社会上的兴趣，许多人根据自己的体会理解乔厂长，并参与创造和完善这个人物。首先参与进来的是企业界，兰州一大型石化公司，内部管理相当混乱，其中一个原因是上级主管部门一位主要领导的亲戚，在公司里横行霸道，群众意见很大。某一天清晨，公司经理走进自己的办公室，发现面前摊着当年第七期《人民文学》，已经给他翻到了《乔厂长上任记》开篇的那一页，上面压着纸条提醒他读一读此文。他读后召开全公司大会，在会上宣布了整顿公司的决定，包括开除那位顶头上司的亲戚，并举着1979年第七期《人民文学》说："我这样做是有根据的，这本杂志是中央办的，上面的文章应该也代表中央精神！"我看到这些报道时几乎被吓出一身冷汗，以后这篇小说果然给我惹了大麻烦，挨批不止。连甚为高雅的《读书》杂志也发表鲁和光先生的文章，文中有这样的话，他接触过许多工厂的厂长都知道乔光朴，有些厂长甚至当企业管理的教科书在研究，但管理效果并不理想，最后简直无法工作下去，有的甚至被撤职。我真觉得对不起人家，以虚构误导现实，罪莫大焉。

　　也有喜剧。东北一位护士来信讲，她父亲是一个单位的领导，性格刚烈，办事雷厉风行，本来干得有声有色，却因小人告状，领导偏听偏信就把他给"挂"了起来。他一口恶气出不来便把自己锁在屋里，两天两夜不出门也不吃不喝。有人出主意从门底下塞进《乔厂长上任记》让他读，读后他果然开门走了出来，还说"豁然开朗"。我一直都没想明白，他遇到的是现实问题，读了我的小说又如何能"豁然开朗"呢？

除此之外这篇小说还引发了其他一些热闹，现在看来有些不可思议，甚至显得无聊。在当时，人们却异常的严肃认真、慷慨激愤，有些还酿成了不大不小的事件。天津能容纳听众最大的报告厅是第一工人文化宫大剧场，经委系统请来一位上海成功的企业家作报告，入场卷上赫然印着："上海的乔厂长来津传经送宝"。天津有位知名的企业家不干了，先是找到主办方交涉，理由是你们请谁来作报告都没关系，叫"传经送宝"也行，但不能打乔厂长的旗号，这个称号只属于他。他不是凭空乱说，掏出随身带着一张北京大报为凭，报纸上以大半版的篇幅报道了他的先进事迹，通栏的大标题就是《欢迎"乔厂长"上任》。主办方告诉他，报告者在上海也被称作乔厂长，而且所有的票都已经发下去了，无法更改。那位老兄竟然找到我，让我写文章为他正名，要承认只有他才是真正的乔厂长，其他打乔厂长旗号者都是冒牌货。记得我当时很感动，对他说你肯定是真的，因为你是个大活人，连我写的那个乔厂长都是虚构的，虚构的就是假的嘛，你至少是弄假成真了。至今想起那位厂长还觉得非常可爱。

天津一位老作家，对《乔厂长上任记》深恶痛绝，到淮南一家大煤矿采风，负责接待的人领他去招待所安排食宿，看介绍信知道他是天津来的，便向他打听我的情况以及"乔厂长"这篇小说。不想这触怒了老作家，立即展开对《乔厂长上任记》的批判，等到他批痛快了却发觉旁边没人管他了……有个服务员过来告诉他，我们这里不欢迎反对乔厂长的人，你还是另找别的地方去采风吧。这位老同志回来后可不依不饶了，又是写文章，又是告御状，说我利用乔厂长搞派性，慢待老同志……我所在城市里的一家大报，对《乔厂长上任记》连续发表了14块版的批判文章，当时的市委文教书记在第一工人文化宫动员计划生育和植树造林时，竟因批判这篇小说忘了谈正事，以至于到最后没有时间布置植树和节育的事。因此厂工会主席回厂传达的时候说：咱厂的蒋子龙不光自己炮制毒草，还干扰和破坏全市的植树造林和计划生育……这真应了经典作家的话："闹剧在本质上比喜剧更接近悲剧。"

市委领导如此大张旗鼓地介入对这篇小说的"围剿"，自然会形成一个事件，一直到许多年以后作家协会换届，市委领导在做动员报告时还要反复强调，"不能以乔厂长划线……"一个虚构的小说人物竟成了划分两种路线的标志，真是匪夷所思！虚构不仅在干扰社会现实，还严重地干扰了虚构者自己的生活……萨特说小说是镜子，当时的读者通过《乔厂长上任记》这面"镜子"，到底看到了什么，值得如此大动肝火？后来我看到一份《文化简报》，上面摘录了一段胡耀邦对这篇小说的评价，我想这可能是那场风波表面上平息下去的原因。

有这么多处于不同阶层的人结成联盟，反对或喜欢一篇小说，"乔厂长"果然成个人物了。那么，当时的现实到底是欢迎他呢？还是讨厌、甚或惧怕这个家伙？但所有这一切，都是对这个人物的再创造。因此"乔厂长"应该说是集体创作的，是当时的社会现实成全他应运而生。我不过是扮演了产婆或助产士的作用。

是我的虚构拨动了现实中甚为敏感的一根神经。但不是触犯了什么禁区，而是讲述了一种真实。文学虚构的本质是就为了更真实。赫鲁晓夫有句名言："作家是一种炮兵。"乔厂长这一"炮"或许打中了现实社会中的某个穴位，却也差点把自己给炸掉。

"乔厂长"是不请自来的

　　纪念中国改革开放 30 周年，有人想起我的小说《乔厂长上任记》，打问当年的创作过程。其实过程很简单，简单到不是我找到乔厂长，是他找到了我。但小说发表后给我带来了很多麻烦，或许正是因为这些麻烦人们才记住了这篇小说。且容我费点笔墨从头说起。

　　《乔》作为小说，自然是一种虚构。任何虚构都有背景，即当时的生活环境和虚构者的心理态势。当时我刚"落实政策"不久，在重型机械行业一个工厂里任锻压车间主任，车间有近三万平方米的厂房，一千多名员工，分水压机、热处理和锻造三大工段，差不多相当于一个中型工厂，却没有一个工厂的诸多独立性。我憋闷了许多年，可以说攒足了力气，想好好干点活，而且车间的生产订单积压很多，正可大展手脚。可待我塌下腰真想干事了，发现哪儿都不对劲儿，有图纸没材料，好不容易把材料找齐，拉开架势要大干了，机器设备年久失修，到处是毛病。等把设备又修好了，人又不给使唤，经历了"文化大革命"真像改朝换代一般，人还是那些人但心气不一样了，说话的味道变了，对待工作的态度变了。待你磨破了嘴皮子、连哄带吓唬地把人调度顺了，规章制度又不给你坐劲，上边不给你坐劲……

我感到自己像是天天在"救火"，常常要昼夜连轴转回不了家，最长的时候是七天七夜。身心俱疲，甚至还不如蹲牛棚。蹲牛棚期间精神紧张，但身体清闲，不是坐着写检查，就是站着（顶多撅着）挨批判，一般不会挨打。这就牵扯到给我"落实政策"包括两个方面，一方面是工厂给我恢复中层干部的待遇，另一方面还要在我身上落实"文学政策"。在"文革"中我之所以被打成"牛鬼蛇神"，是因为给厂里"一号走资派"写过报告和总结材料，被称为"黑笔杆子"，在文学期刊上发表过小说，凡"文革"前的小说在"文革"中大多都被认为是"大毒草"。而且就是"文革"最激烈的时候我还炮制了"全国知名的"，也被称作"毒害过全国的"大毒草，那就是1976年初在复刊的《人民文学》第一期上发表了短篇小说《机电局长的一天》，这篇小说很快"在全国批倒批臭"，被定性为"宣扬唯生产力论""为右倾翻案风制造舆论"……外地的造反派打上市革命委员会的大门，"强烈要求"把我揪走，市里告诉他们我在工厂，而且当时我就住在工厂的牛棚里，造反派们却始终没有到工厂揪我。我猜他们不是不想，是不敢。所以我至今都感激工厂。当时工厂把我关进牛棚，明着是批我，却起到了保我的效果。

1979年初春，《人民文学》杂志社派人来给我落实"文学政策"，向我讲述了怎样将《一天》打成毒草的过程，编辑部的人谁不承认它是大毒草，谁就不能参加毛主席追悼会，被打入另册。由于让我做检查被我拒绝，编辑部派一位副主编执笔替我写出检查，给市委领导看过之后压我在上面签字画押……为这一切向我检讨，如果我能原谅编辑部就再给他们写篇小说。意思就是说我若不写这篇小说就意味着不原谅编辑部。"文革"又不是《人民文学》编辑部发动的，我从来就没怪罪过他们，看来这篇小说是非写不可了，便用三天时间完成了《乔厂长上任记》。写得很容易，就写我的苦恼和理想，如果让我当厂长会怎么干……所以我说"乔厂长"是不请自来，是他自己找上了我的门。当时我完全没有接触过现代管理学，也不懂何谓管理，只有一点基层工作的体会，根据这点体会设计了"乔厂长管理模式"，想不到引起了社会上的兴趣，许多人根据自己的体会来理解乔厂长，并参与创造和完善这个人物。首先参与进来的是企业界，兰州一大型石化公司，内部管理相当混乱，其中一个原因是上级主管部门一位主要领导的亲戚，在公司里横行霸道，群众意见很大。某一天清晨公司经理走进自己的办公室，发现面前摊着当年第七期《人民文学》，已经给他翻到了《乔厂长上任记》开篇的那一页，上面压着纸条提醒他读一读此文。

他读后召开全公司大会，在会上宣布了整顿公司的决定，包括开除那位顶头上司的亲戚，并举着1979年第七期《人民文学》说："我这样做是有根据的，这本杂志是中央办的，这本杂志上的文章应该也代表中央的精神！"我看到这些报道时几乎被吓出一身冷汗，以后这篇小说果然给我惹了大麻烦，挨批不止。连甚为高雅的《读书》杂志也发表鲁和光先生的文章，我记得文中有这样的话，他接触过许多工厂的厂长都知道乔光朴，有些厂长甚至当企业管理的教科书在研究，但管理效果并不理想，最后简直无法工作下去，有的甚至被撤职。我真觉得对不起人家，罪莫大焉。但也有喜剧。东北一位护士来信讲，她父亲是一个单位的领导，性格刚强，办事雷厉风行，本来干得有声有色，却因小人告状，领导偏听偏信就把他给"挂"了起来。他一口恶气出不来便把自己锁在屋里，两天两夜不出门也不吃不喝。有人出主意，从门底下塞进《乔厂长上任记》让他读，读后果然开门出来了，还说"豁然开朗"。我也一直没想明白，他遇到的都是现实问题，读了我的小说又如何"豁然开朗"呢？

当时天津容纳听众最大的报告厅是第一工人文化宫大剧场，经委请来一位上海成功的企业家做报告，但入场券上赫然印着"上海的乔厂长来津传经送宝"。天津有位知名的企业家不干了，先是找到主办方交涉，理由是你们请谁来做报告都没关系，叫"传经送宝"也行，但不能打乔厂长的旗号，这个称号只属于他。他不是凭空乱说，还随身带着一张北京的大报，以大半版的篇幅报道了他的先进事迹，通栏的大标题就是《欢迎"乔厂长"上任》。主办方告诉他，人家报告者在上海也被称作乔厂长，而且所有的票都已经发下去了，无法更改。那位老兄竟然找到我，让我写文章为他正名，并只承认他才是真正的乔厂长，其他打乔厂长旗号者都是冒牌货。记得我当时很感动，对他说你肯定是真的，因为你是大活人嘛！连我写的那个乔厂长都是虚构的，虚构的就是假的，你至少是弄假成真了。至今想起那位厂长还觉得很可爱。

还有闹剧。天津一位老同志，对《乔厂长上任记》深恶痛绝，到淮南一家大煤矿采风，负责接待的人领他去招待所安排食宿，看介绍信知道他是天津来的，就向他打听我，打听"乔厂长"这篇小说。于是老作家展开了一通批判，等到他批痛快了旁边却没人管他了，后来有个服务员接到电话通知他说，我们这里不欢迎反对乔厂长的人，你还是另找地方去采风吧。这位老同志回来后可不依不饶了，又是写文章，又是告状，说我利用乔厂长搞派性，慢待老同志。我生活的城市的一家大报，对《乔厂长上任记》连续发表了14块版的批判文章，当时的一位领导同志在全市最大的第一工人文化宫大剧场动员计划生育和植树造林时，竟因批判这篇小说忘了谈正事，以至于到最后没有时间布置植树和节育的事。因此我们厂的工会主席回厂传达时说："咱厂的蒋子龙不光自己炮制毒草，还干扰和破坏全市的植树造林和计划生育……"领导如此大张旗鼓地介入对这篇小说的"围剿"，自然会形成一个事件，一直到许多年以后作家协会换届，领导在做动员报告时还要反复强调，"不能以乔厂长划线……"一个虚构的小说人物竟然成了划分两种路线的标志！后来我看到一份《文化简报》，上面摘录了一段胡耀邦对这篇小说的评价（见2007年5月17日《南方周末》），我想这可能是那场风波表面上平息下去的原因。

有这么多处于不同阶层的人结成联盟，反对或喜欢一篇小说，"乔厂长"果然成个人物了。无论当时的现实是欢迎他，讨厌他，甚或是惧怕这个家伙，却都是对这个人物的再创造。因此"乔厂长"也可以说是集体创作，是当时的社会现实成全他应运而生。我不过是扮演了产婆或助产士的作用。我的虚构可能拨动了现实中某根甚为敏感的神经，但我并不想触犯什么禁区，只想讲述一种真实。文学虚构的本质是就为了更真实。赫鲁晓夫有句名言："作家是一种炮兵。"乔厂长这一"炮"或许打中了生活的某个穴位，却也差点把自己给炸掉。

关于"帝国"的构想

《农民帝国》是迄今最让我耗神的一部小说。

岂止是富裕起来的农民容易怀有"帝国"的梦想,写作长篇,也可以视为是作家在建构自己的"小说帝国"。无论这个"帝国"的规模如何,成败如何,都包含着构成一个"帝国"的全部因素和梦想。

而现实世界充满事件,突如其来,层出不穷,几乎是霸占了人们的想象力。现实比任何小说都更令人不可思议,更使人有陌生感,这就越发增加了作家构建"小说帝国"的难度。是现实生活中的戏剧性,又帮了小说家的忙。喜事和丧事同在,盛世和末路并存,现实变得无法预测,无法把握……然而在小说的虚构中,却可以做到这一切。

因此,《农民帝国》就这样成了一部我命中注定、非写不可的作品。

我在城市里生活了半个多世纪,也确实写了不少工业及城市题材的小说,长期以来约定俗成,便把我划在"写工业题材"的行列内。我始终认为一个成熟的作家不该受题材的局限,何况我对农村历来怀有一份很深的感情。我的童年是在农村度过的,那是一种天堂般美好的生活，在生命中永久地留下了一片生机勃发的翠绿，富有神奇的诱惑力和征服性，为我的一生打上底色，培育了命运的根基。是童年养育了一个人的性情和性格，童年生活对人的一生有着重大影响。至今我对农村的情感依然很深，平时关心着有关农村的消息，甚至每天看气象预报，首先想到的是气候变化对农作物的影响……因此我一直觉得自己骨子里是个农民。而眼下要反映中国现实，似乎没有比选择农民题材更合适的了。

这还因为，怀有"农民情结"的不光是我，还有我们这个国家。历史上的每一次大的变革都与土地有关，如商鞅、王安石的"变法"，张居正的"新政"等，而每一次农村的变革，又都推动了历史的发展。同样还应该承认，是农民革命造就了共和国，至今农民仍是社会的主体，像以往一样是推动社会历史前进的原动力。被邓小平称作"第二次革命"的改革是从农村开始，有人说，孙中山的民生主义让中国农民醒了，毛泽东让农民站起来了，邓小平让农民富了。

农民是怎么富的？富到了什么程度？富了后又怎么样？

这些问题想想都很有意思，我的文学触角一直关注着现实，不可能不为其所动。如果能写一部关于农村的小说，描写蕴含着农业文明形态下的乡村和农民，在面对几十年纷繁变幻的现代化进程时，他们都做出了哪些反应……对我来说这是一种情结，对我的小说园地来说也是一种责任。

毛泽东说过，中国什么问题最大？农民问题最大。不懂农民就不懂中国。农民的问题贯穿于中国数千年历史发展的全部过程

岁月侵人不留痕

之中，其社会结构、政治制度、观念形态以及运作方式，无不是农民意志动向的直接或间接反映。这就《农民帝国》的意蕴，我甚至觉得从意识形态上讲，或者从文学意义上讲，目前中国还没有真正意义上的城市，倒有类似城市的大农村。现代农村在害城市病，模仿着城市，大量建造跟城市相同的房屋；城市又在害农村病，大兴土木，到处是农民工在支撑着城市的建设和运转。

这部小说断断续续地磨蹭了很长时间，但这不是"十年磨一剑"的"磨"，是"磨洋工"的"磨"。准确地说是放下、拾起，再放下、再拾起。我虽然很看重这个构思，但开篇后常常感到驾驭不了这个主题，对现代农民的命运把握不准，不能完全参透他们灵魂的脉络，以及现代农村变革的得失……便几次知难而退。

当放弃写作后，心又有所不甘，过一段时间手又发痒，便再把书稿拾起来。就这么拖拖拉拉地磨蹭着，后来我想明白一个道理，对农民的命运和近30年农村生活的变革，参不透就不参，把握不了就不去把握，我只写小说，能让自己小说里的人物顺其自然地发展就行。

世界为空，人乃一切。世界不过是人的灵魂的影像，人的自身就潜藏着支配万事万物的规律。作家要信赖自我，不为外物所累。只有自己才是主体，并有责任了解一切，也敢于面对一切。作家的全部才华就是感觉的新颖，感觉就是思想，艺术的核心秘密是活的灵魂，而不是变化万端的现实事故。

——这就要把握住小说的人物。社会的转型和进步格外需要有勇气、有胆识和有创见的人物。几十年来这样的人物我接触的太多了，有成功的，有失败的……我之所以在生活中特别关注这样一个群体，或许跟我对文学理解有关。在《农民帝国》里的主人公郭存先身上，中国农民的优点和缺点都异常明显。现代农民的"脱贫致富"，不是从前的"痞子运动"，都是一些很优秀的农民。

当环境宽松，给了他们能够施展才智的空间，发财致富似乎还不是最难的，更难的是有了钱以后。这个"帝国"更像是一个自我膨胀的梦幻，看似庞然大物，称王称霸，有君王般的权势和奢华，骨子里却虚弱得很，被钱烧得五脊六兽。商品社会没有钱不行，光有钱也不行，钱太多了如果压不住，钱也会闹事。商品社会没有钱不行，光有钱也不行，农民活不下去会出事，钱太多如果压不住钱，也会被钱烧得难受。当今世界不是钱很多、大富翁也很多吗？于是钱就在闹事，金融居然也形成大的"风暴"，而且比自然界的大风暴对现代人类的摧毁力更大。

"农民帝国"确实不只在郭家店，身份不是农民，骨子里比农民更农民，而且还瞧不起农民的人，更容易闹出"帝国"的悲剧。在小说的后部我借一个重要人物封厚的嘴说了一番话，郭存先的悲剧反而救了郭家店，以后的郭家店不会再称王称霸，却会发展得更健康，生活总是有希望的。现实也确是如此，有些曾辉煌一时的单位，当第一代创业的霸主下台后，有的垮了，有的获得了再生，郭家店应属于后一种。

于是，"帝国"从构建到覆亡的悲剧，在一片兴旺的繁华中显得十分奇特。正是这种奇特构成了它的差异性和典型性。在一个大变革时期，要破除旧有的束缚，建立新的秩序，人的因素极端重要。

而人的概念在悄悄地发生着改变。人的概念的宽泛，带来了文学概念的无限宽泛。这时候，对文学来说最重要的就是寻找差异。差异是最值得珍贵的，因为有差异才有存在的必要。作家发现了与他人不一样的东西，就发现了自己创作的价值。

这部书之所以耗费精力最多，说明它值得我下这么大的力气，它凝铸了我的一种情结和责任，我自然就很看重这部小说。写这样一部书，我必须具有最起码的自信：觉得自己的故事和人物不同于别人，自己对农村的感觉也是别人所没有的，将这个"农民帝国"的故事写出来是一件有意思、也是有意义的事。

一个好的故事可以涵盖一切，它可以成全一部好小说。如果故事不能成立，立意蹩脚而陈旧，情节漏洞百出，人物就成了累赘，小说也必将成为灾难。所以，我以为一个好故事，就是一部好小说，甚至就是一个好作家。对于作家来说，文学的才能大家都具备，只有讲述故事的才能才是罕见的，它考验着作家的成熟度、观察力和叙事技巧。

而支撑故事需要两样东西：一是属于自己的称得上是思想的东西，二是一些实实在在的文学意义上的细节。思想通过人物和故事表达，细节就是小说的血肉，好的细节对一部小说的成败至关重要。而细节是"虚"不出来的，光靠花里胡哨不行，必须是些实实在在的东西。写这部小说之所以耗费了这么长时间，很多功夫都下在"实"处。我对这部小说的期待也是这样，无论写得好坏，能让人觉得是个实实在在的东西就行。

中国文坛近三十年来异常活跃的文学景观，足以证实这种追寻差异的必要。

当代文学最突出的特征就是不断涌现新潮流。随着社会的逐渐成熟，当代文学也成熟起来，个性强烈，色彩纷呈，形成了庞大的各具特点的作家群落。也只有这样，当代文学才有可能具备一定的自信，和现实对话，乃至和历史对话。

中国的文学史极其辉煌，巨人如林。但概括为一句话：就是记录了文学和现实的关系。我的全部创作都在力图实践这个原则。《农民帝国》所体现的也是这样一种社会意识形态：中国目前正处于社会急剧变化的现代性转换期，有张力也有矛盾，有机会也有困难。这种变革本身就有着巨大的社会批判功能，必然也会影响到文学进程的推进。

现实对人一直都在进行着雕刻乃至扭曲，因此现实主义文学也不是简单地复制现实。作家对现实生活的探索和发现，应该符合现实生活本身的规律，又折射出作家对现实的人文关怀和深邃的理性思考，表达人性的要求与灵魂的渴望。我心目中的文学主体，就该以这种现实主义的魄力和勇气，敏锐地忠实地多方位地表现当代社会的生活真实，呈现出一种开阔、凝重的品格。

然而，现实的本性是变化。世界在变，生活在变，人在变，文学在变，其实文学就从来没有停止过变：魏晋辞赋有别于先秦诸子，韩愈能"文起八代之衰"，就是一次大变。欧阳修的丰赡，三袁张岱的自然，龚定庵的峭拔，直至鲁迅的犀利，林语堂的泼俏……文学也从未因内容与形式的变化而停滞……过去的文学给人类提供的是出类拔萃的精神和情感。

任何时代能够流传下去的，也只能是精神和情感。在今天这个物欲极度膨胀的商品时代，人们最缺乏的恰恰就是精神和情感。因此，文学的命运不是将被取代，而是变得更加为人们所必需。

《农民帝国》出版后不到半年，在全国各地获得了多个图书奖，有的奖完全是由读者直接投票选出的，还有的奖是由专家评选出来的，虽然都是些民间小奖，在文坛上无足轻重，却也鼓励我并给我一个机会说出了构思这部书的过程。为此我借此文感谢所有阅读了这部书的人，并特别感谢中国的农村。

甲子人传

真想不到，人到 60 岁竟会是这个样子——夸张一点说是"百病俱消"！

年轻的时候命途不顺，没有很好地享受青春，年进花甲反而可以好好地体验自己的青春了。这可能跟自小命硬有关，太硬的东西不怕磕磕碰碰，因此磕磕碰碰就多。

我出生于日本侵华的战乱年代，在逃难中曾被遗弃在高粱地。但家人跑出去老远还能听得到我的哭声，心实不忍，便又折回把我抱上，算是捡回了一条小命。怎么样？命不该绝，一来到世间就表现出一种"硬"劲！

14 岁考入天津上中学，16 岁赶上了"反右派"，虽有明文规定中学生不打右派，不小心跟我的好朋友背后瞎叨咕了一句为一"右派"老师抱不平的话，那小子竟跑到学校运动办公室告了我一状。于是我就成了全校唯一一个被批判的学生，并被撤掉班主席职务，受严重警告处分……平生第一次认识了什么是小人，体会了奸诈和被出卖的滋味。沧州人气性大，开始大口吐血……以后进工厂，喜欢机器和大企业的气势，吐血的病不知怎么自己就好了——这也是"硬"。

正在工厂里干得好好的，1960年又被招进海军当了制图员，那时国家刚刚确立12海里领海，急需海洋测绘人员。在部队也干得不错，正在做升官梦的时候，政审没有合格，问题卡在出身上。招兵的时候出身是上中农，到该升官了出身怎么就是富农了？当兵的时候是国家急需，国家急需了枝节就变得不重要了，一切都要服从急需。谁赶上这一拨儿都会像江心的一片树叶，水流的方向就是你的方向，想挡都挡不住。所以我吐过血，体检却查不出来，在学校受过处分且出身不好，政审也一路绿灯……此一时，彼一时也。

又回到原来的工厂，就想在写作上下点功夫，通过写作可以把自己变成一个与自己不同的人，寻找另一个自我。不幸的是"文化大革命"很快开始了，我被打成"保皇派""反革命修正主义黑笔杆子"，在接受了一场万人（当时厂里有1.5万名职工）大会的批判之后，被押到生产第一线监督劳动。从最低一级的工人干起，一干就是十年。到1976年，生存环境稍一改善，文学的神经又痒了，在复刊的《人民文学》第一期上发表了短篇小说《机电局长的一天》，很快就被打成大毒草，在全国批倒批臭，且常有造反斗士打上门来。由此我的"硬"命变软，患上了慢性肠炎。说来也怪，挨批挨斗是神经紧张，神经系统没有出事，处于消化系统下梢的结肠怎么会出了毛病？

从此，命运跟文学搅在一起，那麻烦就更大了，我笔下的人物往往都处在生活尖锐矛盾的中心，害得我自己也常成为各种稀奇古怪的社会矛盾的牺牲品。《乔厂长上任记》，报纸上连续发表了14块版的批判文章。以后是《燕赵悲歌》《收审记》《蛇神》，几乎是一部作品一场风波，甚至一篇两三千字的短文也会惹起一场麻烦……虽说我"命硬"，也经不住长期地这样折腾。再加上经常开夜车，生活没有规律，肠炎的发作也没有规律，时好时坏，总也不能根除，几十年下来真也把我缠磨得够呛。到后来，我很自信的腰身和四肢也开始捣乱，具体摸哪儿都不疼，虽不疼可浑身又不舒服；觉得很累，躺到床上并不感到解乏；已经很困了，想睡又睡不香甜。有时还伴有腹胀，胃疼，食欲减退……做B超、下胃镜，一下子就有了结论：萎缩性胃炎加胆结石。

这下可热闹了，命再"硬"，招惹上这么多毛病就使生命失去了本该有的活趣。活着没有趣，就说明活的方式出了问题。有一天我骑着自行车路过海河沿，看到有几个老头在河里游泳，当时心里生出一问：为什么敢下河戏水的都是老年人？一群青年男女倒站在岸上瞧新鲜。脑袋一热，我没脱衣服就跳了下去。河水清凉，四面涌动着水波，我感到非常舒坦、安逸，全部身心都像被清洗得无比洁净。刹那间，如同修禅者开悟一般，我的脑子似乎也开窍了：心是人生最大的战场，无论谁想折腾你，无论折腾得多么厉害，只要你自己的心不动，平静如常，就能守住自己不被伤害。以后海河禁止游泳，我就跟着几个老顽童游进了水上公园的东湖，入冬后又转移到游泳馆，一直就这么游下来了。

人的心态一变，世界也随之变了。人原本就是在通向衰老的过程中领悟人生，并学会一切。我生性迟钝，所以到了60岁才迎来自己的黄金时期。去年农历七月初二是我该退休的日子，就觉得呼啦一下全身心立刻轻松了。从此作协的是是非非，吵吵闹闹，文人们相轻也罢，相亲也好，谁去告状，谁又造谣，如何平衡，经费多少，药费能否报销，职称有无指标……全跟我没有关系了！感到从未有过的自由和惬意。人到 60 岁就有了拒绝的权利，对有些人和事可以说"不"了。不想参加的活动就不去，不想开的会就不开，不想见的人就不见，不想听的话就不听……眼不见心不烦，耳根清静心就清静。

哎呀，妙，人到 60 岁可真好！

人一般会越老越宿命，我就越来越相信造物主的公平：年轻时得的多，上了年纪就失去的多；年轻时缺的，到老了还会补上。我年轻时顾及不到生命本身的诸多欢乐，现在得到了补偿，能真切地感受到这种快乐：饿了能吃，困了能睡，累了躺下能觉得浑身舒服，萎缩性胃炎和胆结石竟不知跑到哪里去了，连纠缠了我许多年的慢性肠炎也有近三年没有发作了——我想三年没有犯的病今后大概就不会再犯了吧？

60 岁最大的感觉就是心里的空间大了。空间一大精神就舒展，强健，更容易和人相处，和生活相处。空间是一种境界。许多不切实际的渴望没有了，心静得下来。看看周围的青年人，为了挣钱，为了职位，不遗余力地打拼，真是同情他们。即使有奇迹发生能让我再倒回去，我也不干了！

——竟然说出这样的话，也许这就是老糊涂的表现。赶紧打住！